阿来　主编

有一种生活美学叫成都

刘　庞　章
锦　惊　夫
孜　涛

著

成都时代出版社
CHENGDU TIMES PRESS

做城市生活美学的设计者和参与者
—— 为《有一种生活美学叫成都》序

阿 来

成都是一个善于创造美学的城市，这个传统源远流长。

秦并巴蜀，张若即按照秦都咸阳的规制规划城池，修筑成都历史上最早的城墙。令人称奇的是，他的城市规划又别出心裁，在完成了作为政治军事中心的太城（即大城）后，又紧靠大城，在西面建筑一座少城（小城），安置市民，设置市场与种种工匠作坊。一改秦人的素朴强健，营造出城市烟火漫卷的浓烈的生活气息。不仅如此，还因势利导，将城外掘土筑城而留下的巨坑，引水为池，打造了柳池、天井池、龙提池、千秋池几个人工湖。由此，我们甚至可以说，成都致力于生态美好的公园城市其实是早有渊源。去秦不远的汉朝，成都文风炽盛，名人辈出，司马相如之后，又有扬雄名闻天下。他在《蜀都赋》中，即描绘出成都这座"喧然名都会"（杜甫诗），人类生活与美好自然交相生发的美好景象："尔乃其俗，迎春送冬。百金之家，千金之公，乾池泄澳，观鱼于江。"因为那时已经有都江堰工程造就的两条河流盘绕成都了。左思再为蜀都作赋，写出了双江绕城的壮丽景致："带二江之双流，抗峨眉之重阻。"同时还写到城中繁盛植物构成的自然之美："布绿叶之萋萋，结朱实之离离。迎隆冬而不凋，常晔晔以猗猗。"

一座城市倚水而起，凭水而生。饮用、洗濯、浇灌、行航，是生产生活中的实际用途，更因水而得灵气的汇聚、连接与贯通，那就已上升到"天人合一"境界的城市构建的人居美学了。杜甫诗"锦城丝管日纷纷，半入江风半入云"，此之谓也。"锦江春色来天地，玉垒浮云动古今"，亦是对此胜景形神兼具的刻画。成都自古以来，便深谙城市建造的阴阳之道，人工建筑与自然的呼应也深有张弛之道。这不仅是城市布局，长久以往，也影响到市民的文化心性。从古至今，成都居民来自四面八方，不同地域，不同族别，但都能很快融为一体，形成一种达观开放、追求美好、创造生活并享受生活的共同文化性格，也是我本人热爱这座城市的最主要原因。

　　这次，成都市相关部门集中几位一向留心成都历史文化、关注成都建设，并深得成都生活情趣的作家，共同挖掘这座文艺气质与民间烟火气相得益彰的城市美学基因，考究其渊源，追踪其流布，更浓墨书写今天城市的勃勃生机，我也在其间得以贡献一些个人感受与意见，也算作为今天成都一个市民对这座魅力城市的一份热切心意吧。至于说他们对成都的认知，对城市美学生活状态和成都人文化心性的开掘，就需要各位读者进入他们笔下的认真的文字来徐徐展开了。我是在成都龙泉山下新筑成的东安湖畔东安阁下得到这本书的成稿的，凭窗阅读时，见湖中残荷承雨，芙蓉初开，视线尽头，栉比高楼形成一条美丽的天际线，如在世外，不禁在这些文字的激发下，思接千载。读完掩卷，出酒店就是连接成都市中心的快速通道，然后是生产线流转不停的汽车城，是龙泉驿市区，地铁站口，年轻人为主体的上班族正频繁出入。再到洛带古镇，坐入一家店中，箸动美食，身边市井之声喧闹热烈。我想，这就是成都，这就是成都美学。动静转换自然，雅俗相生相伴。这也正是此书所要揭标的要点。

　　今天，在现代化城市的建设与竞争中，对当下城市生活美学的探讨，已是一个普遍性的题目。但无论是过往，还是现在，并不是每一座城市都有那么丰富的内容可供探讨。而成都便一直以任何人都可以在不同层面感知的勃勃生机、生活之美走在时代的前列。近二三十年来，成都产业繁盛，城市构建理念既照顾文化渊源，又具有世界眼光，为全国和全世界所瞩目，并在网络时代成为一座网红城市，更证明了这种生活美学具有无限活力。

从 2017 年创刊以来，《天府文化》杂志便一直在深度挖掘这种城市生活美学的表象和细节，以及这细节里众多的典型人物、热点事件。本书的三位作者，既是《天府文化》历史向度、时政向度和文学向度方面的特约撰稿人和代表作家，也是长期生活、工作于成都的生活美学的参与者和享有者，对成都古典生活美学、当代生活美学各有不同的深刻的领会和体验，他们既独立又统一的写作，在本书中构成了一幅生动完整的成都生活美学图景。他们的美学寻古、美学感会和美学创造，既是形而上的，也是充满人间烟火气的。因此，也是既可以被长期生活于成都的人所认同的，也是可以被新加入成都的人所充分感知的。

谨愿我们每个成都市民，无论新老，都是这种生活美学的设计者、参与者和享有者。

目录

目录

目录

东汉制盐画像砖

美学

寻古

第一章 织机上的锦官城

第一节 老官山，藏着一个"锦绣成都"

灼热的夏日似探照灯一般，尽最大努力无死角地俯射大地；又似特写镜头，无情地放大着世间百态、万事万物。

此刻，诡异的北纬 30 度线正嵌入特写视野。丰饶的川西平原上，成都北郊天回镇老官山，一场考古发掘正紧张进行。偶然间发现的 4 座西汉木椁墓地令人期待，这处考古遗址又名"老官山汉墓"。

双棺合葬墓的一号墓首先进入考古者眼帘，是一大一小的夫妻合葬墓。2000 年过去，耳杯、盘等古物上的彩色漆光鲜如新。器物的底部，"景"字十分醒目。很显然，这是当时三大名门望族中景族的一位主人。

长达 8 米的二号墓室，除了 50 余枚西汉木牍，和一些汉武帝时期的五铢钱、西汉半两钱外，椁室内部的随葬品所剩无几。直觉告诉考古专家，此墓显然已被盗过。木牍系官方文书，上面记载着汉高祖时缴纳赋税的法令，还有汉武帝时的"算缗钱"，以及妇女求子术和禳灾有关的巫术。

三号墓出土了 920 余支竹简，还有一尊标注着经穴漆的人俑。

难道墓主人是一名医生或医官？

谢涛望着最大的二号墓室心有不甘，他再次沉到墓底进行拉网式排查。念念不忘，必有回响，果然有了收获，泥水中发现了一枚汉代玉印，上面刻着"万氏奴"三个篆字。考古人员大胆推测，墓主人或许姓万，一个"奴"字泄露了墓主人身份，应该是个女子。富有考古经验的谢涛深知，有一定规格的古墓往往暗含机关。再往下探，很快又有了新的收获，就在"万氏奴"身下，也就是木椁的底部，竟然还藏着一层底箱。

作为老官山汉墓考古现场负责人，谢涛知道汉代成都十分富有，他当然期待有不一般的发现。他指挥考古队友慢慢靠近，轻轻地揭开底箱。成都的地下水十分丰富，泥水似乎有意要掩盖墓主人的秘密，在一双双渴求的眼睛的注目下，混浊的泥沙很快便淹没了底箱。

"快，快，马上排水！"谢涛有些急不可待。水很快排掉，被浸泡的墓室显得杂乱无章，但每一双火眼金睛如另一种探照灯般，直视着眼前随时可能发生的一切。底箱打开了，一层浓密暗黑的淤泥再次涌了上来，夹杂在淤泥中间的，隐约可以看出是一些木块和竹块，只是年代久远，那些木块和竹块已呈暗黑色。谢涛取出如面条一般脆弱的深色木块残件，手一摸，尚能感到木块残件上细滑的丝线和色彩斑驳的染料。"再排水。"谢涛催促道。那些木块和竹块构成的器物，挣脱层层包裹的淤泥，渐渐浮出水面。

直觉告诉在场所有的人会有什么重大发现。慢些，再慢些，如同接生一个即将出世的婴儿，又恰似触碰一位沉睡已久的垂垂老者，任何一丝疏忽和不当都可能造成不必要的遗憾。

"一部。""两部。""三部。""四部。"

原来那些由木块和竹块组成的物件，竟然就是传说中的汉代织机——南方丝绸之路起点的成都版图上期待已久却从未面世的蜀锦织机。

"四部织机。""四部汉代织机。""四部汉代蜀锦提花机。"

眼前四部设计精巧、结构复杂的汉代织机模型，令所有考古人员十分意外且惊讶——这是在考古不断有新发现的成都平原上第一次发现汉代织机。作为天下母锦的蜀锦，名扬天下，但那些优美的蜀锦是如何织出来的？汉代织机究竟是什么样子？考古人员只有借已考古发掘出的织机想象。成都平原上的汉墓十分丰盛，所以汉代文物也特别丰富，但在这些关于汉代的所有考古中，考古人员却一直未能发现汉代织机。对考古工作者而言，在南方丝绸之路的文明古都上没能发现蜀锦织机这样的文物，终究是一个遗憾。

没想到一下子竟有四部织机重见天日，所有人的激动之情溢于言表。"再往下看。"谢涛抑制不住内心的激动，低声吩咐。果然，又找到了那些织机的使用者——织工。黑色的头发，鲜亮的眼睛，红色的嘴唇，彩色的衣服……15件生动鲜活的彩绘木俑，就像刚刚从工作岗位上走下来，场面鲜活，恍若隔日。每一件彩绘木俑左胸上有不同的铭文，类似我们今天的工作牌，以区别织工的不同司职。由于它们常年浸泡在密闭的水里，加之身上涂了一层厚厚的漆，所以被保存得非常完好。那些木俑或立或坐，手臂姿势也各不相同，其中还有一名"监工"正在工作。

通过对二号墓的人骨鉴定，果然是一位大约50岁的女性，应该就是"万氏奴"——墓室的主人。考古还发现，"万氏奴"髋骨严重变形。这，或与长期负重有关，说不定这位织机的女主人"万氏奴"也患有纺织工共有的"职业病"。

"可以确定，织机随葬时上面还挂满各种丝线。"谢涛凭着职业的敏感，似乎已经想象到了"万氏奴"生前的情形。

中国丝绸考古领域权威专家赵丰看过这些文物后，赞叹不已：成都老官山的考古发现，是中国第一次出土完整的织机模型，也是迄今为止世界上发现的最早的提花机模型。

何为提花机？通俗地讲，就是能在织物上织出花纹的织机。今天看似平常，于汉代技术而言，要做到这一点是非常不容易的，可见蜀地先民很早就有对美的执着追求和创造精神。

古代普通织机是利用一片或两片综（提升经线的部件），分别同时提升单数或双数的经线，形成梭口，以便送纬打纬，织成平纹的织物。而提花织机十分复杂，不仅有许多综片，分别控制千百根经线做不同的升降运动，与交织综一起同纬线错综参差交织，还有许多经纬线相互作用，方能生产出各种不同花纹和文字图案的织物。

成都人戏称，在闲适的成都，最为繁忙的一群人，就要数考古工作者了。这些年来，成都平原的考古，真可谓新闻迭出，屡有佳音传来。由是，成都的城市年轮随时面临改写。

2016年9月15日。中秋之夜。秦时所筑大城与少城交会处，新落成的成都"城市年轮收藏所"——成都博物馆——正式向公众开放。

这个夜晚，作为镇馆之宝，那架汉代蜀锦织机成为博物馆绝对的主角。它穿越历史尘烟，在这座古老且命运多舛的城市"重生"。那架古老的专业名字为"连杆型一勾多综提花木织机"的织机，正是老官山汉墓出土的其中一台织机的复原版。

"梭过之后，居然花现。"汉代蜀锦的流光溢彩，穿越时光，款款而来。人们携手机蜂拥而至，长久驻足，即时直播，大饱眼福。

人们不禁感慨："如果真要为成都找一件适配的地标性文物的话，我一定会选这款汉代织机。"是她，让成都锦衣玉食三千年。

成都深厚的历史，可以用很多元素去呈现。如果真的要用一件标志性文物去展现成都的"文化魂"和"精气神"，乃至这种魂与神之中淋漓尽致的生活美学态度，我极愿意推荐老官山汉墓里依偎在"万氏奴"身旁的那四件独具魅力的织机。

古蜀先王蚕丛氏改良桑蚕创新纺织技术，用"创新基因"奠定了古蜀成都城市大厦中的第一匹砖。是他，在历史浩渺的漫漫长夜中找寻到了第一根经、纬线，织就出古蜀文明的肇始。如接力般续跑，历代成都的"蜀王们"爬楼梯一般艰难向上，用蜀锦蜀绣经纬线织就成一个芳华的"锦官城"，造就出中华文化符号"南方丝绸之路"重要起源地的地理标识。成都历史从大城加少城的格局一步步发展，形成了今天的卫星城景观，"公园城市"和"未来之城"的经纬线越织越绚丽，锦绣成都画卷越来越精彩。

汉机汉锦

Restoration of Pattern Loom of Han Dynasty and Reproduction
Character "Wu Xing Chu Dong Fang Li Zhong Guo" Silk

复原版老官
山汉代蜀锦
提花机

纺织蜀绣

中国蜀锦博物
馆的龙凤纹蜀
锦旗袍

脚踩踏板，抛梭引纬。身着艳丽汉服，一双素手上下翻飞，一位扮演织工的成都姑娘穿越到两千年前，熟练地操作着那部巨大的木质织机。时间流泻，数千根极细的黑色与金色丝线，在轻盈的手指间上下翻飞，缓缓编织成一匹华丽蜀锦。

　　此情此景，不由得让人想起"千丝万缕""丝丝入扣""一丝不苟"等通过织工与织机交相辉映的成语来——原来，它们都是有悠长故事的成语。织锦，是需要足够耐心与韧性的。史载，古时织锦60日一匹，一匹值千钱。织机有很多综片，织锦时，丝线需要通过综片，如果综片出了问题，锦就全乱了。我们所熟知的成语"错综复杂"，原来就是由此而来的。

　　纵横千年成都，经纬连接古今。"天回镇老官山汉墓"考古发现跻身2013年中国考古六个重大发现之一。四部"前所未见"的蜀锦提花机模型更是填补了世界纺织史的空白。

　　毫不夸张地说，锦官城的悠远历史就是用织机织出来的。远古、过去、现在，以及未来的成都，如一部有形或无形的巨型织机，这座城池的百姓都是经纬线上不可或缺的一分子。这部巨型织机，载着那些色彩斑斓的"经纬线"，用千年的智慧与繁忙，织出了一个丰润的锦绣成都。

第二节 追踪最初那匹"天下母锦"的美

蜀锦的历史跟古蜀国的历史几乎同步。蜀锦最初的织造年代，也差不多是"最初的古蜀王时代"——那是天府之国的孩提时代。

注视藏彝羌民族走廊的源头，一定会洞见三大蚕桑氏——西陵氏、蜀山氏和蚕丛氏。那裹着丝光绸韵的身影，是后世仰望的目光所聚——那是在 5000 年以前的"三皇五帝"时代。蜀族与中原发生的人文关系中，比大禹这个男人更早的，是嫘祖这位母仪天下的"蚕母娘娘"。

《史记·五帝本纪》载，昌意是黄帝的正妃西陵之女嫘祖所生之子，这个儿子娶了蜀山氏之女为妻，生下了后来继承黄帝伟业的古帝王"颛顼帝"高阳氏。史书又载，生于古西陵国的嫘祖是被尊奉为"人文始祖"的轩辕黄帝的元妃。

嫘祖与中原的关系不仅早而且重要——缘于一场空前绝后的婚礼。新郎是威风八面的轩辕黄帝，新娘是美丽聪慧的女酋长。这场婚礼，不仅改变了古蜀的政治与文化格局，也推进了中国乃至世界的文明进程。

这些近乎神话的故事虽然诞生在"史前时期"，很多人认为处于传说与神话之间，但中国是世上最早进行养蚕、缫丝、织绸的国度，则毋庸置疑。通过伸向海外的"丝绸之路"回溯中国，养蚕制丝的源头清晰可见。一个"祖"字，捍卫了嫘祖的历史地位，她堪称养蚕制丝的发明者和形象代言人，所以民间又亲切地尊其为"蚕母娘娘"。

史料阙如。尽管嫘祖的个人档案资料几乎无从考证，但我们仍可从结绳记事般的传说中，大致勾勒出这位"蚕母娘娘"和"天下母锦"的精彩往事。嫘祖，又称累祖，俗名王凤。出生于古西陵部落（今四川省盐亭县金鸡镇青龙山），其先祖在山上采食桑椹、蚕蛹过程中，发现桑树上有许多白色的蚕茧，以为可以果腹，于是将蚕茧放在嘴里嚼食，不想竟不能化渣入喉，放在水里发现有晶莹的丝线。由是，有如牛顿被苹果砸中后发现万有引力一般，那些被唤作"天虫"的野蚕吐出的长长丝线，意外地成为一件件粗陋的小型装饰丝织品。

　　慢慢地，野蚕吐出的丝越发不够用了，便有了野蚕家养技术。那一年，嫘祖年方十六。

　　那真是一个人类发明恣意充盈的青春期。野外采集、栽桑养蚕之余，嫘祖又发明了缫丝和纺织，并研制出制作"大帛"的技术。自此，人类关于野蛮与文明分界的重要发明，在中国西南的山间宣告完成；自此，古蜀的西陵部落结束了穿树叶、披兽皮的历史，以华丽的转身开启了人类最初的文明时代。

　　有了这些了不起的发明，嫘祖被族人推举为酋长。好事传千里，东边的夷人王、南边的越人王均来到西陵国，纷纷向嫘祖求婚。居"轩辕之丘"，称轩辕氏，游牧在今天的河南、山西一带的"有熊国"君主黄帝，在领受了嫘祖以丝帛为赘的外交礼后，对贴肤的丝绸和遥远的送丝人爱慕不已。他忍受不了日思夜想，于是以游牧为名，带着他的族人千里迢迢地来到了今天的青衣江、洛水和雒水一带（均属岷江水系）。黄帝之举令嫘祖的脸上飘起了久违的"桃花红"，嫘祖的天生丽质与非凡手艺同样令黄帝"心旌动"。

　　英雄与江山，江山与美人，果真是佳偶天成——嫘祖应允了黄帝的求婚。

　　他们的天作之合，不仅仅是两个人的婚姻，更是部族的联姻。他们有了两个儿子，大儿子玄嚣（青阳氏）生在"江水"边，也就是现在的青衣江边（今乐山一带）；二儿子昌意，生在"若水"边上，也就是"洛水"和"雒水"一带。数年后，获得爱情、事业双丰收的黄帝，又率领他的游牧部落和云一样多的人啊羊啊牛啊……班师回到中原。

夫唱妇随。嫘祖带着她的养蚕制丝技术，从古蜀地去了中原。但她所发明的蜀锦，却在生她养她的这块土地上永远地留传下来。

出于对这方土地的感激，黄帝让自己的儿子昌意迎娶了"蜀山氏女"为妻。黄帝一族与西陵氏、蜀山氏蚕族联姻的结果，是一个新的强大的母系氏族"联邦集团"出现在岷山地区，这个集团有了一个新的名字——蚕丛氏。

三星堆出土了很多奇形怪状的青铜人像，包括那些著名的纵目人——按照这个逻辑，他们应该都是嫘祖的后代，只不过人物形象大多汇聚在古蜀丝绸王国祖先最早的王——蚕丛——身上。"蜀"者"葵中桑""桑中虫"也。蚕丛时代蜀国最大的贡献，主要表现在"教民蚕桑"上。通俗地说，就是继承嫘祖开创的事业，教老百姓种桑树，养蚕，发展丝织业，为了更好地生存，也为了将"天下母锦"发扬光大。

那可是古蜀锦的肇始时代。今天看来，无论这些传说如何虚无缥缈，从后来历史发展的进程论，这样的逻辑关系应该都是成立的。

我们不妨张开想象的翅膀，正是蚕丛氏后来向南逃亡的路线，成就了最初的"南方丝绸之路"——蚕丛氏为沿线土著带去了那吐丝如云的天虫。不仅如此，其后的蜀王杜宇从朱提（今云南昭通）一带入主成都平原的路线，鳖灵从古荆州入川的路线，以及开明王朝末年，拒不降秦的安阳王率众南迁的路线，都或隐或现与后来的南方丝绸之路实现了惊人的暗合。特别是蜀王子安阳王率蜀将士三万突破秦军的重重围困，过云南，达交趾，抵南越，建安阳国（今越南东英县境内）的路线图，就是那条最早蹚出的南方丝绸之路——它一直延伸到了西亚。

如此这般惊人的历史，是偶然？是必然？

可以说，古蜀王迁徙的路线图，不论从哪个方向延进，应该都

雪山下面的
马帮驮队

是由丝"织"成的。有这些非凡的历史遗迹铺垫，成都这座繁华的城池，便有了与锦绣拥抱的底气。除拥有"蚕丝源地"身份和出色的女红技艺外，成都战国时代即筑有规模宏大的"织锦厂"——锦官城和"丝绸市场"——少城。

正因为此，即便南方丝绸之路一队一队马帮的蹄声、骆驼的铃声昼夜响彻，矗立在商人面前的，依然是一座"驮不空的成都"。

秦并巴蜀后，"亚以少城，接乎其西"（左思《蜀都赋》）。锦官城、车官城就像大城和少城的卫星城。有俯瞰天下胸怀和野心的秦国知道，仅仅靠民间力量在少城内小打小闹地搞织造业是远远不够的，必须采取计划经济与市场经济结合的手段，大规模地建造一个专门的国家丝织园区。

两千多年后，一位名叫李劼人的成都作家，形象地将此称为成都织锦业的"特别工业区"。值得一提的是，那个叫作锦官城的"特别工业区"，选址就在笮桥南岸一片临江的开阔地上。我们无从知晓那位城市最高决策者姓甚名谁，我们不得不赞叹的是，这位决策者真是有眼光，他选择织锦之地的唯一准则，就是以锦为本，而非以风水、交通、成本等为本。应该说，在这位决策者看来，以"锦"为本就是以"人"为本。

由是，一幅幅绝佳的景观出现了——织锦技师和织锦女工在成都两条河流的各个点位遍漂锦帛，成为那个时代最宏大的"行为艺术"。守望锦官城里的织女出城濯锦，成为成都市民游娱生活中的一件大事，也是民间对锦官城里神秘事象的擦边打探，和对以锦绣为代表的所有有关女红鲜活记忆的长久锁留。更为巧合的是，锦官们慢慢发现，只有"流江笮桥"附近的水才最出效果——它的干净度、温度、流速、化学物质含量等，不仅使蜀锦在漂练工序中脱胶与漂白，还可使其纹理更加清晰、色泽更加艳丽，宛如花儿初绽。

"贝锦斐成，濯色江波。"左思在他的名篇《蜀都赋》里，特地录下了这样的神奇。

此间，锦官城城墙里的一切都是神秘的，包括织锦技艺、设备工具、生产规模，以及织女的身段、容颜与手。每当蜀锦织成，数千锦女手把蜀锦，款款出城，来到江边濯锦时，锦江北岸就里三层外三层地站满了阅美、打望的人。锦女们一些在水边濯锦，一些把锦拿回城中搭在一望无边的高高的锦架上晾晒。微风拂起了锦女的长发和裙裾，傍晚的霞光把锦女袅娜的身影投射进江水，与随波逐流、随锦女纤手与腰身起落的长锦形成错位、交叠、倒置和反飞的奇妙景趣。

"濯锦江边两岸花，春风吹浪正淘沙。女郎剪下鸳鸯锦，将向中流匹晚霞。"刘禹锡写这首诗时，他灵感的江堤边一定浮现出了浣纱女西施朦胧的丽影。一匹又一匹五颜六色的蜀锦在锦女手中舒

锦江

展开去，就像一尾又一尾色彩斑斓的鱼儿被仙女放生。这个让人迷恋的场景会一直进行到夜色稠浓、雾霭袭来，锦女们在北岸的想象中折进她们的生活社区"锦里"，方人散江静，复归原态……锦江静静流淌，千年不息。

古与今，时与空，无形之中的血脉一直在悄然承续。

蜀锦拥有"天下母锦"之誉，这个"母"字的分量不言而喻。历史学者谭继和先生有几分挑剔地解读，并非织造于成都的"锦"都叫"蜀锦"。"只有在锦江里洗出来的锦，花纹好看、色泽鲜艳，其他河道洗不出来这种成色，才是真资格的蜀锦。"换句话说，蜀锦得名的关键，缘于有一条锦江——濯锦之江。这种说法可以找到很多历史佐证。那道漂锦的复杂工序，就是谯周在《益州志》里说的"织锦既成，濯于江水，其文分明，胜于初成"；也是左思在《蜀都赋》里形容的"阛阓之里，伎巧之家，百室离房，机杼相和，贝锦斐成，濯色江波"。

濯锦之江，源远流长。不论从汉代以来的哪一天起，只要你打开成都市区地图，便可见一条蓝色绸带蜿蜒于城中区东南，它就是成都的母亲河——锦江。《水经注·江水》载："秦昭王使李冰为蜀守，开成都两江，溉田万顷。"自古以来，成都丝织手工业发达，汉代以来，织工们即在这条江中洗濯织锦，锦至鲜明，锦江由此得名。

一条锦江，有形无形地把"天府之国"连在了一起。有文字记载的锦江水，从公元前251年至今滔滔不绝……千载天府，万代锦江。一直从未改名换姓的成都，被赞誉为"锦城"，似银色锦带而绕城的两条河，也被冠以"锦江"之名。

地兼繁华，幽美之胜。可以说，成都文明的源头，全渗透在那条滋养成都人的锦江之中了。它流经成都南郊，江南为郊野，江北为市区，江中有商船……一条江养育出一座城池，养育出一部与水有关的文明史，更养育出一座城市相沿而下的生活美学史。

第三节 蜀锦之美所抵达的远方，超出我们想象

　　中国丝绸博物馆用了两年多时间，根据老官山汉墓出土的织机模型，复原了两部西汉织机。其中一款是滑框式结构，存于中国丝绸博物馆；另一款是连杆式结构，陈列于成都博物馆。这些专家又花了一年半时间，用成都出土的西汉织机，复制出了"五星出东方利中国"精美蜀锦。我们知道，"五星出东方利中国"出土于新疆，乃新疆博物馆镇馆之宝，一面世便引起轰动。那是1995年中日联合考古队为了考察那条张骞曾经走过的路线，在新疆塔克拉玛干沙漠深处——曾经的一座绿洲——尼雅遗址进行联合发掘时，奇迹般发现的织有"五星出东方利中国"字样的织锦。这一发现被誉为20世纪中国考古学的伟大发现之一。千年前的织锦能够保存如此完好，举世震惊。

　　"五星"与"东方"渊源之说，最早源于司马迁。司马迁在其专著《史记·天宫书》中记载："五星分天之中，积于东方，中国利；积于西方，外国用者利。五星皆从辰星而聚一舍，其所舍之国可以法致天下。""五星出东方利中国"织锦纹样上，有凤凰、鸾鸟、麒麟、白虎、芝草、云纹、五星等图案，以祈求风调雨顺、祥瑞太平。"每一种织锦独特的结构就是它的'身份证'，而汉代蜀锦的结构，就是五重平纹经锦，维持了上千年没有变化。"根据这一独特的"身份信息"，专家断定"五星出东方利中国"织锦产自蜀地，是蜀锦。

　　可以初步肯定的是，"五星出东方利中国"稀世珍锦应该出自

老官山汉墓出土的那类织机。

就是放在今天，要织出如此繁复的纹样，技术难度仍然很大。蜀锦提花织机一问世就闻名天下，就在于其"编制"了很复杂的"程序"——里面共有 84 片综片，为了让织锦更薄，这些综片全部采用结构致密的红桦木。每片综片可穿过 1 万多根丝线，每提起一片综片，红黄蓝白绿五色丝线中就有一根在上，四根在下。单单看这三言两语的简单描述，就够令人眩晕了。计算机专家根据计算机原理给出了一个简单的类比，称如果把纬线上面的一根丝线代号设为 1，把纬线下面的四根丝线代号设为 0，就相当于为织机编制并存储了一部计算机"二进制"编码。

古人的智慧常常令我辈目瞪口呆。要知道，这可是离我们 2000 多年的遥远的汉代。

公元前 126 年，"凿空西域"的汉使张骞从大夏（今阿富汗）归来，向汉武帝汇报："臣在大夏见到蜀布、邛竹杖，一问，说是来自蜀郡。原来，从蜀郡西出邛山，再西行二千里可达身毒（今印度），由身毒北上便可到大夏。"其实，早在张骞出使西域前，成都产的蜀布、邛竹杖就已经走得很远，甚至出现在中亚、西亚诸国的市场上。"邛杖传节于大夏之邑，蒟酱流味于番禺之乡。"《汉书》和《蜀都赋》提到的"邛杖"，已经在张骞之前更早地出现在了"大夏"。

这些元素表明，在信息不发达、交通工具相对落后的汉代，成都已经全方位与国际接轨了，而代表成都生活美学态度的物产，已随同商人的脚步传布到了异域他乡。很多人所不知道的是，成都的开放包容之美还表现得"更为大胆"，比如，这时的蜀锦已经可以接受"来样加工"。即，只要客人提供想要的纹样，蜀锦工场就会根据图样生产出来，高质量地交到客户手中（比如数十年前出土的"粟特锦"，就是经蜀锦工场加工出来的一个品种。粟特是原本位于中亚的一个少数民族）。

这，应该是比较早的且较为独特思路的国际贸易了，为其后一

五星出东方利中国

条丝绸之路连接起人们共同的需求与愿景，打破了种种壁垒，提供了种种可能。因而，就不难理解为什么在异地他乡频有蜀锦的考古发现。

人们不禁会问，蜀锦有何独特的优势让世界为之倾倒？我们不妨从一个关乎蜀锦的故事来一窥端倪——

吴曾在《能改斋漫录》卷十五里说，少卿章岵在四川做官，曾把吴地的罗、湖地的绫带到四川，与川帛一起染红带回京师。

经过梅雨季节返潮湿润，吴地的罗、湖地的绫都已褪变颜色，唯有川帛颜色不变。后向蜀人究其因由，才知道蜀地蓄蚕的方法与他地不同，"当其眠将起时，以桑灰喂之，故宜色"。因之章岵恍然大悟道："世之重川红，多以染之良，盖不知由蚕所致也。"

不知这种蓄蚕方式是否真的可以像科学那样被证实，即可重复实验，但川帛在潮湿温润的气候中不褪色，有一点是可以大胆肯定的，即川帛的制作工艺真是没的说。

但川帛之宜色，我还是更相信四川，特别是成都对染料的注意而形成的不褪色的恒久效果。在现代的合成染料诞生之前，古代的蜀锦染料所用多为草染，即植物染料。

汉武帝从大秦手中接过了天府之国的繁华，"列备五都"便是这种繁华的最好注脚。

汉代的"五都"指两汉时期长安以外的五个大都市，分别是洛阳、成都、邯郸、临淄和宛（南阳）。之所以选定这五座城市为"五都"，是因为这五座城市的工商业很发达。当时"五都"中设置有"五均"，负责管理。甚为有趣的是，6年前的一次"中国古都学研究高峰论坛"上，也评出了"五都"。这次峰会的一个最大成果，便是形成了一份重要文件——《中国古都学会·成都共识》，这份文件确立了中国的"大古都"城市，其中有北京、西安、南京、成都、洛阳。

其实，汉代成都能列备五都，主要借蜀锦之光。汉时成都蜀锦织造业十分发达，朝廷在成都设有专管织锦的官署和作坊。已有锦官城之誉的成都，在"西又有车官城，其城东、西、南、北皆有军营垒城"。道路既多，运输工具亦当增加，遂设车官，所在地又筑城环之。成都又是汉代西部中心城市，因而在少城市场首设"市长"，也就是市场的管理者，主要管理"秤砣"——这也是市长名称最早的来源。

有了锦，就诞生了锦官。成都设置锦官的准确时间，已经难以考证，我们只能从常璩的记载中寻找蛛丝马迹。常璩《华阳国志·蜀志》载："州夺郡文学为州学，郡更于夷里桥南道东边起文学，有女墙，其道西城，故锦官也。"

有了锦，还有了锦里。常璩又说："锦工织锦濯其中则鲜明，濯他江则不好，故命曰'锦里'也。"由是，织锦工人的居住地被称为"锦里"。

这些诸多"锦元素"所构成的，无疑是一个锦绣成都。

汉代以来，蜀锦所到达的地方，可能比我们想象的还要远。比如在古埃及和古印度，蜀锦是上等人士、贵族才用得起的奢侈品。这一印记在埃及博物馆同样有发现，20世纪90年代，西方媒体曾经报道，有一具21世法老木乃伊，"头发上的那块丝绸，源于中国成都的蜀锦"。当奥地利科学家考证得出这个结论时，世界也为之一震。我查了一下资料，古埃及21世法老名叫西阿蒙，在世时间大约是公元前1069年至公元前945年，相当于春秋时期周穆王时代。那个时代人们的生存半径十分短，而蜀锦能漂洋过海如此之远，真的难以置信。

也难怪，早在公元1世纪，古罗马作家盖乌斯·普林尼·塞孔都斯在其百科全书《自然史》中，便如是记载："中国产丝，织成锦绣文绮，运至罗马……裁制衣服，光辉夺目。人工巧妙，达到极点。"

公元前一千多年的事，恍然间离我们如此之近。我们能够深刻感受的或许还可以更早，在西安兵马俑那些人物造型中，丝绸痕迹和标识自不必说，而在成都平原的三星堆遗址里，形象众多的青铜人像，无论是高大的巫师，还是跪着的小矮人，其发髻其服饰，怎么看都透出一层薄薄的"蜀锦味"。在三星堆众多的出土文物中，最有名的那尊青铜立像，是一个正在参与祭祀的类似于巫师的王者，他身着一件非常华丽的礼服，上面有很多复杂的花纹，有很多华丽的花边。数千年过去了，我们仍可透过冰冷的青铜，感觉出一丝内在的富贵与华丽，那很可能就是一件华丽的蜀锦礼服。

这样的假设并非空穴来风。3000年后，一位工艺大师根据青铜立像给出的图样，原封不动地复原了一件这样的礼服。同样的蜀锦，同样的服饰，纵横三千年，穿在不同人身上，想起来都很玄妙。

在成都这块丰饶的版图之上，丝的痕迹，缎的传说，锦的影子……真的是无处不在。

2008年，中国国家文物局和中国科协重新定义"四大发明"，丝绸、青铜、造纸印刷和瓷器依次排列。中国丝绸博物馆时任副馆长赵丰做出的解释令人耳目一新——

> 丝绸之所以名列榜首，乃因为丝绸是中国古代重要的创造发明之一，与其他创造发明相比，有着出现最早、应用最广、传播最远、技术最高等四大特点。它出现在新石器时代，与中华文明同岁；它衣被天下，服务众生；它传播世界，丝绸之路成为东西方文化交流的通道；它的技术含量最高，发明创造点颇多……

当诗仙李白笔下的"九天开出一成都"把成都抒发到再无诗人超越的时候，代表坚韧的经线和代表包容的纬线，就是织就九天开出的这美丽花朵最有营养的气场；当诗圣杜甫写出"花重锦官城"的时候，一个"重"字妙不可言，多音多义的美好寓意，仿佛暗示成都在不同时期的曼妙与浪漫。

一个"锦"字，很容易让人们脑海里闪现出色彩斑斓的图案。一簇簇艳丽如红霞的花朵，被雨水打湿后濡染开来，漫不经心地低垂于城市的各个角落。经"晓看红湿处，花重锦官城"这唯美的文字渲染之后，那气味、那色彩、那风骨便会萦绕开来……古往今来，不少人因为恋上了这般温润的诗，在尚未来到成都之前，便先入为主地恋上了这座城。

汉晋时期五星出东方利中国织锦

第四节　南方丝绸之路上，一个叫"二台子"的清晰路标

在邱弟恩眼里，"二台子"是由几间草屋——一间剃头（理发）铺子、两家幺店子（简易饭馆）和两家只有几张床的客栈——拼凑而成的……这里上了年岁的人们都亲切地叫之"二台子场"，那是方圆十数里百姓们"赶场"（北方称"赶集"）易物之地。

用我们今天的标准看，这样的设施远远够不上"场"的资格。但在四川百姓们眼里，只要位置好，大家"走"起来方便，"场"只是提供了一个交易的平台，有茶喝，有碗热饭吃，买卖东西方便顺畅……他们就满足了。

据说，在新中国成立前的很长一段时间里，这里都是每天逢场（当时叫"白日场"），且热闹非凡。江湖上的各色人等，南来北往的各路生意，活跃民间的大小杂耍……都在这儿聚集，把几间草房撑起的"场"烘托得红红火火、热热闹闹、体体面面、巴巴适适。

寻着历史的长长隧道，再往前探寻，就不难理解二台子为什么这么有名了。

成都本身就是古丝绸之路（即南方丝绸之路）上的重镇，而二台子就是漫长的"丝绸之路"上的一个重要"歇点"（即行进在商路上的商家歇脚之地）。行商从古丝绸之路的起点成都出发，向北行进 20 公里之后到达"二台子"——一个最合适的"歇点"。他们有的坐着滑竿，有的骑着快马，有的雇用挑夫……；有的绫罗绸缎，有的衣衫褴褛……；有的锦衣玉食，有的粗茶淡饭……各色人等以

不同的方式行进在这条淌金流银的石板路上，有的或许在这条路上常来常往，有的却是千里迢迢，长途跋涉，去完成一趟或许一生中最后的使命。

从这个意义上说，二台子对于他们中的每一个人，都是一生中极其重要的驿站。

就是今天，二台子的标牌上，也还特别标着"驿站"二字——"二台子驿站"。按我们今天的理解，其间的驿道应该是"国道"或"官道"，又称丝绸之路。

有了丝绸，方有了丝绸之路。千百年来，在中国对外贸易的交通要道中，有一条南方民间国际贸易小道，被公认为比穿越中国西北茫茫大漠的丝绸之路还要早七八个世纪，这条国际贸易小道就是我们今天耳熟能详的"南方丝绸之路"。

丝绸之路横贯欧亚大陆，丝绸是其特殊的贸易品，蜀锦则是丝绸之路的一个重要支撑。历史上，蜀锦出川主要有三条线路，可大致分北线、东线和南线。东线自成都至重庆，顺江而下通往湖北荆州及长江中下游；南线自成都经邛崃至雅安，后分为多条线路，其中包括经攀西前往云南；北线则是经广汉、绵阳、广元出川，翻越秦岭通往关中的蜀道。其中，北线可能是成都连通丝绸之路最重要的通道。

南方丝绸之路，也称蜀身毒道，总长约 2000 公里，西汉时期就已开通，直达印度，是中国最古老的国际通道之一。南方丝绸之路的起点，就是成都。

锦里风流，蚕市繁华。蚕丛织锦绣，丝路锦官城。沿"南方丝绸之路"朝边境出发，将蜀布、丝绸、邛竹杖等特产贩运到云南、贵州、广西、广东等地，再转徙至缅甸、阿富汗、印度等国，又购回西亚、中亚、南亚诸国的香料、珍珠、琥珀、珊瑚等奇货以及炫奇杂伎……一句话，这条繁华商路所托起的，是由丝绸所铺陈的高贵与富足。

让我们回到二台子身上。以上这些繁华与富贵，与 20 世纪 80

"南方丝绸之路"
上的驮队

年代从成都三河场出土的"成都东汉陶三轮马车"相辉映，令人惊奇的是，马车出土地与二台子近在咫尺。三轮马车散落在一片马俑陶器残片中，出土的陶片数量在 3000 片以上，损坏程度很大。经考古专家历时一年多修复，车马俑得以与世人见面。据说这也是四川文物修复界第一次完成陶车马俑的修复。

如今，修复一新的马车陈列于成都市新都博物馆，被誉为"四川第一车"。1 米多高的陶马体形剽悍，张嘴露牙，睁大眼睛直盯着下方；右前肢抬起，尾巴上翘，一副卖力专注飞奔的样子。马后是高约 1 米的三轮车，1 米长的叉形连接器将 3 个车轮连在一起。

随着年代的久远，有些古物面目可能模糊不清，但不管怎样，如此豪华的车型在此出现——有车就有路，足以表明此地的富裕。

由此说来，那些石板路还不是一般的石板路，能够供马车前行，已经是那个时代的"高速公路"了。

邱弟恩老人已经 73 岁了，是个地地道道的"老成都"。"这是一条十分工整的石板路，我印象中，这条石板路从成都一直铺到了金堂赵镇。"描述"小时候的丝绸之路"时，他是这样说的，"这是一条出川的必经之路，人们又称之为'小川北路'。"说起这些，邱大爷似乎沉浸在自己的童年往事之中，"那个时候从成都出发，路过埋死人的磨盘山，再经母狗庙……一路往下走。路上的石头越来越光滑，晴天雨天味道各不一样，很有意思，我们的童年大多时间是在这条路上度过的。"邱大爷还说，"小时候，我就知道了二台子这个地名。那里看似简陋，却热闹非凡。"或许因为对二台子这个地名的热爱，或许石板路真的太吸引人，1965 年那个春天，青春韶华的他，竟然在二台子找到了爱情的归宿——径直从成都来到二台子结婚定居，把自己永远"嫁"给了二台子。商家栉比，货栈成行，水陆要冲，川陕关防，试想，二台子地处这样一个黄金咽喉要道，能不让人趋之若鹜吗？

准确一点说，今天的二台子是新都区三河街道下面的一个社区；古时，是北出成都的"高速公路"的第一个驿站。可以想象，在那个繁华的熙熙攘攘的古丝绸之路上，有多少熙来攘往的匆匆过客将目标锁定为二台子，在幺店子吃上一份热腾腾的成都小面，在简易的客栈消除一夜的疲劳之后……又匆匆上路，寻找下一个类似"二台子"的进发目标。

二台子几里之外便是重要的黄金水道——都江堰水系流出的毗河水道，直抵乐山，经长江径直出海……二台驿站，千载万乘接踵；二滩码头，千帆万筏争航。由二台子引发的富与贵，由此可见一斑。

那承载着许多梦想的财富之路——石板路，慢慢衰败，退出历史舞台之后，附近的老百姓东一块西一块地将路上的那些石板背回家砌猪圈、修堡坎，石板路又慢慢变成土路……遗憾的是，现在再也看不到那些磨得光亮的石板了。

2008年以来，还是一个"场镇"的二台子，迎来了大规模的"撤乡并村"行政调整。于是乎，二台子周围赶场的松柏、三秀、碑石堰等4个村的百姓，纷纷告别了他们昔日"村"之称谓，都成了"二台子人"。

或许因为老百姓都喜欢二台子这条千百年来一直朴实无华的"老街"，或许这个名字真的承载着这方百姓的寄托与梦想，总之，原来4个村近10万村民，都成了现在的"二台子人"。

几年前一个偶然的机会，初听二台子这个名字，我就拍手叫绝——没想到这个通俗易懂的四川名词还蕴含着如此丰厚的文化底蕴，叫起来响亮，听上去舒服，且意味悠长。想象着早已消失的那条石板路，想象着几间破草屋的二台子，我也不禁在心里留下另一个问号：二台子因何得名？

如今，二台子社区大门口有一个宽宽的长长的走廊，走廊两边分别立着两块硕大的屏风，屏风的左边记载着"二台子"的前世今生。

载，清时，一朝廷重臣，品行甚佳，憾膝下无子。一日，巡视各地，从川北返回成都路上，行经此驿站，天色渐晚，狂风大作，雨点如注，决定留宿此地。午夜时分，怀孕之妻肚痛难忍。随从紧张异常，怕再次流产，神奇的是，临盆时风雨骤停，夫人顺利产下一对男婴。重臣如释重负，跪地拜谢。遂问及此地名，众不知，遂取名为"二胎子"。因此地客家人众多，"胎"和"台"同音，而"二胎子"之名也不甚雅，遂改名为"二台子"。

史迹悠悠，古道茫茫。站在"欢天喜地二台子"那个牌坊前，看着雕刻的二台子来历，笔者疑惑顿生：清朝上下几百年，故事究竟发生在哪一个年代？重臣姓甚名谁？堂堂朝廷重臣，为何还取出"如此不雅"之名？作为离我们最近的一个朝代，这些要素交代不清楚，是很让人存疑的。二台子的得名，在老百姓口中还有另外版本的答案，他们说，二台子原来叫"二太子"……系唐王幸蜀时留下的地名。

其实，这样的说法更让我相信，唐朝有两位皇帝相继到成都避难——安史之乱，长安沦陷，唐玄宗仓皇逃往成都；其后因为黄巢之乱，唐僖宗逃入成都避难。其时，他们身边带着重臣及太子随行也很正常。

不管怎样，两种解释应该说相得益彰，都能与皇亲贵戚沾上边。其实我更想说的是，更能沾得上边的，应该是那条石板路——南方丝绸之路。没有这条路，没有这条古道上川流不息的人流，可以肯定地说，也就不会有二台子这个名字了。

我们可以设想，二台子之名的首倡者，是达官贵人也好，巨富商贾也罢，或是平民百姓……这些都不重要，重要的是，在熙熙攘攘的古南方丝绸之路上，这里是人们记忆中的重要一站——"二台子"，如此亲切可人的名字，很能让人产生共鸣。

新驿新城，足领交通便捷；上风上水，平添区位优势。也如成都地方文史专家冯修齐在《二台子驿站赋》中所云："美哉其土，乐也此邦。经天纬地，物阜乐康。"

水美地肥的成都，像二台子这样用时间烘焙且不断蝶变的平凡故事，可以信手拈来。不容忽视的是，熙熙攘攘的南方丝绸之路上，那一个叫"二台子"的清晰路标。

第五节　极具成都标识的"说唱俑时代"

从汉代一路看过来，那一册册关于成都的档案和史志太过沉重，我们只能从几个源自汉代的小小切口——比如"东汉击鼓说唱陶俑"（简称"说唱俑"），比如"汉画像砖"……去管窥以见全豹。

说唱俑具有"国宝"和"中国汉代第一俑"之称。关于说唱俑的分量，权威的《中国大百科全书》这样记载——

> 国宝东汉说唱俑，天回山东汉崖墓出土，泥质灰陶，高55厘米，现收藏于中国国家博物馆。人物动作及面部表情的刻画极为生动，以动态丰富的表情展现古代说书人的幽默神态，体态矮胖，缩颈耸肩，头扎巾帻，额佩花饰，上身赤裸，袒胸露乳，右手握鼓槌高举，左臂环抱一小鼓，动作诙谐，活泼欢快，表现古代民间艺人说唱时的得意神态，具有强烈的感染力。
>
> 为中国古代雕塑艺术的精品，在中国美术史上有重要地位，多次在国内外展出。被誉为"中国汉代第一俑"。

一手抱着鼓，一手握着的鼓槌已经不知去向，但仍满脸堆笑，笑容可掬。是为自己的表现而傻笑，还是故弄玄虚而逗乐？我们不得而知，或许兼而有之。虽然身材看似矮小，却一点儿也不容让人小看，这个生长于东汉时期的"成都艺人"，后世专家学者给取了个精彩的名字——说唱俑。

东汉击鼓说唱俑
1957 年四川成都
天回山出土

席地而坐，头部硕大，裹着头巾，前额布满皱纹，赤膊跣足，左臂环抱一个圆鼓，右手做高扬鼓槌状……无论从哪个方位看，说唱俑的表演都仿佛已经进入高潮。他得意忘形，他神情激动，他表情夸张，他竟不由自主地手舞足蹈……还有甚者，头戴一顶旋钮式的小尖帽，远远看去，颇似一个高耸的发髻。上身赤裸，右臂上套了一个臂剑。上身特别长，胸与腹之间塑出一道深槽。下身穿一条浅裆长裤，为了突出滑稽的效果，裤子塑得特别低，仅仅兜住了撅起的肥腴臀部的下半部，裤管肥大，几乎遮住了脚面，仅露脚趾。头部故意偏在一边，脖子向前伸出，将一个调皮的说唱艺人形象活色生鲜地展示了出来，令人捧腹。

无独有偶，在天回山崖墓说唱俑面世 25 年后，新都三河二台子再度出土了一尊击鼓说唱俑，它夸张的造型和传递的丰富历史信息，令其成为新都博物馆的镇馆之宝。

不同说唱俑浑身上下所透露出的，是这方土地的滋润与安逸、乐观与幽默。虽然人们并不了解他说唱的具体内容，但一看到这位热情、乐观、充满生命活力和幽默感的艺人，会发出会心的微笑。

甚至可以想象那样一个场面，这个说唱俑的面前，正有一群兴致勃勃的听众在倾听他出色的表演……可见，汉代的雕塑家们是多么富有创造力和想象力。他们并非简单地模仿生活中的场景，而是采用了极其大胆夸张的手法，着重表现说唱者那种特殊的神气。用我们今天流行的话说，有很强的"代入感"——那是属于汉代成都的美学生活享受。

说唱俑的穿着很朴素，从他的表情和动作上可以看出，这是一个很知足、很乐观、很豁达，也很高兴的说唱艺人，举手投足间，无不透出其憨厚、淳朴和幸福。

说唱俑，是成都人乐于面对生活的象征，更是古往今来体现普通成都人生活的"形象大使"。前文提到的邱弟恩老人，曾经就是一位标准的"说唱艺人"。当周围人都要他再"表演一段"时，他略显羞涩而又自豪地透露："年轻时我可是个全才：金钱板、二胡、快板都会。"他常常在茶馆里表演，以挣些钱补贴家用。

虽然年届古稀，但他说话时羞涩的表情却显得格外天真而可爱，与博物馆的那尊"说唱俑"神似……因为有退休养老金了，他也就很少表演了。就是后来，每到逢年过节，社区里有这样的表演机会，他只要找到了舞台，同样十分活跃。

我以为，那个在二台子出土的"说唱俑"，很大程度上就是穿梭在茶馆等场所艺人们的集中体现，只是作为三河街道办事处这个成都第一大社区，这里所有的农民都不再种祖祖辈辈种的庄稼了，他们住进了漂亮的居民楼房，那些上了年岁的老人们，改变了形式上的"说唱模式"：经常三五成群聚在一起，或交流一些生活上的经验，或琢磨一些新的手工艺品的做法……

今天，这里的百姓每逢大凡小事，还有吃"坝坝宴"的习惯，住进楼房当然不像原先那样随便有地方摆"坝坝宴"了。为了方便百姓继承传统的红白喜事习俗，社区专门花数十万元修了一处"家宴点"。修得还十分讲究，就像一个农贸市场，甚至专门修了放鞭炮的池子。

在这里延续开来的一代又一代的"坝坝宴"里，是不是也一直活跃着"说唱俑"们滑稽而搞笑的身影？就像今天成都市区各大饭馆、茶楼里那些背着电吉他的年轻男女们，只要你看着他们，他们就会意地凑过来，把歌单送到你面前，然后不由分说地响起琴声和歌声。不管唱得水平怎样，一曲终了，你会不好意思地花钱点上一两首，以回报他们的劳动。

实际上，这些年来随着城市化的丰富性和多样化增强，成都是鼓励这些艺人们穿梭在大街小巷的。2018年年初，成都有了正规的"街头艺术表演"。这样说，是因为从这时开始，成都市正式将街头艺术表演纳入了公共文化统一管理，以"动态化管理"让艺人在街头"持证上岗"。这些艺人身份多样，有工程师、教师，也有独立音乐人。在接地气的街头，他们放松自在，尽情演绎。随着街头空间开放，大量优秀艺人涌现，洞开了"有一种生活美学叫成都"的新视界。那些找到人生价值和乐趣的"说唱俑们"，为成都这座"来了就不想离开"的城市再添一缕音乐眷恋。

"有一样东西赐予了万物光辉，那就是在街角能够遇见什么的幻想。"英国作家切斯特顿如是沉浸地写道，"也或者就是那种寄望：尚有某些事物在催促我们寻访崭新，也叫我们相信，在最想不到的转角还可能存有某种与众不同的、前所未见的、别具一格的、异乎寻常的东西。所以我们中的某些人才会对成为先锋怀着毕生的憧憬，这是我们表达信仰的方式：在这世上，也兴许在此之外、在现世之外，尚有可能存在一些我们闻所未闻的东西。"

街角，永远是观察一座城市是否独具魅力的重要引擎。成都市的这种官方倡议与支持，无疑希望成都涌现出更多的"说唱俑"，让成都的每一个毛孔都生动起来，魅力四射。

不得不承认，成都的"文艺范"和生活美学由来已久，远的"说唱俑时代"自不必说，仅《宋史·地理志》就留下有"川峡四路……

好音乐，少愁苦"的文字。特别是在那些把"爱好＋挣钱"融于一体的年轻人眼里，当一笔笔简单的交易完成之后，他们会心满意足地转往下一个目标……他们就是活跃在我们眼前的"说唱俑"——所不同的，是他们拿着标志时代的带"电"的乐器，而他们的祖先（准确地说，是我们的祖先），手里拿着的，是一面小鼓和一支短短的鼓槌……

跷腿挥臂，活力如芒
眉眼间开心得意的笑容
取一缕，便可激活万古洪荒

说吧，说汉武帝把第一舞娘娶了
歌手李延年被宠得溢彩流光
唱吧，唱东村西社的奇人异事
铁血沙场的骠骑悍将……

夹在臂弯的一面小鼓
装着风声雨声马蹄声
人间烟火与乡歌村谣
被你拍打得世代飘香

穷有穷的喜乐，贱有贱的粗放
一尊活力四射的泥俑
胜过无数富丽堂皇

附耳过来：明天随我去见
曲艺家协会的秘书长
申请书上的签名无所谓
你高抬的赤脚是陶制精品
到时正好以足代章
……

二十四字砖

这首专为"说唱俑"量身定做的诗，活灵活现地刻画了"幸福指数"极高的汉代成都生活图景，其作者是我所尊崇的四川著名诗人张新泉先生。成都人的生活为什么巴适富裕？成都的百姓为何怡然自得？一方水土养一方人。从说唱俑那里，我们似乎不难找到答案。

话说清代翰林院编修、"甲骨文之父"王懿荣到新繁龙藏寺访友时，偶然间发现了一块神似玉玺的汉砖，上面密密麻麻刻满了十分工整的篆字，无论是艺术价值还是文物价值都极高。他像见了宝贝一样，爱不释手，仔细一看，正好 24 字。其文曰："富贵昌，宜宫堂；意气扬，宜弟兄；长相思，勿相忘；爵禄尊，寿万年。"

戏剧性的是，新繁龙藏寺离说唱俑出土的二台子不过数里地。据此，《新繁县志》遂将此砖命名为"二十四字砖"。抗战时来川执教的南京中央大学教授卢前也有幸一见此砖，不禁发出感叹：

相思毋忘题在纸，廿四砖中字。精严吉祥，绝胜
唐碑志。怜他世间痴汉子！

并留下自注，曰："二十四字砖，殆砖文之最长者，直似唐志，
可供讽读。而吉祥之语盈幅，丁宁嘱咐，想亦痴人之所以也。"

与说唱俑一样，这块收藏于四川博物院的"二十四字砖"也告
诉我们同样的信息：汉代时的成都已经是一个"富贵昌""意气扬""爵
禄尊"的盛世。

"说唱俑"的形象我很早就看到过，但当真正感受"二台子"
这个气场，又置身于新都博物馆二楼那个特别容纳"说唱俑"的展
厅时，我依然两眼发直，神情严肃，久久凝神，望着那几尊石像出
神……从头到脚发自内心深处的喜悦，那种随意而成，那种立意高
远的创意，那种对幽默特别的注脚……只有在汉代艺术中才能如此
淋漓尽致地表现出来。

我曾数次凝视着那几尊矮矮的说唱俑，百遍千遍也看不够。我
也曾抽时间，一而再，再而三地站在"他们"面前与"他们"做无
言的对话，接受"他们"的洗礼……是好奇？是专注？是想接收"他
们"的艺术灵气？还是想洞穿"他时代"的生活真谛？或许兼而有之。
三尊"说唱俑"的形象定格在我脑海里，一度久久挥之不去……随
时都可能复活过来，看着他们表演，与他们对话，常常在深夜里把
我逗笑……我深深被吸引了，以至时间凝固……有时让人捧腹，有
时令人沉思，总想从他那忍俊不禁的周身笑料里悟出点什么……与
说唱俑相映成趣的，还有几尊舞蹈俑、抚琴俑……手之，足之，舞之，
蹈之……那神情，那手势，那姿态，那气质……活脱脱一尊尊贴着"成
都标签"的"兵马俑"——它们就是你，就是我，它们就是 2000 多
年前成都人的模样。

新都博物馆陈列大厅的正中央，一大片地盘留给它们，以至满

屋子的文物便生色起来，仿佛齐聚四周，聚精会神，听它们讲述那些永远也讲不完的古老而新鲜的成都故事……那声音在桂湖幽静的上空荡漾，一直穿越千年，荡漾到悠远以外的空间……"说唱俑"与"二台子"应该有着某种千丝万缕的因果联系。我一直在想，"说唱俑"与"二台子"惊人地在成都城郊的同一地方"出土"并非偶然，冥冥中必然有某种内在的逻辑关系。我甚至天真地推断，两千多年前，那些活蹦乱跳的"说唱俑们"表演的时候，也应该有一个戏台，不然人们怎能聚集围观？说不定"说唱俑"表演的那个舞台，就唤名"二台子"……因为那些让人忍俊不禁、满身"包袱"的"说唱俑"，一定要有一个贴切的戏台名字相配，而"二台子"之名与"说唱俑"的喜剧效果是天作之合。

由此推算，"二台子"这个名字应该更为古老才对。其实，"说唱俑"也罢，"二台子"也罢，年代相同与否关系不大，重要的是，它们同时代表了这一方土地和土地上快乐生活着的人们。

第六节　画像砖托起的是一个理想的生活范本

如果要说成都是一个地地道道的"古都"的话，其中的"古"，很大程度是从"说唱俑"和"汉画像砖"……这些清晰而醒目的元素体现出来的。因为这些看似微不足道，甚至不起眼的民间艺术，正能从骨子里诠注一座城市的精髓。

初春时刻，我漫步在一望无际的油菜花铺满的川西平原上，五彩纷呈的风筝，五彩缤纷的汽车，还有五颜六色的人群……组成了一幅绝佳的世间五彩图。

这，无疑是一片绿油油的富裕之地。这里自古以来就有着发达的农业经济，西北老百姓曾羡慕地说："成都平原上的土地，在我们那儿都可以做肥料了。"《华阳国志·蜀志》也这样告诉人们："四节代熟，靡不有焉。"天府之国因之而名扬四海。

这样的景致该是一幅怎样和谐的画面？我们不妨借助另一个重要的载体——汉代画像砖——去探视，去遥望，甚至去喝彩汉代成都人的精致生活。

画像砖本是一些浑厚古朴、宽大而略带点青色的古砖，作为汉代墓葬的重要物件，上面镌刻着汉代人丰富的生活场景。四川省博物馆内，有一个专馆陈列汉代画像砖，一件件形态逼真。仪态万方的汉代画像砖，就是一幅幅汉代成都的生活写实图景。以前更多是从一些资料上看见汉画像砖图片或拓片，但在博物馆里看到体形硕大的画像砖原物时，还是不免心生震撼：他们怡然自得，他们无拘

宴乐
拓片图

无束，他们个性鲜明……那些现场感极强、栩栩如生的场面，很容易让人穿越进汉代的生活场景当中去。

置身四川省博物馆，我凝视着一件名为《宴乐》的画像砖出神。浮雕凝成的画风动感十足，画面上方的四人席地而坐，宽大的长袍之下是屈膝的下肢，座前有一张案桌，案上摆放着酒樽、杯、盂等宴饮器具。左上方略显夸张的古琴十分醒目，一人正抚瑟拨弦，一人在侧耳吟唱；余下两人为一男一女，男的戴着有髻的高帽，女的头上可看出明显的发夹，他们分布在画面右上端，盘坐席间优哉游哉。相比之下，画面下方显得更为活跃，一男站在一旁，扬着左手叩鼓为节，一女婀娜多姿，扭动身体，挥舞长袖，翩翩起舞，可谓左顾右盼，和谐一体。

三男三女应该就是三个家庭（甚至可能就是三对夫妇），他们可能在某一个节日约会一起，宴饮至酒酣人乐之际，为助兴美丽的邂逅，彼此拿出自己的拿手节目。看上去略显朴实甚至简陋，不见贵族宴饮时"东厨具肴膳，椎牛烹猪羊"的丰盛场面，但不时映射着"主人前进酒，弹瑟为清商"的闲情雅致。

泥土炼制的气息还未远去，微微凸起的线条轮廓分明，这一块小小的汉砖无疑就是一件珍贵的艺术品。那方《宴乐》画像砖系1965 年出土于成都市昭觉寺后面一小土坡的汉墓中。"小地名叫青杠林……西距羊子山古墓群 0.5 公里许……"，时为"青龙公社社员在该处改整农田"，当地百姓发现墓群后报告给四川省博物馆。由是，画像砖方重见天日。

两汉时期，蜀地酿酒，宴饮成风，《史记》载卓文君当垆卖酒即这一时期。众多汉画像砖中，以"酒"为主题的尤其突出，那真是一个活色生香的酿酒博物馆。另一方郫都出土的画像砖（名《宴饮》），无疑为这样的博物馆提供了生动而鲜活的素材。画面共七人，正面三人，左右各二人，座次井然有序。峨冠广袖，举止从容优雅，席前樽爵并列，碟碗横陈，众人捧盘举杯，饮酒作乐……他们的身份不同，主次各异。画面透露的信息十分丰富，让人感受强烈的，是一种"路不拾遗，夜不闭户"的和乐境界……成都平原大量出土的汉代画像砖与画像石，给了我们一个直观而生动的汉代生活再现。

说到酒，以汉字"福"为例。"福"这个十分古老的会意字，在甲骨文（"福"在甲骨文中为"畐"）中的本意就是，两手捧酒坛把酒浇在祭台上。以此可看出，在我们的祖先眼里，有酒就是最幸福的。包括殷商时期的青铜器，很大一部分都是酒器。人类的初始阶段，快乐莫过于饮酒。

蜀地沃野千里，粮食产量喜人，这无疑为当时奢侈的酿酒业提供了极其优良的条件。史载，汉代时的成都，酿酒和经营酒已经有了极细极科学的分工，无论是官吏富豪，还是市井百姓，宴乐饮酒

酒肆拓片图

桑园拓片图

市井拓片图

已经成为普遍现象。左思《蜀都赋》中所描绘的"吉日良辰，置酒高堂，以御嘉宾"之盛，成为一种时尚。这种时尚与休闲之气，成为佐证天府之国的一幅妙曼图画。

一块酒肆画像砖形象地展示了汉代时沽酒的贸易场景。铺面临街，酒坛累累，店主站在柜台内，正在应酬前来沽酒的客人。画像砖的左上方，有两位饮客正急匆匆地向酒店走来，左下方则是推着独轮车的运酒员。画面动感十足，仿佛就是生活画面瞬间的一个定格。画像砖如一台照相机，将这个瞬间努力定格成永恒。

酒为粮食之精灵。试想，如果连果腹都难以保证，哪还有余粮酿酒？没有了酒，古人的快乐与富裕从何谈起？

除此之外，尚有车马过桥画像砖、舞乐百戏画像砖、西王母画像砖、拳术画像砖等等。一砖一模，一砖一图，主题鲜明。每一幅砖画都力求一个完整的画面，浮雕手法占了绝大多数，画像弧圆凸起有浮雕感。

桑园画像砖描绘了汉代广种桑树，以供织锦的情景。整块青色的古砖被浓密的桑叶遮蔽着，画面看上去朦胧一片。树叶的缝隙间不经意地露出一间茅屋。一个曼妙的寂寞女子正在桑园中轻舒十指采摘桑叶。凝视这幅画像，耳边会响起汉诗《陌上桑》那凄美的句子："罗敷善蚕桑，采桑城南隅；青丝为笼系，桂枝为笼钩。"

难怪历史上不少文人墨客把锦江的水和织锦女工的手推举为汉代成都特别值得歌颂的两样东西。晾晒在汉代天空下的织锦，在城市一侧的江岸上时而发出旗帜的飘动声，时而发出丝绸的润滑声。来自异国他乡的商人率领着叮叮当当的驼队，云集于此，神奇的蜀锦、东方的工艺和颜色使这些来自中亚的商人备感惊奇。他们从驼峰间跳下来，虔诚地走进成都街头的锦缎庄，双手捧起流水般细腻柔滑的织物，发出声声赞叹。

弋射收获画像砖体现的是成都平原秋天的景致。秋高气爽，天空中飘着淡淡的云彩，两个身背箭袋的猎手隐藏在莲池旁边的树阴

弋射收获

下，张开弓箭向天空中结队飞翔的天鹅和雁阵射击。旁边的稻田里，三人执镰弯腰收割稻禾，二人绑扎稻草，一人肩挑谷穗朝晒场飞奔。一幅怡然自得的丰收图景。

令人过目难忘的是，市井画像砖上，一块汉砖的中心位置凸起一座五脊重檐的宏大建筑，这个有着现代时尚表现的"三维空间"表达的阁檐上，悬着一只大鼓，或许是城市的标志性建筑，因而被置于通衢大道的十字广场中央。四条宽阔的街道像纵横交叉的河流把城市分成四个不同的区域，每个区域因经营范围的不同而形成不同的集市。仔细观察，会发现一个人牵着两只山羊从集市走来，不远处的酒楼上一些身穿汉服长袍的人正在高谈阔论。鱼鳞般密集的屋檐下，推着独轮车叫卖货物的小贩踽踽而行。同一条大街上，两个腰悬长剑头巾飘动的人正阔步急行。一家插有小方旗、新开张的店铺门前，围满了看热闹的人……这，不仅仅是汉砖上简单的"看图说话"。

无疑，这是汉代成都城市图景一个生动瞬间的缩影。要特地感谢这些汉画像砖的创作者们，不然，我们不可能看到这么多接地气的艺术佳作。没有他们的精彩表达与丰富呈现，我们根本无法想象两千多年前成都的模样，是他们，将如此动感而多面的成都繁华市井图景完美地留传后世。

成都汉代画像砖丰富而多彩，无论是官方博物馆还是民间收藏，都十分普遍。仅在成都域内的新繁、马家、新民、清流等地，就出土有汉画像砖60多个品种，200多件。其中新繁清白乡墓，为多墓室，共砌有画像砖54块。有如今天成都的茶馆一样普遍，各式各样的画像砖构成了一个色彩斑斓的汉代成都。

1987年5月，第二次全国文物普查时，刚刚参加工作的张德全还是一位刚入门的年轻人。他骑自行车到新民乡河屯场走家串户"问古董"。在梓潼村，当他看到农民将一些古砖用来砌门槛、猪圈、地脚边时，遂问道："你们在哪儿挖的？"已经对此见惯不惊的百姓将他带至林盘后院的一个土包，称是"挖沼气池时"挖出来的。张德全大喜过望，次日又组织当地农民继续"挖"，收获颇丰。

"汉画像砖多用于墓室建筑，少数为砖椁和砖棺。画像砖墓只是墓室局部用画像砖，或在门部，或嵌于壁上，尚未发现全用画像砖砌筑的墓。各墓所用画像砖的数量不等，少则两三块，多则几十块。"采访张德全时，他不时向我普及汉画像砖知识，"根据对画像的观察可以看出，制作画像的方法有三种：第一种是用尖利的器物在泥坯上划出图像；第二种是压印法，即在砖坯晾到一定程度后用模型将画像印上去；第三种是翻倒脱模法，即在木模上贴泥，拍牢打实，翻倒脱模，在制作泥坯的过程中，画像同步产生。"

古代人认为，人死后到另一个世界，也会如生时一样吃喝拉撒，所以往往在墓地刻画出现实世界的模样供逝者享用。张德全感慨，成都地区出土的汉代画像砖基本囊括了当时社会生活的全部，它们在地下共同构成一幅生动逼真的汉代成都生活全景。

我还从张德全那里得知，成都是我国出土汉画像石和画像砖的主要地区之一，汉墓里出土的画像砖的题材内容主要分为社会生活、历史故事、神鬼祥瑞、装饰花纹等四类。社会生活包括播种、收割、春米、酿造、制盐、市井、酒肆、蚕桑、织布、采莲、车马出行、宴饮、养老、讲经、盘舞、羽人（日）（月）、驼舞、庭院、下棋……生活琐事，无所不包，几乎形成了人们所能洞见的"汉代的日常"。据悉，水田农作、井盐、市井、采莲、采桐、放筏等内容为古蜀画像砖所独有。比如制盐画像砖，画面上展现的是蜀地先民制盐的场景。画面左边是一个极深的盐井，井的上方是分为两层的高高的井架。井架顶部是升降装置，上面系着木桶用来汲取卤水，架上的四个人在拽绳子操作。井架的右边有一个方形大容器，里面装满了盐卤，用竹制管道引至右下角的灶锅内，三人在灶旁用天然气烧火煮卤，最终将盐水熬煮制成成品盐。我们知道，盐在中国古代被视为奢侈品，汉代成都能看到如此精彩的制盐画面，实为罕见。

大量出土的汉代画像砖与画像石，给了我们直观而生动的汉代生活再现，汉代成都离我们如此之近，近得伸手可触，那真是一个亲切的鲜活的"民间历史生活博物馆"。

在大量生动有趣的物证面前，我们不难想象那个时候的艺术大师水准何其了得，他们的表现手法看似平常实则高超，那真算得上是"人人都是艺术家的时代"。那个时候艺术已经十分普及，艺术完全就是生活的折射，艺术家与普通民众打成一片，普通民众中也涌现出不少艺术家。从他们无拘无束的表现上完全可以感受到，他们是幸福的、开心的、快乐的。

行文至此，我不免思忖，那么多汉代文物体现的都是自由和自在的主题，是不是汉代当局有意摆下的"形象工程"？让所有百姓都拿起笔来，"人人成为艺术家"为当局评功摆好，给后人一个盛世太平的错觉？要不，为何我们今天看到的那么多汉代的产物，都是如此令人回味？况且，千百年来因为各种原因还散失了不少这样的文物。

答案或许是肯定的。大量史料告诉我们，汉代成都就像汉代中国一样，那真是一个从物质到精神的巅峰时刻。而汉代成都尤其具有代表性与先进性，有"列备五都"之誉。这时的成都像一块残留着彩釉的古朴陶片，它的颜色，有些类似于田野中的向日葵：金色、浑厚、流光溢彩。同时，在这种黄土般厚重的颜料里，又有一些温馨浪漫，甚至是诙谐活泼的日常生活味浮现出来。因此，汉代成都又像深埋地下的储满粮食的土陶罐子，丰稔的蓬勃生机从幽暗的时空隧道里散发出来。

狄更斯在《荒凉山庄》中说："不管我到什么地方去，我是去找快乐的。"也许在有些人眼里，成都人的乐观是一种"不知进取"的表现。实际上，成都人的乐观是他们独有的智慧与处世哲学。有专家将成都人的乐观称为"北纬30度上的心理学之谜"。这不，地震来了麻将照样不停地打；黄金周遇到大堵车，没关系，车的后备厢旁支起桌子照样吃方便火锅；热流滚滚袭来，那就把双脚泡在山泉小溪里，同样不影响打麻将……成都人的乐观由来久矣。走进成都的博物馆就可以找到答案，无论是青铜器上的纵目人，还是汉代著名的说唱俑，各具情态，无不传递着善意和笑意。汉画像砖无疑是一个鲜明的标识，从一个侧面反映汉代社会制度、社会关系、政治，和占主流的思想、生产能力、战争方式、道德观念、精神信仰，以及艺术水平等各方面的内容，由于其内容丰富多彩，也被看作汉代的历史画卷。

时光流泻到今天，成都已经行进在公园城市示范区的路上。什么是公园城市？成都人用幽默而好听的独具成都味的成都话来总结，那就是"安逸"和"巴适"。与这两个词相生相伴的，是一个又一

春熙路
太古里

小巷书店

个植根于城市文化魅力肌理上的"城市颗粒"。这些城市颗粒，是博物馆，是图书馆，是美术馆，也是社区里的咖啡馆，甚至可以是小巷里的书店或花店。城市空间的进化，是洞察一座城市高质量发展程度最清晰的"镜子"。那些看似宏大叙事的对象，终极的指向还是人和人的需求的反映。一句话，要解答好超大城市的现代治理，最终的核心还是要使人的需求得到满足。换言之，更好的空间，就是从市民的体验感出发，用无限的场景，并通过场景的叠加，去满足每个个体颗粒更小的需求，为之创造幸福的生活。

二十里寻香道，三千年锦天府。在今天的成都，散落在城市角落的人文盛景串联成带，被岁月冲淡的城市人文记忆被唤醒复苏。一批批承载着成都记忆、述说着成都故事的"老地方"，被赋予了新的生命与活力，它们一苏醒，便成为网络时代不折不扣的网红打卡地。

从汉代一路走到今天，成都人眼里，最能体现"安逸"和"巴适"的，得算独具特色和风味的"八街九坊十景"了。厚植天府文化底蕴，促进城市人文在多元互鉴、古今相融中不断绵延。漫步在成都街巷，就是徜徉在浩渺的成都故事里，沉浸于千年的天府文化中。宋代诗人陆游曾在《梅花绝句》中写道："二十里中香不断，青羊宫到浣花溪。"寻香道正是天府锦城一隅，通过梳理城市文脉，用"八街九坊十景"为载体，对街、坊、景进行功能业态植入、景观提升、交通改造，意在让历史文化"活在当下"。

何为八街？即寻香道街区、春熙路街区、宽窄巷子街区、华兴街区、枣子巷街区、四圣祠街区、祠堂街区和耿家巷街区。

何为九坊？即锦里、皇城坝、华西坝、音乐坊、水井坊、望江坊、大慈坊、文殊坊和猛追湾。

何为十景？即青羊宫、杜甫草堂、散花楼、武侯祠、皇城遗址、望江楼、合江亭、大慈寺、天府熊猫塔和文殊院。

一句话，这些元素，旨在将成都的传统文化因子留下来，让外地人从骨子里直观地体验成都的"慢"。

作为一个网红城市，不得不承认成都是很会"折腾"的。秉持这样的思路，八街九坊十景之余，又配之以"两环八线十三片"主干体系——

两环，即天府源心环皇城坝和滨江畅游环锦江公园。

八线就更为复杂一些了，它们分别是——

少城寻香休闲线：这是西蜀诗歌艺术游线，主要展现西河内少城文化，西河外杜甫草堂、浣花溪和青羊宫等。

蜀汉乐活线：即三国蜀汉文化游线，主要展现三国武侯、君平乐道、文翁石室、保路英烈等历史脉络。

礼仪迎宾线：这是成都中西文化交融游线，主要展现从省科技馆、锦江大礼堂、锦江宾馆的苏式建筑，到中、英、美、加四国办学的华西岁月。

学府漫游线：这是成都高校书香文化游线，展现从四川大学华西校区，到四川音乐学院，再到四川大学望江校区的高等学府文化。

都市禅林文创线：这是非物质文化遗产与都市禅林体验游线，展现皮坊街、金丝街、打铜街的非物质文化遗产，与文殊院的禅林归隐，代表精神与物质代代相传。

民俗文化展示线：即成都传统文化与地道美食品尝游线，串联劝业场、盘飧市、锦江川剧、悦来茶馆、四圣祠堂，点滴刻画市井生活日与夜。

国际商圈体验线：即城市商业时尚游线，串联春熙路、太古里、合江亭，记叙自盛唐的"扬一益二"，演绎成都的千年商贸文化与城市包容气度。

音乐艺术赏游线：即音乐之都艺术鉴赏游线，图兰朵与梁祝在此汇聚，古典与摇滚在此共生，打造成都的林肯中心和百老汇。

十三片，即皇城坝—祠堂街片区、宽窄巷子片区、青羊宫—枣子巷片区、杜甫草堂—寻香道片区、锦里—武侯祠片区、华西坝片区、音乐坊片区、望江坊片区、水井坊片区、四圣祠—大慈坊—耿家巷片区、华兴街—春熙路片区、猛追湾片区、文殊坊片区。

这样的成都文化总体架构，作为唱主角的宽巷子和窄巷子当然融入其中。

从中国汉字这个层面上去理解，"老官山"这个名字很容易让人产生臆想。而老官山所在的天回镇——因"天子回銮"而得名，无疑更能彰显一个故事丛生的古镇。用时下一句时髦的话来概括——"它们都是有故事的"。难怪它也成为现代著名作家李劼人名著《死水微澜》中，故事的重要发生地。

> 这镇是成都北门外有名的天回镇。志书上，说它得名的由来远在盛唐。因为唐玄宗李隆基避安禄山之乱，由长安来南京——成都在唐时号称南京，以其在长安之南的缘故，刚到这里，便"天旋地转回龙驭"了。皇帝在昔自以为是天之子，天子由此回銮，所以得了这个带点封建味的名字。

这是李劼人先生长篇小说《死水微澜》里的精彩片段，我至今还能诵出其中的词句。

如果说成都是南方丝绸之路的起点，那么天回镇应该就是无可争议的南方丝绸之路第一镇。20世纪初叶，法国诗人维克多·谢阁兰曾手执兰波的诗集，千里迢迢来到成都——这座他想象中"世界尽头的大城市"。成都留给这个异国诗人印象最深的，除了人就是丝绸。探索"他者"的谢阁兰在首次访华期间给妻子写了大量的家书，后来，这些家书结集成册，就叫《中国书简》。他在其中一封家书中深情地写道：

> 一个熙熙攘攘的城市，有人气，但不俗气。不太整饬，也不太复杂。街道上铺着熨帖的大块砂岩石，灰紫色，穿袜子和木屐踩上去都很柔软。街上既充满

了往来的脚步声，又有轻松而风度翩翩的哒哒小跑。富有的大商店不停地向外流散出丝绸。很难想象那里的色彩，气味……

那时的成都，似紫禁城一般被城墙四面环绕，因为发达的丝绸业，这座城市商业繁盛，人们把它叫作"锦绣"之城（法国驻中国外交官儒勒·乐和甘语）。

织机、丝绸、锦官城、丝绸之路，这种由各类名词垒积成的想象空间，其间的逻辑关系，以及这逻辑关系里隐藏的成都古今生活美学，尽在水间、锦间和字里行间恣意流淌。

第二章 一滴水的运动逻辑

第一节　李冰，和他领衔的堰功道

　　成都市博物馆内有一头体型巨大的石犀，看似笨重丰满圆润的躯干上，亦真亦幻浮雕着中国传统的云朵图案，简笔画的耳朵、眼睛、下颌及鼻部，烘托出一头粗犷的巨兽。

　　这石犀很有些来头。20 世纪 70 年代初，成都天府广场修建钟楼地下室时，它就曾见过天日，只是考虑到这庞然大物太过笨重，加上当时条件不成熟，不得已做了回填处理，让它继续在地下沉睡。这一"睡"就是四十年。到 2010 年，成都市决定拆除钟楼，在钟楼原址修建四川大剧院。直到 2013 年，这头由整块红砂岩雕刻而成的 8 吨多的石犀，方重见天日。

　　扬雄《蜀王本纪》载："江水为害，蜀守李冰作石犀五枚：二枚在府中，一枚在市桥下，二枚在渊中，以厌水精。"府，当然是指成都府。"君不见秦时蜀太守，刻石立作三犀牛"。千年过后，诗圣杜甫作诗《石犀行》以应和。

　　原来，这石犀就是战国时期蜀守李冰修建都江堰水利工程时，特制的"镇水神兽"。有了都江堰水利工程，才有了天府之国。都江堰之水，是祖先留给后人的一条记忆之河。这河水里，深藏着无数历史故事……由分水岭、飞沙堰和宝瓶口组成的渠首工程，构成了举世无双的物理意义上的都江堰。

　　历经千年风霜而一直造福人类，都江堰厥功至伟。无论老天还是人类，你想毁灭它，都似"老虎吃天，难以下口"。抗日战争时期，日本侵略军对抗战大后方的重镇成都先后进行了 17 次疯狂轰炸。这些飞机大多是从当时灌县（现都江堰）的上空进入成都的，轰炸机一直在成都上空盘旋，却没有向都江堰投下一枚炸弹。这不是侵略者的疏忽，他们也不是不知道这个战略目标的重要性，令他们困惑的是，这个灌溉着几百万亩良田的都江堰，竟没有一处可炸的大坝。

不仅是轰炸机，就是老天，也拿它没办法。都江堰地处龙门山断裂带，自秦代建堰以来经历过有记载的 7.5 级以上大地震 16 次，尤以 2008 年"5·12"汶川特大地震为甚。距震中仅 20 公里，都江堰景区附属的建筑和庙宇毁坏严重，但都江堰水利工程却完好无损。

真乃大道无形。我们不仅叹服古人以无比的坚韧战胜了旷世艰难，更惊叹他们两千多年前道法自然的高超智慧。

可以推断，秦昭襄王为能选择一个既能治蜀，又善治水的蜀郡守，是颇动了一番脑筋的。最终，一个书写历史的人向我们走来。他，用我们今天的话说，就是一名"既有执政能力，又是技术权威"的地方官员——李冰。两千多年来，都江堰和李冰，他们就像水和滋润、灌溉和丰收、刀刃和锋利那样密不可分。自秦汉以来，凡人意义上的李冰不断被神化，越往后世，越是一步步不断走向神坛，被后世顶礼膜拜。

司马迁和班固是两汉时期最伟大的两个历史学家，他们分别在自己的《史记·河渠书》和《汉书·沟洫志》中这样抒写李冰和他的杰作——

蜀守冰凿离堆，辟沫水之害，穿二江成都之中。（《史记》）

蜀守李冰凿离堆，避沫水之害，穿二江成都。（《汉书》）

此说，得到了扬雄、崔实、常璩、郦道元等后世知名史家的支持，并在一定程度上被公认为"最具权威""最具真实性"的史料依据。

此说，同样得到了考古的直接证据支持。1974 年，李冰的石像

成都博物馆镇
馆之宝秦汉时
期石犀

在岁修时的都江堰河床被发现，那尊高 2.9 米，重 4.5 吨的石像，头部已经残缺不全，但手上依旧握着铁钎。石人像两袖和衣襟上各有浅刻题记一行，中为"故蜀郡李府君讳冰"；左为"建宁元年闰月戊申朔二十五日都水掾"；右为"尹龙长陈壹造三神石人珍水万世焉"。铭文已经清楚地告诉我们，这个石像雕刻于东汉建宁元年（168 年），石像不是别人，正是传说中的蜀郡太守李冰。

据考证，"都水掾"系东汉郡府管理水利的行政官员，是郡太守府的掾史，他代表郡太守常住都水官府。石像铭文"造三神石人珍水"中的"珍"，通"镇"，"珍水"就是镇水的意思。更为重要的是，它实际上起着测量水位的"水则"的作用。也就是说，东汉时期，蜀都水掾尹龙和都水长陈壹两个人，立了三石人作为镇水之用。这里发现的，只是三石人中的一个。

都水长是秦汉时"主破池灌溉，保守河渠"的官吏，"掾"是帮助办事的官吏。建宁是东汉皇帝汉灵帝刘宏的第一个年号，也就是说，汉灵帝登基上任的第一个年头，就为都江堰任命了两个官员——"都水掾"和"都水长"，由此不难看出这项水利工程在帝王心中的地位。

都水长"总治水之功"，"置水官，主平水，收渔税"就是他的职责，他有权征用所在郡内的属吏、民工，淘浚河道，修筑渠堰，监督施工，派款收税。这尊石像和铭文告诉我们一个历史信息，主持雕刻李冰石像者是都水长陈壹。

作为秦国的一个基层官员，李冰的事迹，很少见于正史。这很正常，在统治者眼里，这样的干吏，每一个朝代都有。对于当朝而言，李冰只是尽了一个官员的本分而已。所以，李冰作为一位治水能臣，在后人眼里虽然伟大，也仅零散见于文人笔记之类。离开治水，几乎不会提到李冰，而治水一直就不在主流的研究关注范畴之内，因而直到几百年后，一个叫陈壹的汉代官员站出来，以"水则"的方式为他立像，才不算是"违规"。何况，那石像是放在水中的，

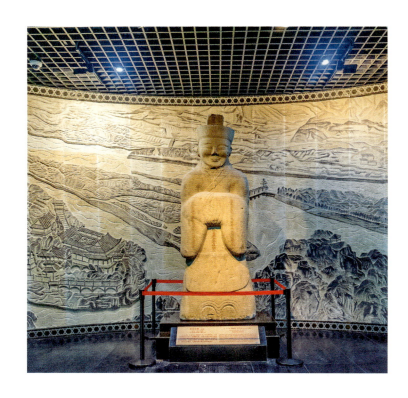

四川省博物馆
馆藏东汉李冰
石像

不为常人所见。以此也不难看出，作为隔着时空惺惺相惜的同行，陈壹从内心深处对李冰的膜拜与景仰。陈壹以这样的方式，将自己的名字刻在李冰的石像之上，肯定不是一般意义上的"无心之举"，记录无论再怎样平实，都给后人留下十分宝贵的历史信息和想象空间。

那块出土的巨石，还带出了更多的历史记忆。岁修至明代，深埋地下的石像时隐时现，人们用卧铁代替了石像。由是，卧铁与"深淘滩、低作堰"的六字水则，以及"遇湾截角，逢正抽心"的八字格言一道，成为都江堰岁修的圭臬。

据载，卧铁最早铸于明代万历三年 (1575 年)，四川御使巡按郭庄主持在虎头岩、宝瓶口、三泊洞等五处铸置铁柱 30 根，每柱长 3.4 米，共用铁 3 万多斤。以后移虎头岩铁柱作"卧铁"，但位置常常变化。直到清乾隆三十一年 (1766 年) 才将位置固定下来。至今留存有 4 根卧铁。从鱼嘴沿内江河道向下约 200 米，就是有名的凤栖窝了，凤栖窝靠河岸的地方就是神奇卧铁的埋藏处。

都江堰水利的辉煌发展史上，卧铁继李冰石像之后，扮演了"定海神针"的角色。清代庄裕筠的一篇《卧铁记》，让我们看出古人治水精神和卧铁"定海神针"的作用——

> 卧铁之设旧矣。光绪三年大修都江堰，得铁三。其一有万历字，衔以石；其一有数字，经水啮蚀不可辨；其一系同治三年，铸有绩绪遗则之柱六字，皆平放堰内。庚辰予摄斯篆，淘堰时三铁均如故也。甲申岁忽俱不见，其秋予又承乏水利，乙酉春淘之，仅得同治新铁，余则杳然。加工深淘，复获一铁，三面共镌数十字，文如蝌蚪，漶不可识，询之土人，金云近百年来未尝见此。予思卧铁之措堰中也，纵横数十丈间，略无确据。后之莅任者，何以而见之？爰置铁堰底，竖碑山麓，以绳度之，由碑至河底共高九丈九尺，由

岸至卧铁处计二丈一尺。嗣有欲知卧铁者，如法量度即得。如其沉伏不见，以高下丈尺计之，犹历历在目云。

没有卧铁的年代，李冰将自己化身为卧铁。李冰治水厥功至伟的传说可上溯至"无证可考"，以至于关于李冰的神话层出不穷。人们从不怀疑，是李冰修建了都江堰而造福百姓。因此，人们历来对这位先贤心存感激，尊为"川主"（如今尚有川主庙存于世），并辟专门的"放水节"隆重纪念。起源于原始狩猎的傩舞，又称"鬼戏"，是汉民族最古老的一种驱瘟避疫的舞蹈，也称得上最原始的图腾崇拜。周代时，傩舞纳入国家礼制。因而，这种舞蹈在四川也成为一种传统，一年一度的放水节上，传统傩舞表演仪式中，李冰成为水神的化身。川主庙、大王庙、金相寺、二王庙……李冰的塑像几乎遍布整个成都平原，千百年来香火不断，祭牲不绝。

在巨大的民意基础面前，有谁会怀疑这样一个名传千古的民族英雄？何况自古以来，中华民族就是一个以英雄辈出而闻名的民族。

溯历史渊源，李冰出身不显赫，属草根官员。李冰自幼勤学，受传统礼教影响大，深知官与民的辩证关系，在蜀郡守任上也就特别贴近民众。在李冰眼里，都江堰显然不是一个"形象工程"。政绩面前，"一代接着一代干"，锲而不舍，年复一年，才有了千年来中国在世界上最为科学的"形象工程"——那才是真正意义上代表中国形象的"形象工程"。

今天回头来看，中华民族治水厚厚的功劳簿上，第一位无疑应排上大禹的名字，而集治水伟业于一身的李冰，其治水精神，则直接源于大禹及开明等先贤。今天我们已经无法想象开明治水的具体过程，但我们仍然可以拿起考古的钥匙来开启历史之门。

大禹、开明时代，都江堰原始而粗糙的雏形外衣被脱了下来，取而代之的，是一个超越时代的综合性水利工程坯子。大道在水中。李冰在平原地形上，采用分流导江，筑堰引水方法修建都江堰时，合理利用地貌条件、河床形态对水流的影响，成功地利用弯曲河床和分汊河床的发育规律指导工程建设，使都江堰成为世界水利工程中历史最悠久、设计最巧妙合理、灌溉面积最大、使用时间最长而又连绵至今、综合效益最高的古代水利工程。

水与成都的缘分，可以追溯到很远很远的远古时代。亿万年的洗礼，海水慢慢退去，大地隆起。当地壳的鬼斧神工把一片沼泽地慢慢还原成那个叫作成都的城市之时，是水，成就了这座"上天所赐"之城，也促成了四川这样一个"盆地"，产生了神奇的"聚集效应"。一切的一切，便流向这样一个"金盆底"——她的名字叫作成都平原。

成都平原上的古城遗址，都有被水患毁坏的痕迹。或残留在穿城而过的古河床，或残留于河流砾石层。都江堰修筑以前，四川被洪水淹没过的城池至少有三星堆古城、成都十二桥商代聚落，就连开明王朝把蜀国国都从郫县迁到成都，也是因郫县地势低湿，不宜居住。成都平原是一个冲积平原，上古之时，河道不畅，洪涝成灾，沼泽沮洳，原隰衍沃。到了秦国宰相张仪正式动议兴建成都城时，工程也因为地势低洼泥土松湿，出现屡建屡颓的现象。

这无疑是一项伟大的工程。古蜀先民从岷山向平原迁徙，首要的任务是排涝排水，疏通河道，寻找安全的居住环境与适宜的农耕地，而这首先就要川西平原水患的源头——岷江水系——加以治理。

人类最初创造的第一批文明成果，全都来自大河的赐予，岷江是大河文明的杰出范本，都江堰堪称大河文明为现代社会编撰的教材。岷江曾为"天下之中"，都江堰成就"天府之国"。因而一定意义上讲，岷江之道堪为"天下大道"。

四川有一句谚语叫"天府美自古堰来"。如果把都江堰比喻为一幅画上的巨龙，李冰应该就是那个点"睛"之人。

对于李冰这位古代的官吏和水利学家，我们总有一种错觉，觉得他一生的业绩都在都江堰。其实，李冰更大的贡献，是都江堰的后续工程，即"穿二江（郫江、检江）于成都之中"。史载，李冰所开"二江"比现在的锦江还要宽大。以至于相当长一段时间里，人们都视"二江"为岷江正流。李冰之初衷，或许是想把岷江搬到成都来。初时的"二江"，已经营造出了成都历史上最佳的生态环境和最美的生活图景。李冰手里的"二江"，就已经完成了从二江并流到二江抱城的水系嬗变之路。不仅如此，他还按照星相的规律在成都修建了七座跨江大桥。可以说，李冰所在的那个时代，就已经奠定了今天锦江的雏形。

"二江"对成都这座城市的重要性，每一个成都人都应该知晓，它们是成都这座城市得以熠熠生辉的活力之源，后人们为其取了一个足以感恩的名字——"母亲河"。形象一点说，它们是供给成都可持续动力的"两根脐带"。就是今天看来，无论从哪个角度去审视这一庞大工程，你都不能不叹服李冰的伟大。在他心里，"二江"是都江堰不可或缺的又一"重大工程"，只有完成了"二江"，都江堰才是一个完整的系统工程。没有"二江"，就不可能有成都这座怡然自得的魅力城市……作为一界官吏，李冰完全可以凭借都江堰工程的政绩安享晚年，笑傲历史；但作为水利学家的李冰，其治水韬略是整个成都平原的水利与灌溉，他考虑更多的，是将一些配套工程完全优化……地图承载着历史与过往，有如一棵古树的年轮。摊开一张张不同时代的地图，会发现水乡中的成都怡然自得，富裕安详。摊开秦汉时期的成都河湖水系图，我们可以清晰地看到郫江、检江二江并流的壮观，那时流经成都少城、大城西南侧的水，已经似两条绸带一样依偎着成都了。

这，正是作为"蜀郡守"的李冰和作为水利学家的李冰，想要的终极效果。

历史是一个不动声色的看客，她躲在最不起眼的一角，静静地观察着时间的过往。自李冰以降，古堰屡有兴衰，历代多有创革，终使古堰千古不废。历史是一双眼，都江堰犹如一个千年舞台，太阳每天照常升起，只要你是这舞台上留驻过的角色，都将尽收眼底。进入都江堰景区大门，可见一条长长的走廊，走廊尽头拾级而上的伏龙观，供奉着李冰的石像。走廊两边，是最为醒目的堰功道，堰功道两旁，矗立着 12 尊神形兼备、古朴凝重的青铜雕像。12 尊雕像分别代表了从秦汉时期以来，唐、宋、元、明、清历代治水建堰的有功之臣。

两千多年长长的名单上，让我们认识他们、铭记他们：汉代的文翁、三国的诸葛亮、唐初的高俭……还有唐玄宗时章仇兼琼，宋代刘熙古、赵不悥，元朝的吉当普，明代的施千祥、卢翊，清朝的阿尔泰、强望泰、丁宝桢。

他们与李冰一样，都有两个角色，既是蜀地的行政长官，又是兴修水利的专家。

汉代成都，列备五都。汉景帝时，一个名叫文翁的人被任命为蜀郡守，他到成都上任的时候，李冰已经将成都平原的水系治理完成。这个名字中带一个"文"字的地方官，也跟名字中含"水"的李冰一样，发挥了自己对成都建设的杰出才华。文翁接过了李冰的接力棒，"兴学馆于成都市中"，经常带着学馆弟子到集市、乡村、街道去体察民情，学习借鉴民间的东西，并用到治水哲学中。

长城是曾经的辉煌，金字塔是死去的纪念，兵马俑是专制的见证，唯有都江堰至今仍惠及当代，泽被后世。正是有像他们一样对都江堰水利工程勤勉不绝的岁修，千年如一日，方使古堰熠熠生辉，青春永驻。

> 六字炳千秋，十四县民命食天，尽是此公赐予；
> 万流归一江，八百里青城沃野，都从太守得来。

一个人的名字，一旦同造福人类联系起来，想要不被人记住都难……堰功道就是一本嵌于天地间的功劳簿，同时，也是成都人的感恩簿。

堰功道

都江堰

第二节　成都治水"接力棒"

　　古人眼里，水的特性"至刚至柔"，平静时柔情万种，咆哮时力拔千钧。大自然的力量虽然无与伦比，但人，无疑是其中最伟大的精灵。都江堰造就了天府之国，是因为开启了通入成都城区的"二江航运"，带来了极其发达与便捷的商业与经济的繁荣：成都蜀锦畅销海内外；世界最早的纸币"交子"生逢其时……川菜因此名甲天下。成都人得以享用天府之国的安逸，"水旱从人，不知饥馑"。千百年的史事证明，没有岷江，就没有泽被千古的都江堰，也就没有物产丰饶、水旱从人的成都平原，就没有以三星堆为中心的长江上游奇异瑰丽的远古文明，更不会有今天繁荣富庶的天府之国。

　　成都自"二江"环绕之后，还辅之以"二河"横穿……"二江"我们已经耳熟能详，它们灌溉三郡，使成都平原"沟洫脉散，疆里绮错，黍稷油油，稻莫莫"，成为"沃野千里"的"陆海"，"水旱从人"的"天府"，在西蜀大地创造了辉煌的农业文明。另外的"二河"是指哪两条河呢？还得归功于我们熟悉的那个李冰，他依天然水势，"规堰潴，町原防"。利用独到的"系统思维"，巧妙地把都江堰与成都后世的繁荣联系起来，整理原隰沮洳，以便排除。检江（又名走马河）自宝瓶口外分水，经成都时称为南河；郫江（又名柏条河），过成都时称为府河，两河于成都东南合江亭处相汇，统称为锦江。"鸿盘如山，横架赤霄，广场在下，砥平云截。"到了唐僖宗时，高骈改其道绕过城北向东流，终至形成"内外二环抱，大小重城相包"的城市格局。

锦江

湖池被誉为"城市的空调机"，有助于缓解城市的热岛效应。历史上，成都有不少湖池，战国时期城北有龙坝池，城东有千秋池，城西有柳池，后来又有天井池、龙跃池，以及一些规模较小的池塘，如上、中、下莲池等。始于隋朝的摩诃池便是其中的代表作，唐人卢求《成都记》："隋蜀王秀取土筑广此城，因为池。有胡僧见之曰：'摩诃宫毗罗'，盖摩诃为大宫，毗罗为龙，谓此池广大有龙，因名摩诃池。"从陈渭忠那篇《摩诃池的兴与废》一文所描绘的美景里，我们今天仍可想象其盛——

　　　　早春时节，摩诃池畔，春风送暖，杨柳吐绿。画船竹篙划破一池春水，银色丝丝绣出满园生机。花蕊写道："早春杨柳引长条，倚岸缘堤一面高。称与画船牵锦缆，暖风搓出彩丝绦。"
　　　　盛春二月，海棠花开，灿若红霞，摩诃池畔，海棠稠密，盛开如锦。……"海棠花发盛春天，游赏无时引御筵。绕岸结成红锦帐，暖枝低拂画楼船。"……
　　　　暮春三月，摩诃池畔，姹紫嫣红，群花争艳……"牡丹移花苑中栽，尽是藩人进入来。未到末春绿地暖，数般颜色一时开。"
　　　　春去夏临，摩诃池景象一新，池中荷花盛开，阵阵清香扑鼻。夏游摩诃池，别有一番情趣。……"翠辇每逢城畔出，内人相次簇池边。嫩荷花里摇船去，一阵香风送水仙。"

　　摩诃池的水，四季常绿。春水，碧蓝胜于天："御沟春水碧于天，宫女寻花入内园。"秋水，澄澈如镜："高烧红烛点银灯，秋晚花池景色澄。"

　　摩诃池的花，四季常新，群芳斗艳。"五云楼阁凤城间，花木长新日月闲。"

　　摩诃池是绿的海洋，花的世界。无怪乎，武元衡写下"爱水看花日日来"的诗句。

只可惜，这美如瑶池的人间仙境，在顽强生存了 1300 多年后，还是于 1914 年被全部填平。物理意义上的摩诃池消失了，只留下文学意义上想象的摩诃池。历史上无数文人墨客留下的精彩篇章，成为后人对那些昔日美景的形象追忆。

治水如治世，水道即人道。解玉溪，便是韦皋于成都治水时，在城中心开挖的一条河。此时，韦皋的官方身份是剑南西川节度使，解玉溪之所以成为其不俗的政绩，盖因城市人口越聚越多之故。时值公元 785 年，因安史之乱，成都人口急骤增加，这条河流大大缓解了当时城市的压力。蒙文通在《四川历代盛衰与户口登耗考略》中告诉我们，唐以前，东汉四川人口最多，计户有 117 万户之多，而唐开元时期稍逊，为 114 万户。其中成都的人口尤多，天宝剑南西道成都府路 16 万余户，正如杜甫诗中所描述的，成都"城中十万户"。

那么多人要生存，水是第一位的。为解成都黎民百姓用水之苦，解玉溪的开凿便是自然而然的事了。由于洪水期夹带一些泥沙沉淀于溪内，其细沙可打磨玉石，故名解玉溪。《大明一统志》载："解玉溪在华阳县大慈寺南，与锦江同源，唐韦南康所凿，用沙解玉，则易为功，因名。"按照流沙河先生考证的流经路线，"解玉溪是从成都城西北角进城的，在宁夏街的西城拐城墙下还留有水洞子，解玉溪的水就是从那里引进来的。"河水经过现在的江汉路、白家塘、王家塘、青龙街、西玉龙街（青龙和玉龙都是指解玉溪）、玉带桥、老玉沙街、东玉龙街、新玉沙街，到锦江区的桂王桥（今天的桂王桥南街、北街以前都是河），再向南流到梓潼桥，从梓潼桥南口向偏东走，到东锦江街（原来叫诸葛井街），再往南越过东大街，然后向东横穿义学巷、红布横街、磨坊街，到东门水洞子，从城墙下的水洞子出去。

只要市区缺水，在城中开挖河道便可以引水入城。古时成都城市水网密布，可以说，成都就是一座水网上的城市，这得益于类似解玉溪的"引水工程"。

成都有幸，古时来此从政的官员大多称得上水利专家。其科学治水工程就像接力赛一样，在千年前的封建社会竟有序地"传棒"下去。正当解玉溪的负荷越来越重的时候，又一位节度使出现了，公元853年，即唐宣宗大中七年，盛世之下一位官员走进了历史视野，他就是时任剑南西川节度使的白敏中。白敏中任剑南西川节度使兼成都府尹时，开凿了襟河，又称"禁河"。

走马上任之初，于都江堰拜过李冰之后，白敏中经过多次观察，决定打通"二江"的血脉，将它们连接起来，以起"疏"城市之水之功用，进而永解成都水患。为了打通这条"动脉"，经过反复勘察，白敏中手术般地在成都市中心拉开了一道口子——开凿了一条河，这条河西起西郊河，东至合江亭和东门大桥之间排入锦江，横穿成都城区，大致经过今天的西较场、人民公园、西御街、染房街、青石桥、耿家巷、红石柱街等地，全长约5公里。因为其形状如衣襟，所以叫"襟河"，后又叫禁河、金河、金水河。

就是这条仅仅5公里的河流，在成都竟流淌了1000多年，千年来，承担起了这座城市重要的供水、排涝、泄污、通航……成为成都市一条不折不扣的看得见的"大动脉"。成都著名水利专家陈渭忠称，解玉溪、金水河、摩诃池……这些唐代中期完成完善的城市水利工程，相互沟通，已经形成了成都城市完整的河湖水系，具有供水、排水、蓄水、滞洪、游乐等多种功能……这时的城市景观，已呈现出一幅令人羡慕的风情画。

郊外，沃野千里，沟渠纵横，竹林茅舍，水木清华；城内，画桥涟漪，街衢通幽，风和日丽，水绿天青。二江环抱城垣，舟楫如梭，南来北往，仕女如画，濯锦浣纱；摩诃池静卧城中，品茗饮酒，谈诗论文，泛舟垂钓，任人逍遥。

此种境界，在唐代至五代达到极致，为流寓此地的文人墨客提供了太多的题材，催生出咏颂成都的无数美妙诗词歌赋及艳丽宫词。李白在《上皇西巡南京歌》中吟咏的"九天开出一成都，万户千门如画图"，就是最为经典的写照。

只憾，解玉溪宋朝以后就没有了，摩诃池随着清朝的倾覆也被夷为平地，金河直到 20 世纪 50 年代初都在，御河离开我们也不过 50 年……《成都城坊古迹考》记载，宋代金河上有 8 座桥；到清雍正年间，桥增加到 10 座；清乾隆、嘉庆以后，金河上的桥增加到 22 座。清光绪二十年（1894 年）《四川省城街道图》载，金河从城西向东南方向流过来，在蜀王宫城的宣德门前流淌，在蜀王宫城南面的端礼门前流过，上有三座桥，河水穿过今天的东、西御街，往南折转向东流过向阳街、光大巷、丝棉街、龙王庙街、下莲池正街等街道汇入锦江……那真是一幅唤人遐想的景致。

著名巴蜀历史学家袁庭栋先生对金河有着较为深入的考证，所著《成都街巷志》就详细记叙了金河内通船情况——

　　明代时，蜀王府所需物资可以通过金河运来，在清代前期则是将小船直接开到半边桥的满城东城墙水关外（无论是陆上还是水上，汉人都是不能随便进入满城的）。满城中的柴粮仓库当时都修在今天的人民公园范围之内，而这些柴粮仓库中的物资基本上是由金河中的小船运送。

　　由于金河的河道不宽，河中的小船也与锦江中的船不同：一是船不大，只能载重三四百斤；二是不用舵、不用桨，只用不长的竹篙；三是不分船头与船尾，故而被叫作"两头望"，在河中行驶时也不掉头，只能直来直去地上下行驶。

　　为了城市的环境卫生，金河行船还有一种约定俗成的规矩，运送各种食物的船只都在上午和中午入城，运送尿水的船只都在下午五点左右入城。

明朝时，四川巡抚谭纶和成都知府刘侃等，又下令对金河进行疏浚，使河水深约 3 米，河面宽约 10 米。实际上，那个时候有着小桥流水般精致的金河，是十分美丽的。金河大修之后，成都知府刘侃还专门写下一篇《重开金河记》。文章说：

> 金河之涨，洋然流贯阛阓，蜀人奔走聚观，诧其神异，由是釜者汲，垢者沐，道渴者饮，纩者浣澼，园者灌。濯锦之官，浣花之姝，杂沓而至，欢声万喙，莫不鼓舞。

这是迄今为止关于金河最早的也是最传神的重要史料。这个时候的金河，还使用过小型水轮机。据袁庭栋先生考证，此事发生在清末（1880 年前后），当时四川总督丁宝桢在拱背桥一带的金河畔建四川机器局制造枪炮，他从山东带来的杰出技师曾昭吉特地制造了小型水轮机，夏秋之时就在金河中蓄水，用水轮机带动机器，每天可以节省煤炭 500 多公斤，一年可以节省煤银 4000 多两。据悉，为此丁宝桢还特地向光绪帝报告过。之后，金河也曾作为成都市的消防蓄水池，这时的金河有四个闸门，分段蓄水。特别是 20 世纪 40 年代，对准备日寇大轰炸后救火所需的大量用水，起到了至关重要的作用。

今天是再也看不到金河的模样了。至民国年间，水上交通逐渐被陆上交通所取代，河道虽年年有修，但基本已经成了一条死河。

是时代淘汰了金河，还是历史抛弃了金河？或许种种情况都有。反正，1971 年最后一根稻草彻底让金河消失了——是年底，成都市革命委员会决定，将金河改造成为防空地道。

好在金河有一段从今天的人民公园穿过，所以那一段就没有再埋入地下。今天，我们仍可以在人民公园看见大门内拱桥下面的那几十米小河，虽然已经不再有潺潺流水，但总算留下了一点历史的影子……剩余的金河模样，我们只能从一串串桥名中去想象：锦江桥、卧龙桥、青石桥、向阳桥、拱背桥、大安桥……它们静静沉湎于人们的记忆之中。

第三节 "游锦江"的前世与今生

　　成都自古"嬉乐盛""好游娱"，与贯穿全城那条清澈而宽大的锦江大有关系。锦江的秀美景色和浓郁的文化氛围，激发了人们的游赏热情。每逢良辰佳期，士民倾城出游，左思《蜀都赋》用"西逾金堤，东越玉津"如是形容。即西至九里堤（糜枣堰）以西，东至玉女津（望江楼）以东，都是人们喜欢游览的去处。

　　锦江几乎串联起了成都市区所有重要景点和名胜古迹，曾经一度，从年初到年尾，几乎所有人气极高的民俗游乐活动，都在锦江上或锦江两岸隆重举行。

　　　　正月元日江边放生会；人日游浣花溪、杜甫草堂；
　　　　上元节游观解玉溪大慈寺灯会（大慈寺原傍解玉溪）；
　　　　二月在锦江北岸青羊宫举办花会，踏青节举行小游江"
　　　　三月清明都江堰"放水节"；四月浣花游遨乐"大游江"；
　　　　五月端午节"龙舟赛"；七月中元节"放河灯"……

　　"桃花落尽春水生，锦江忽作辊雷鸣。"一年四季，诸多游乐活动，不仅内容丰富，形式多样，而且规模盛大，动辄"十里绵亘""珠翠夹岸"（张唐英《蜀梼杌》）。

　　"游锦江"是成都人的至爱。这一习俗可以上溯到唐宋，诗人陆游曾为之写下"二十里中香不断，青羊宫到浣花溪"式的大白话佳句。有这样一份特别的统计可以佐证，《全唐诗》中直接写成都的诗歌有近千首，分属近 200 位诗人。其中，写锦江的近 30 首，出

东门码头
放歌锦江

现过近 60 种成都植物，写到蜀锦、蜀笺的有近 40 处，18 处写到筇杖。描绘成都的字词中，使用最多的 10 个字大体是：锦、清、青、香、幽、碧、醉、喜、芳、美等。而为成都留下诗歌最多的诗人，当数诗圣杜甫，杜甫前后两次旅居成都近四年，留下诗作 200 多首。粗略统计，其中田园、山水诗不下百首，而写他所在的浣花溪的就有近 40 首，占其田园、山水诗的近半。如今的杜甫草堂，已经成为诗歌载体的丰碑。这对时常想"致君尧舜上"的诗人来说，是个真正的意外，说明成都相对安定的生活及独特的风光，使得一天愁眉苦脸的老杜大发歌咏田园山水风光的雅兴。

虽然留下大量写成都的诗作，"首次写成都"的唐代诗人却并非杜甫，而是唐朝另一位特别的诗人唐太宗李世民，是其《秋日二首》中的"云凝愁半岭，霞碎缬高天。还似成都望，直见峨眉前"。有意思的是，虽然两代唐皇非常时期临幸成都，但唐太宗一生都未到过成都。不难看出，他是寄情于诗歌，希望遥望成都的模样。类似唐太宗这样未到过成都却在诗中写成都的诗人并不少见，粗略估计有近 50 人，比如王维、刘禹锡、白居易、韩愈、杜牧、李贺等，

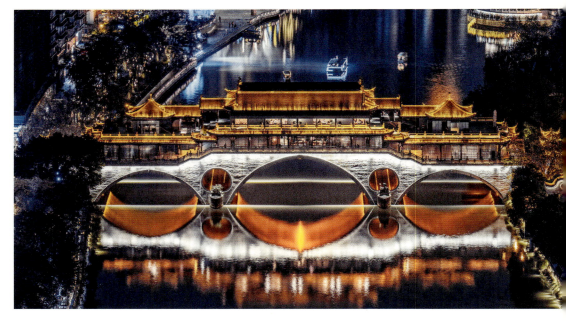

夜游锦江

他们以诗来描绘他们想象中的成都。有趣的是，这些诗人的想象中，锦江是他们美好向往最集中的寄托，如王维的"大罗天上神仙客，濯锦江头花柳春"，孟郊的"锦水有鲜色"，李贺的"锦水南山影"等。

如果说到过成都的诗人游锦江是一种真正美的体验的话，那么，那些没有到过锦江的诗人，大概算是"意游锦江"了。有一个问题不免滋生出来，为何那么多没有到过成都的诗人，不约而同地扎堆写成都？又为何独独钟情于锦江？不难想象，"到成都已成为诗人们的从众心理"，盖因唐代成都有"扬一益二"之誉，正所谓"天下诗人皆入蜀"，那些文人骚客们在酒桌旁，在茶歇间谈到成都这个城市话题时，应该已经把它当作了一种"时尚话题"——类似于今天的"热搜榜"。在文人骚客眼里，个人的心中向往与时代对这座城市的渲染，构成了唐诗中独有的"成都现象"。

到了优哉游哉的宋代，成都市民水上游乐也到了一个空前的峰值。

《岁华纪丽谱》载，宋时万里桥一带就有数十艘船嬉游，这也只能算是"小游江"；而浣花溪一带，其盛其状更甚，数公里的游船列阵似的排列开来，锦江两岸人头攒动，热闹非凡，这种阵势才叫作"大游江"。我们知道，宋代是中国历史上一个战争频繁的时代，为了鼓舞百姓士气，官员们利用一切可以利用的节日，发动老百姓且游且乐。北宋蜀守张咏就是其中的典型，他明确号令凡逢大小节日均组织游江活动，由"遨头"（相当于今天的市长）带头，组织百姓在河边搭篷游乐。台阶上密密麻麻坐满了民众，每个片区（相当于今天的街道办事处）都要组织丰富的娱乐节目，待到朝廷官员的仪仗彩船到来之际，就鼓乐齐鸣，歌舞升平……官船每到一处，官员们都要停靠下来观看欣赏，若谁的团队表演精彩，则送上一坛美酒或红绡。

如此极尽排场的游江活动，的确缓解了人们心头的悲情，大家都乐于沉浸在今朝有酒今朝醉的麻痹中。对于当局而言，大小游江活动的举行不但缓解了民众的焦虑情绪，还促进了贸易往来，繁荣了码头经济。这种情形，跟今天流行的"游江搭台，经济唱戏"有着异曲同工之妙。

游锦江赛龙舟这一有着广泛群众基础的享乐习俗，直到清末民初，依旧令成都人津津乐道。在码头边的茶馆喝尽最后一口茶，踱上人声鼎沸的码头，和乌篷船里的船夫一起把酒言欢。放眼望去，锦江上波涛荡漾、舟楫如梭……那时的锦江，清澈见底，甚至可以清楚地看见河底的卵石和自由自在的鱼儿。

民国年间，城里人游江时，首选锦江，次选沙河。人们结伴而行，沿江踏春赏花，送别折柳，迎迓远客，加之船宴鱼馔鲜美异常，颇具吸引力，成为风靡一时的诱人风景。可惜锦江府河一段太短，又系漂流木材集散地，很难满足一些人的雅兴。因而欲游江赏景，享受恬静之乐的旅游者，常在良辰佳日去游沙河。据载，游览路线大体为：城东水东门、城北驷马桥水码头订船，约定租船时间、接客地点，以及起止路线和船宴规格，便可按时赴约，乘船畅游。一份资料记载当时游船的情形，称游沙河的客船大多是锦江画船，游船大小不等，装饰不一，船用双桨或竹篙运驶，多为平顶无桅有舵木船。大者可容一二十人，中舱为遮雨，开可观景蔽风，舱中设二至三张方桌，两舷设座，船尾架设柴灶炭炉、厨具储仓。船舱前为活舱，养有捕捞不久的鲜鱼。小船可供七八人坐，属快艇式，供年轻人速航之用。沙河游船一般在驷马桥停泊，接客后启碇，沿途顺流在观音寺、五显庙、多宝寺、静居寺、小龙庙等寺庙的香积橱采购香油、锅巴、豆干、炸花生米、豆花及泡菜……此种乐事，成都人玩得游刃有余、得心应手、炉火纯青。

唐宋时期"扬一益二"的繁华景象，实际上更多体现在码头上。东门码头曾经是成都的水上商贸集散中心，在成都历史上占据了十分重要的地位。杜甫名句"门泊东吴万里船"，形容的便是停靠着的东吴船只和运往东吴的货物。随着时代的不断变迁，成都城市的水上运营已经不复存在，游乐也慢慢萎缩，为了再现"游锦江"这一盛景，九眼桥段所在的东门码头也开放了"夜游锦江"旅游项目。游船顺江而下，夜成都倒映在锦江江面上美轮美奂，岂止一个灯红酒绿了得，简直就是一派繁华与一河锦绣。

张在诚是一个老成都，儿时常在锦江边戏水。他从爷爷的嘴里知道了锦江昔日的辉煌，一直向往锦江能盛世重现。已经耄耋之年的他，赶上了 2021 牛年元宵节"点亮锦江"的活动，他要儿孙们带他去享受一番。先是到望平街逛"繁华锦肆·十二月市"。春节的气息在空气中尽情荡漾，各种各样的特色商品琳琅满目，有些是儿时喜欢的，有些是从来没见过的，对联、剪纸、糖人、建盏、手工雕刻……看得张在诚眼花缭乱。选择一处小吃享用一番过后，渐渐地，夜色笼罩，锦江畔便沉浸在一派热闹的中国红的夜幕之中。在儿孙的簇拥之下，张在诚有一种恍若隔世的穿越感，一个巨大的中国红门楼矗立眼前，显得热烈而隆重，令张在诚有些眩晕，门楼两旁是熊猫川剧门神，他从来没有见到过这样的跨界搭配。在 LED 巨型屏幕前，人们正对着那巨大的"许愿屏"许愿……这些新鲜玩意儿让张在诚目不暇接。

从东门码头到合江亭，"夜游锦江"展开了"锦江故事卷轴"。体验都市休闲，深入东门集市，静看闹市禅修，驻留锦官古驿，从夜市、夜食、夜展、夜秀、夜节、夜宿中，品评出老成都、蜀都味、国际范儿的生活美学。

锦江畔，夜成都，果真是有酒有故事，有景有看头。还是赶快上船游玩吧，张在诚儿时的愿望强烈驱使他到锦江上去。来到东门码头，登上舒适的游船，景随船移，船随景动，九眼桥、合江亭、兰桂坊、音乐广场、廊桥……锦江两岸地标性建筑——从眼前划过，有如检阅一般，让人心旷神怡，浮想联翩。行至廊桥水域，这里的水幕投影让张在诚享受了一场宏大的视觉盛宴，他真切感受到"锦江就是一个生活剧场"，置身其间有一种"此生足矣"的快哉。

端午节的重要标志是吃粽子和赛龙舟。同许多有水的城市一样，赛龙舟是成都人过端午节的一项传统的重要活动。成都有句俗话，"早端阳，晚中秋"。过端午节一般从上午就开始了，人们涌向锦江，自安顺桥至九眼桥的锦江两岸，早已是人山人海。不仅如此，就连通往锦江的大街小巷也是熙来攘往。届时，人们会把压箱底的穿戴都翻出来，这时的成都比过年还热闹。特别是明清年间，锦江九眼桥段的龙舟赛是不可或缺的主流节目。《江楼竹枝词》留下如许"文字白描"："绿波如镜欲浮天，端午人游锦水边。画桨红桡齐拍水，万头争看划龙船。"九眼桥下是竞赛的起点，望江楼前是竞赛的终点，两者相距约 500 米，热闹场面也集中在这段江面。成都作家王安明写有一篇《五月初五端阳节》，提供了端午成都不可多得的细节。

到了端阳这天，从东门大桥、南河口至九眼桥的府河两岸，万众云集，人山人海，全城的人都赶来观看这一年一度的龙舟盛会。沿河两岸，伸出无数竹竿，上面挂满鞭炮、红绸，还准备了鸭子和涂上彩色吹胀像气球的猪尿泡，以备游泳好手来争夺。

十点左右，龙舟赛开始，一条条龙舟逆水而上，在船上的旗手指挥下，随着鼓点，桡手们吼着整齐的号子，把船划得像离弦的箭，乘风破浪，飞奔而来（去）。竞赛是两条龙舟对赛，每条龙舟上，前有一名指挥，手拿一面红旗，中有一名鼓手，尾有一名舵手，船两边分列十余名桡手，一声炮响，两船争着向前进发。船头的指挥，面向桡手，舞动手中的红旗，领喊号子，桡手在指挥的激励下整齐地呼着"嘿嘿、哩哟嗬！"奋力划桨，鼓手敲着鼓点"咚咚、咚咚咚"的节拍声，使桡手们的动作协调、整齐如一，船像箭一般朝远处河中立有一杆大红旗的小船飞驰而去，先划拢红旗者为胜，三次定输赢，依次序进行循环赛，最后排出名次。

那在水中飞奔的互不相让的两条彩龙，船上挥动的彩色旌旗，那一声声激昂、荡气回肠的鼓声，振奋人心的号子声……竞赛结束，两岸鞭炮齐鸣，为取得胜利的人们祝贺，由会首向胜利者披红挂彩。

旧时，龙舟赛会由民间自发组织，由推选出来的会首负责全面筹划。龙舟很讲究装饰，舟头有龙头，中间有桡杆，舟尾装饰有龙尾。真正的龙舟是十分讲究的，舟上有神楼、大鼓、铜锣、神位等。每逢端阳节，事先要修龙舟、训练水手。比赛前要请龙，祭祀龙，请神灵保佑龙舟竞赛平安，旗开得胜，然后再进行比赛。

成都没有专门的龙舟，都是赛前将平时用的小船临时装饰而成的。翻看一些资料得知，古代赛龙舟的场面十分浩大，州府的官员、百姓都要到水边观看，就连深居简出的富家妇女，亦竞相前往。除了龙舟外，锦江上还漂浮着一种供人们游玩的花船，名为"花船"，但同样是由一般木船装缀而成。船老板为了乘端午节之机挣一笔额外钱，雇来工人用几根竹竿捆扎一个方框架子固定在船上，挂上一条条彩色布或绣花帘子，再罩上一个布篷顶，就像一笼围帐，这就是花船了。花船中有桌椅，有茶水，人坐在舱中如坐在一间明亮帷幔的房中……也很像在一个特别的茶馆，三朋四友，举家而来，岂不快哉。艺人带着乐器上船，清音、车灯、荷叶……唱的都是民间小调，丝竹管弦，吹拉弹唱，乐音在水面更悠扬悦耳，传得很远，不时赢得江中、岸上人群一次次喝彩。这些艺人跑龙灯似的来回穿梭，唱完了这船又去那船，旨在抓住这难得的时机挣到足够的小费。那些五颜六色的花船，固然够不上南京秦淮河上精美的画舫，但肯定是那时锦江上别有风情的一道绝美风景。

除此之外，锦江上还漂有一种较大的游船。成都作家张义奇曾撰文介绍，这种船可乘坐几十人，称为"龙船"。因为在船头上装有一只彩色的大龙头。那些有钱的人家，邀上要好的朋友或带上家人小孩，雇上一只船一路顺江漂流。从东门大桥或万里桥启程，经合江亭，过九眼桥，再到望江楼，一路观景，临风品茗，谈诗论文，好不快活。

不论从哪个角度看，端午节的锦江，算是旧时成都最热闹的地方。今天，我们早已习惯了没有龙舟赛的端午节。龙舟与赛事……那是彼时诗人的节日，更是彼时全民的节日。而今天我们只剩下写进文字间的纪念了。好在，沉寂了半个世纪的"夜游锦江"又开启了。所不同的是，无论是江面还是沿江两岸的楼群，现代科技烘托出一个美轮美奂的绝色人间。古老成都、现代成都一并端到你眼前，令你亦真亦幻，让你美不胜收。你可以买上一张票，携着朋友或家人，随时从容泛舟锦江。也就是说，今天游锦江已成常态了，再也不用等到端午、中秋这样的特殊节日，显然不像旧时那般热闹与拥挤，人们的内心更多的是宁静与恬淡。

第四节　合江亭的"合"是"合美"的"合"

合江之欢，亭亭玉立。地处锦江畔的合江亭，是成都一处绝佳的人文地标。合江亭的"合"，是合美，也是百年好合；"江"，既是柔情似水，又是缠缠绵绵；"亭"，即停靠的港湾，或许正因为有如此众多的寓意，才引得人流如织。

很长一段时间里，每天清晨 6 时，都可看到一位老人背着一个青色包袱，缓慢而孤独地来到合江亭旁，风雨无阻。"酒肉肚，诗人肠，合江亭上醉谈'解玉双流'。"曾经一度，那位名叫李伯侃的"老导游"，从早到晚为来到这里的游人们讲述合江亭的典故，"始建于 1200 年前，驶往东吴的万里征帆就是从这里启航；垒基高数尺，10 根亭柱支撑着连体双亭，构思巧妙，意味隽永。拾级而上，二江风物，尽收眼底……"

李伯侃身上有一个略微泛黄的本子，每天"下班"时，他都要用毛笔记录当天合江亭上所发生的一切，无论是达官显贵还是贩夫走卒，都记录在案。在成都这个闲暇之地，像李伯侃这样的"怪人"不足为怪，或许你随时都可以碰到。他们因为热爱而执着，因为执着而更加热爱。

每到"黄道吉日"，合江亭便会拥挤不堪，一对一对的新人携手并肩来到这里，穿过有爱心拼图的街道，或合影留念，或举行仪式，把一生最庄严最宝贵的时刻交给合江亭。成都年轻人逐渐形成了个不成文的约定，中午在酒店办酒席之前，上午 9 时许，就开着漂亮的婚车，排队来到合江亭显摆一番后，再从合江亭出发，慢慢向举行婚礼的酒店进发，每一对新人都会有一支长短不一的迎送车队……

合江亭

如果不知道原委，撞见这样的阵势，还以为是来这里举行集体婚礼呢。

合江亭虽然其貌不扬，但因为地理位置特殊，是两江合一的空旷地带，所以看上去很是醒目。你如果驻足于此，会发现合江亭早、中、晚的风景千般滋味，各有不同。清晨，迎着朝晖，合江亭成为晨练的摇篮，跑步、打拳，还有中老年人跳广场舞。中午，"丁"字形的车流在这里有序汇合，各行其道，熙来攘往，形成一道现代时尚的都市风景带。傍晚，夕阳在西边凝成一个巨大的红球，斜照在亭尖的那抹余晖分外炫目，如果你顺着光线的方向望去，思绪定会豁然开朗，积累了一天的疲惫就此消解。入夜，在整个成都进入窃窃私语之际，醒目的霓虹灯把合江亭的轮廓衬托得精妙绝伦、风情万般，一对对情侣相拥在这里寻找最私密的空间。此刻，合江亭便是他们最佳的倾诉对象……成都一天之中最美的时候在夜晚，河与亭和谐一体，浑然天成，彩灯描绘出合江亭卓烁的风姿。

之前因为家住合江亭附近，我曾无数次来这里漫步。穿过一堆花树，亭下有一块石碑，上面刻着"解玉双流"（即，解玉溪与府河、南河）四个行书大字。亭外双江汇流，潺湲而过，悄无声息。

亭子采用双亭结构，兄弟般伫立在高高的石基上，古朴而现代，精致而小巧。拾级而上，靠坐于亭中，凭栏眺望，感觉颇有一些禅意。特别是夜色弥漫之际，你可以穿越时空之隧道，透过古今之哲思，或心潮澎湃，或思绪万千。遥望五百米开外的思蜀园，便会油然升起一种"念天地之悠悠，独怆然而涕下"之幽情。

合江亭始建于唐代，想知道唐时的成都景致，唐代大诗人杜甫无疑是一个最好的"地标性人物"。杜甫住在草堂，他当年所见的合江亭是怎样一番景致？我们不妨先去到另一个朝代，看看一位南宋诗人笔下的"春游记"。

在杜甫的铁杆粉丝、南宋著名诗人范成大所著的《吴船录》中，可以找到合江亭的盛况。《吴船录》之书名，就取自杜甫的名句"门泊东吴万里船"。话说，南宋淳熙四年（1177 年），范成大接到调令，要他结束历两年任期的四川制置使任职，返回临安述职。他和家眷、幕宾、送行的文人好友，以及护送他的兵士一行数十人，从成都出发，开始了长达五个月的旅程。他于十月抵临安（今浙江杭州），随日记所阅历著成此书。

1177 年初夏的那个清晨，范成大早早来到合江亭旁，久久凝视。初夏时节的成都，正值一年之中的最好光景，他缓步而上，进入亭中，鸟瞰他治下的这片土地，为政者和诗人的情感一齐向他袭来。诗人都是多愁善感的，他不知这一去要到何时方能回到这天府之国……为了这次难以忘却的纪念，他决定用文字为后人留下他的足迹。直至午时，等候在兹的船方从合江亭码头起航。他站在甲板上，看着沿河两岸的美景，带着怆然之情写下他足迹最初的文字——

　　　石湖居士以淳熙丁酉岁五月二十九日戊辰离成都……

面对清澈而灵动的河水，两边是和煦的夏风，一派天府盛景映入眼帘。面对岸上送行的人群，他一刻也不敢停留，钻进船舱，举笔提墨，要录下他眼里和心里的一道道风景，继而开始他的长江万里游记——

> 是日，泊舟小东郭合江亭下。合江者，岷江别派自永康离堆分入成都及彭、蜀诸郡合于此。以下新津，绿野平林，烟水清远，极似江南。亭之上曰芳华楼，前后植梅甚多。

吾手写吾心，范成大所看所到之处，唯独成都的梅花深深地印在他的脑海之中——

> 腊月赏梅于此。管界巡检营在亭旁。每花开及三分，巡检司具申一两日开燕，监司预焉。

时隔近千年，这种极其优美的散文笔法，今天读之品之，仍让人回味无穷——

> 蜀人入吴者，皆自此登舟……

心随船动，船从心动。范成大自合江亭起航，顺流南下，四天后在彭山县（今眉山市彭山区）境内进入自灌县（今都江堰市）北来的岷江，本该继续乘船南下，可是范成大却为了游览，在彭山下船，沿岷山西麓陆行北上，经郫县（今郫都区）抵达永康军（今都江堰市），游都江堰、游青城山、游蜀州（今崇州市），最后绕了一个大弯子，在新津坐船南行登上彭山的行李船。这并不仅仅是一次普通的"春游"，还是一次特别的人文考察。据《吴船录》载，当时的草堂东边是万里桥，万里桥东边是合江亭，从蜀地到东吴都要从此亭登舟。草堂靠在水边，当然能看见停泊的船只了。而从草堂的西窗，也可以看见西岭（即岷山，俗称西岭雪山）。范成大望着从古老雪山汹涌澎湃而来的岷江雪水，要告诉世人，成都与长江，与大海……水天一色地紧密连接着。而那个原始的始点，就是诗意般的"合江亭"。

合江亭

这，也正是这位南宋著名诗人的"诗意之旅"。

我们再把视野拉回到唐朝，以唐人的视角审视合江亭。却说唐贞元元年（785 年），一位名叫韦皋的陕西人穿越秦岭，千里迢迢来到成都，成为唐朝驻成都封疆大吏——剑南西川节度使。唐时的成都有"扬一益二"之誉（成都又称"益州"）。唐皇两次幸蜀，让偏安一隅的成都迎来了发展良机。

韦皋在蜀地 21 年，共击败吐蕃军队 48 万，不但将蜀地治理得很好，而且辅佐太子登上皇位，最后得封南康郡王。不仅如此，韦皋治理城市也堪称一流。他组织开凿了从西往东流的解玉溪工程，还在郫江与流江交汇处兴建了合江亭。就这样，韦皋将自己的名字第一次写进了合江亭的历史档案，完美地嵌进了成都市这个最不起眼、却最厚重的城市地标。

韦皋手里诞生的合江亭，并不是孤独地立在两江交汇处，它与张仪楼、散花楼形成了一条自西向东的绚丽的城市风景带。可以肯定的是，韦皋创建合江亭，并不是为了文人和官吏的雅兴。用一句现代比较官方的话说，它是"成都经济和社会发展"的生动缩影。

城市歌舞升平，百姓生活富足，"休闲"的需求也相应旺盛，小小的一座合江亭显然已不能满足大家。由是，韦皋在合江亭旁边又新建芳华楼，并在楼的周围植下许多美丽的奇花异草，其中最多的是梅花。这一切，都被范成大录入他的《吴船录》中。再到后来，韦皋又在亭子周围修筑了一些阁楼台榭，形成了唐代合江亭景观带，当时称为合江园，成为"一郡之胜地"。

合江园，堪称成都历史上最早向公众开放的"市政公园"。

至晚唐，时任剑南西川节度使的高骈改水道，在成都形成两江抱城的格局后，两江交汇处的合江亭便成了贵族、官员、文人墨客宴饮吟诗的首选之地，流风所及，蔚然成景。无论是文人墨客吟诗作赋、迎来送往、宴请宾朋，还是普通百姓携家人踏青赏花、娱乐休憩，几乎都在这里轮番上演。

时间运行到五代时期，合江亭已经沦为王室贵族的专用之地，这个"市政公园"渐渐远离民众，普通百姓只能绕道而过。北宋时期，整个国家战乱频仍，国事衰微，就连那些达官贵族也没冶游雅兴了，曾经众星捧月般的合江亭，也就日渐荒芜，终至废弃。成都知府吕大防看见合江亭屋宇倒塌，梁户残缺，心中很是惋惜，于是命人修缮，作为船官治事所，以供宴饮游乐，那些消失的梅花也重新开始飘香，合江亭得到了短暂的复兴。每每冬季到来，梅花含苞待放时，管理人员就会上报官府，届时，文人雅士便会来此赏玩游乐，吟诗赋文。在这样的氛围之下，陆游就有了一生中为后人津津乐道的《梅花绝句》。"当年走马锦城西，曾为梅花醉似泥。二十里中香不断，青羊宫到浣花溪。"专家据此考证，当年成都的梅林并不只是青羊宫到浣花溪这一段才有，而是从浣花溪一直延伸到了合江亭一带。这位爱国诗人还在合江亭边专门赋诗《自合江亭涉江至赵园》，抒发报国无门、壮志难酬的感怀。"政为梅花忆两京，海棠又满锦官城。鸦藏高柳阴初密，马涉清江水未生。风掠春衫惊小冷，酒潮玉颊见微赪。残年飘泊无时了，肠断楼头画角声。"

值得一提的是，范成大既是陆游的上司，更是好友。当他离开成都的时候，陆游特地为他饯行，从合江亭出发一直送到合江县（今属四川泸州市）。范成大诗兴大发，遂留下"合江亭前送我来，合江县里别我去"的佳句。

江山代有才人出，各领风骚数百年。到了元朝，成都在蒙古军的铁蹄下变成一片废墟，合江亭和张仪楼、散花楼，毁于战火硝烟之中……荒草疯长的合江亭在经历了明清以后，渐渐被人们淡忘，两江交汇处唯剩下一小块不起眼的空地，其余都被民房占据。

合江亭这一废弃，就是七百年。

岁月是一条河，可以把世间无数功名利禄冲刷得干干净净，合江亭也不例外。伫立两江汇合处，千年合江亭就似一部史书，见证着朝代的盛世和乱世，洞悉着人间的冷暖与炎凉。直到 20 世纪 90 年代，成都市才重建合江。双亭顶、八角十柱、琉璃瓦飞檐，旁边有仿古式房廊听涛舫，内有现代书法家赵蕴玉为合江亭作的记。四周女儿墙将合江亭、听涛舫紧紧揽于怀中。与合江亭连成一片的风景，还有滨江公园、思蜀园和望江楼。

我以为，离合江亭五百米开外的思蜀园，算得上后人专门为合江亭修造的一座"御用牌坊"，如果用另一个名字——丰碑，也不为过。"思蜀园"是成都市在改造府南河时新建的一处城市公园，将思蜀园与合江亭放在一起，绝对不是随意为之。矗立于世千年，见证潮涨潮落，饱尝世间冷暖，古往今来，为"合江亭"三字留下的诗词歌赋，可谓车载斗量……可那些，毕竟是写在纸上的文字——"纸上得来终觉浅"。读图时代，怎样利用现代时尚的表现方式，最大程度地让平民百姓一看就喜之爱之感之叹之，思蜀园便是一个极好的载体。只有伴之左右，方能相得益彰，也给合江亭这"大腕"一个应有的待遇和地位。中国历来讲究礼仪，这，便是对合江亭的最高礼数。

思蜀园的主题词是水，或高或矮的石柱上，喷射出的，都是变化莫测的水柱。每天固定的时候，这里便会有"水的表演"。我站在公园里欣赏着这里的鲜花绿树，突然园中央的喷泉有节奏地喷起水来，水柱在空中跳跃，此起彼伏，欢迎人们的到来。公园中央五根巨型毛坯石柱，雕刻着成都历史上五次大的治水工程故事，也记录了成都因水而生，因水而兴的历史进程。园内每一根石柱上，都有一个像印章一样的红色篆刻，它标明了石柱上雕刻的治水内容。五根石柱上的篆刻分别是：鳖灵治水、李冰穿二江、文翁治湔江、高骈改府河、千古流芳。每根石柱的旁边，对应有一块大石，石上详细介绍了有关鳖灵、李冰、文翁、高骈等人的治水事迹。

水柱围成一个同心圆，五股水从地面喷薄而出，直冲天空……圆的正中，你可以透过清澈的水珠，隐隐约约看出四个红色楷书大字——"水的丰碑"。约莫三米高的五根粗糙的石柱并不算高大，但所衬托出的氛围，却让人有一种空灵和宏大之感。特别是夏秋时节，来来往往的人特别多。人天然有亲水性，尤其是小孩子，大多挤进水雾所到之处，享受水的滋润和清凉，大人们拉也拉不住……最为精心的，是思蜀园内 42 块不起眼的石头，它们看似不经意地散落各处，以供游人歇息，但这些石头不是普通的石头，每一块石头上面都雕刻着一个"水"字，有甲骨文、小篆、隶书、楷书、行书、草书等。42 种不同写法，形态各异，妙趣横生。据悉，那些字体各异的"水"字，俱是用古代碑帖历代名家的书法真迹所拓而成。自然界的水和中国独特的书法艺术完美地结合在一起，人文气息陡然生辉。

这些与成都北门大桥上的"成都文化史迹掇英"系列石刻，东门大桥的"成都十二月，月月有市"系列碑刻，万里桥上的"三国历史故事"系列石刻……遥遥相对，成为成都城市文化鲜明的精神烙印和人文切片。

第五节　井是成都人回家的"指路牌"

"掘地三尺，便可成就一眼水井"是成都最真实的写照。在自来水没有普及之前，成都城区大街小巷遍布的上万口水井，足可证明"海上成都"的真实存在。查阅相关资料，成都的地面之下，有一个面积为6400平方公里的储水空间。这个空间是由卵石、砾石和细沙组成的储水层，卵石、沙砾之间存在大量的孔隙，使整个储水层就像一个巨大的容器，能够容纳来自地表的水。

这种现象在地质学上被称为"孔隙含水层"。专家调查分析，成都平原地下水总量达132亿立方米。这个体积，相当于三峡工程全部库容的三分之一。而与成都数十公里开外的紫坪铺水库库容相比，则超过其十倍。

我们不禁会问，成都为何有如此丰富的地下水？答案凝聚为三个字——冲积扇。冲积扇是河流出山口处的扇形堆积体，地势较周围地区低。学术上解释，冲积扇平面上呈扇形，扇顶伸向谷口。当河流流出谷口时，摆脱了侧向约束，其携带物质便铺散沉积下来。

水往低处流——成都平原正是冲积扇平原。

这样一个庞大的"地下海"，在中国所有的城市中都非常罕见。有专家形象地认为，成都，就是一座漂在"海"上的城市——丰沛的井水，只是这座"海上城市"之冰山一角。

汉代的成都不仅生长着浓荫蔽日的桑树，还"生长"着遍地的水井。汉代古井在成都市区范围内有数量众多的发现，而且在已经发现的"古井"中也以汉井居多，它们就像草垛布满田野一样，布

成都水井坊

满壮丽的汉代成都。

在相当长的一个时期里，"井"承担着一个人或一个家庭的生命源泉的重任。

"井，清也，泉之清洁者也。"古者穿地取水，以瓶引汲，谓之为"井"。古人发明了"背井离乡"这个成语，意思是说一个人离开故土，离开那口自己用惯吃惯了的井，表示这个人已经上路了。这个成语还告诉我们另外一个信息，"井"与"家乡"居于同等地位。

史料告诉我们，成都汉井的分布规律是这样的：一是盐道街至新南门一带，几乎每 200 米就有一口汉井。二是羊市街、白丝街、城守东大街、人民东路、人民南路省展览馆前面、东胜街、包家巷、方池街等区域，都或隐或现存在着不少汉井。三是老西门一环路口至青羊宫一带，这一带在 20 世纪五六十年代，还发现了 70 余口汉井。尤其是西门至三洞桥王建墓一带汉井分布最为密集，几乎每隔 3 至 5 米就有一口汉井。1982 年冬天，成都考古学家在西安南路新一村大约 300 平方米的范围内即发现了 5 口汉井。

成都汉井的深度一般在 2 米左右，这样的深浅对于现代成都人来说是难以想象的。据"老成都"回忆，时至民国，成都仍有"挖地三尺见水"的说法。汉代时成都人更为方便，只需挖个一两米深的洞穴，清澈的地下水就会咕咚咕咚、源源不断地涌上来。对成都人文地理有着极深研究的肖平先生分析，成都的汉井可分为陶井和砖井两种。陶井是用陶制的圈筒套在井中形成井壁，而砖井是用砖头直接垒砌井壁。从发现的陶井圈来看，它是一种成批生产的陶制品，专门出售给市民打井用，有的陶井圈内壁饰有绳纹或方格花纹。考古学家在这些干涸的汉井底部清理出卵石、绳纹陶片和素面灰陶罐底残片，它们残留着汉代成都人的生活方式和生活气息，散发着朴实温馨的市井之味。井底的卵石可能是打井的师傅故意扔下去的，目的是镇住井底的泥沙。而绳纹陶片则是陶器和井壁相撞后，破碎的陶片带着嗡嗡的声音和白花花的水纹溅入水底。时至今日，虽然那些汉井已经像废弃的铁轨一样壅塞了、生锈了，但甘冽的泉水曾经养育过一座有理想的城市，曾经培育过一种安闲舒适而灵动的文化。

就是今天，不少"老成都"仍存留在"开门就是井"的惬意生活里。只是自来水的方便让那些老井慢慢地"退休"了，但在人们大脑皮层深处，老井的位置依然重要。作为一个"有故事的人"，哪怕远在天涯海角，只要你在这里生活过，"井"的印记在你的脑海里撵也撵不走。德高望重的巴金先生对养育他的"双眼井"就一直念念不忘。1987 年巴金回成都时，特地来到双眼井旁，望着一眼清泉感慨地说："只要双眼井在，我就可以找到童年的足迹。"

很大意义上讲，双眼井，成了巴金回家的指路牌。

看过巴老"激流三部曲"的人都知道，《家》的原型就是正通顺街的李家院子——巴金年轻时的家，虽然20世纪50年代后，早已易主的李家院子就与毗邻的张家打通合并，前后门的外观都发生了变化。但，有双眼井在，巴金就永远不会忘记家的模样。

《家》刚刚出版时，巴金曾否认这是以自己家为蓝本的创作。"我离开旧家庭就像摔掉了一个可怕的黑暗，我没有一点留恋。"但到了1937年，他还是不得不承认"那些人物，那些地方，那些事情，已经深深地印在我的心上"。这是一个令他迫不及待想要挣脱的家，而他也确实早早地离开了这里。然而随着白发愈来愈多，当离家多年的游子除了家门口的双眼井什么都不再认识时，内心却泛起温存的涟漪，也会不由自主地脱口说出人性深处的"真话"。

世易时移，物是人非。现在的双眼井或许为正通顺街上唯一能代表年代的"物证"，井用石栏围着，石栏内还有浮雕，旁边立了碑，因而弥足珍贵。可是，四周的高楼、学校、商铺和拓宽的路面，让这里与成都大多数街道无异。只是在不起眼的双眼井旁，多了一块"文物保护单位"的牌子。

大大小小叫得出名字的城市，几乎都有过双眼井，双眼井的出现多半是由于水源浅，水的自净功能不够强，才会挖出两个井口。一个地势较高，另一个较低，利用高度差与泥土的渗透功能，其中一眼井水较浑浊，做洗衣用，另一眼清亮，做饮用水。显然，在巴金先生心里，双眼井不再是一眼看得见摸得着的井了，已经幻化为一种青年记忆的凭证。

从这个意义上讲，每一个成都人心里都嵌有一口井，都存有一块十分醒目的家的"指路牌"。

在中国现代化历史进程中，很长一段时间，"不沿江不沿海不沿边"成为贫穷与落后的代名词。加之大山阻隔，地处"蜀道难"的成都的艰难可想而知。可成都人自能在偏于一隅的地理、信息和人文环境下，排除干扰，沉潜发奋；内生创造，精研细磨；周流于外，然后臻于一极，靠的正是这样一种"打深水井精神"。

韩愈《进学解》有名言云："补苴罅漏，张皇幽眇。"是说，补好裂缝，堵住漏洞。通俗地讲，就是缺什么补什么，然后做到极致。我以为，这是用来表扬成都人的创新创造精神的。

井是成都人吮吸的乳泉。直到20世纪40年代，成都人一律吃井水。有着成都风物志之称的《成都通览》记载，清末成都城内共有水井2515眼，时城内街道438条，平均每条街巷5口井。古老的七十二个行业之中，"挑水夫"曾经在老成都是一种专门的职业。有点像重庆的"棒棒军"，他们多是来自乡下的农民，既挑河水，也挑井水，吃苦耐劳，又踏实肯干，深得城里人喜爱。对于挑水夫这个职业，清末学人傅崇矩做过专门调查，其结果是，晚清时成都"虽有自来水，尚未办好，不能不用挑水夫也"。傅崇矩那个时代，成都城内有挑水夫436人，经警察局发有"规则"——上岗证和营业执照之类的合法证照，挑水夫们持证上岗，按执照上规定的各段街道和用户挑水。

河水用量最多的是茶馆，成都是有名的茶窝子，休闲的成都人对茶水的讲究近乎苛刻，到后来井水全面失宠，泡茶的水一定要河水。主要因为茶铺里用水量大，几乎都有专门的挑水夫供应煮茶用的水。挑水多为包月，生意好的茶馆还专门养着一批挑夫，供吃供住。

晚清时，曾任华阳知县的周询著有《芙蓉话旧录》一书，书中对成都河水、井水的水质做过专门分析——

城内之金水河及护城河皆岁久淤浅，河身复狭。两岸居民，多倾弃尘秽，且就河边捣衣涤器，水污浊不能饮，故城内处处皆有井……惟人家繁密，井水亦劣，味略咸，以之烹茶，冷后，面起薄朦，俗称"干子"。映光视之，五色斑斓，令人作恶。稍有力者，仍皆购河水烹茶。

薛涛井

"作恶"之后，净化水的技术也就应运而生了。成都籍著名作家李劼人在其名作《大波》中描写清末成都茶铺时，有精彩的记述，茶馆"都要在纱灯上用红黑相间的宋体字标明是河水香茶"。难怪老成都茶铺都有两件宝贝，一是清一色的老虎灶，二是容量甚大的水瓮子。挑夫们将一担又一担的河水倒进瓮里，河水经过一层又一层的河沙过滤，最下边的那层清水才可用于泡茶。这一在今天看似艺术品的物什，在外人看来颇有几分神秘。

成都也有几口古井的水质比较优良，比如薛涛井。无论如何干旱，井内水面离井口一直是一尺有余，取之不竭。水质十分优良，清冽甘美。旧时城内的高档茶楼，如少城公园内的"鹤鸣茶馆"、春熙路的"饮涛茶馆"，每天都要雇专人运送薛涛井水。有竹枝词赞曰："同庆阁旁薛涛井，美人千古水流芳。茶坊酒肆争先汲，翠竹清风送夕阳。"为何独有薛涛井水质好？源于此井靠近锦江，那一带的土是砂渍土，是天然的过滤层。江水的水质本来就很好，经过过滤层后渗入井中，水质更加洁净，格外清澈。加之井四周有翠荫覆盖，使井水"昼绝天光，夜承星露，英华不散"，故而水质与城内众多水井不一样。

一些城市的普通居民住户，往往是临时"喊水"。旧时的挑水夫就像现在的出租车一样，遍布城市各个角落，每条街道都有。卖水人在茶馆喝茶聊天，一有人家呼唤，即刻动身。这些挑水夫练得一身本事：扁担闪悠闪悠，两手并不拉着桶绳，也不掌着扁担，"有时甚至抄在胸前，水却不溅出，水桶也不会失去平衡，时常引来街上众人围观叫好"。这时，挑水夫就更得意了，"竟将腰肢扭来扭去，学戏台上花旦的动作，水桶里的水依然不溅出"。这一点，酷似茶铺里花式表演的茶倌，手持一把嘴长长的铜壶，擎着壶嘴不停地转动，做让人眼花缭乱的各式动作，或似金鸡独立，或似卧虎藏龙，或似苏秦背剑……一番喝彩过后，才将烧得滚烫的沸水，稳稳地掺进茶碗，滴水不外溢。

"从依靠井水到不吃井水，从不吃井水到不用井水，甚至到没有井的日子是什么时候来的，怎么经历的，今天的成都人已经越来越模糊了。"成都作家赖武用这段绕口令似的文字，形象地表达了成都井水的变迁过程，只有当市民陆陆续续搬进楼房，大水缸砸了，水桶挑子干罅了，才是成都人告别井水的开头。再后来，地下水水位下降，井水枯竭而成干井，伴随着老街老巷的拆除，旧城换新颜，成都人算是真正彻底地告别了水井。

岁月的变迁，生活方式的改变，"井"已经失去了当年的使用价值，但它却记载并见证着成都特有的一段历史。渐渐地，城里人与大地灵性相接的管道在岁月的无情折腾下，悄无声息地堵塞了，只剩一些与"水"与"井"有关的老街存留于记忆中。水井街、双眼井、诸葛井街、大井街、凉水井街、铜井街、铁箍井街……便是赠予后人考证的众多符号。

至今，少城井巷子里的一眼水井旁，还留下如许勒碑纪文——

> 此井乃康熙年间，满蒙八旗军驻防成都时饮水而凿，地处原少城明德胡同清军营房前。辛亥革命后因巷中有此井，改名为井巷子。

无疑，那是留给后人备忘的遗产。

第六节　没有了这碗水，成都人就会"脱形"

一市居民半茶客。

岷江源头雪山下清澈的雪水，一路上经岷江深滩浅河的摔打，通过宝瓶口的锻铸，历经千辛万苦，最后径直流到了成都人的茶碗里。

今天的成都，茶室相接，茶馆林立。据不完全统计，成都市大大小小的茶馆、茶楼有上万家。几乎有人群的地方，就有茶馆。这独具特色的景致，既是全国之最，也是世界之最。

川西坝子茶馆遍及乡镇和村庄，茶馆将一个个独立的个体编织起来，形成重叠交错的社会网络。关心国家大事，乐于发表意见，遇事不紧不慢，追求自在安逸——成都人有一种儒释道结合的气质，在茶馆中体现得尤为明显。人们到茶馆打麻将、冲壳子（摆龙门阵），也参与蜀地特有的变脸、掏耳朵……。这里，始终可以找到老成都的影子，也可以找到新时代的时尚。

当你来到成都，无论是出差访友，还是旅游度假，不妨靠近一方小桌，坐在吱吱呀呀的竹椅子上，品上一杯花茶。不用仔细观察，你就能强烈感受到，成都人的生活，似乎都和茶馆有关，人们在这里款待宾客，交朋结友，谈情说爱，读书看报，谈生意，化纠纷……小小茶馆，几乎囊括了社会和人生的全部情感。

"白天皮包水，晚上水包皮"基本上概括了旧时成都人一天的生活轨迹。这是说，一个成都人早晨起来，主要泡在茶馆里，在茶座与厕所间来回，称为"皮包水"。而到了夜晚，吃饱了喝足了，就会找个惬意的澡堂泡澡，称为"水包皮"，直到舒服了安逸了，

才心满意足地回家。

可以说，没有了那"包"水，成都人就会形散而神也散。

难怪有人说，成都是一个可以真正"闲"下来的城市。于成都而言，"闲"不是躺在太师椅上摇蒲扇，也不是一天24小时喝小杯的工夫茶，更不是公子王孙遛鸟、姨太小姐牌桌上的"闲"……只有引车卖浆之辈、贩夫走卒之类、大妈大爷之族都闲，那才叫闲。只有一个千百年来世世代代无灾无难的地方才能孕育出一个"闲"字来。这种"闲"只有成为一种风景，弥漫在大街小巷、茶楼酒肆的空气中，形成一种独特的气场，让你欲罢不能，那才是真正的"闲"。

很长一段时光，成都给外界的"闲"，是透过层次不同、风格各异的茶馆体现出来的。老成都李劼人说得很到位，"坐茶铺，是成都人若干年来就形成了的一种生活方式。"很"闲"的成都人也有忙的时候，他们忙什么呢？吃早茶。成都市民向来有吃早茶的习惯，作家沙汀于20世纪30年代在上海《申报·自由谈》上发表过一篇散文，名字就叫"喝早茶的人"，字里行间，十分生动地描写了吃早茶的人——

> 除了家庭，在四川，茶馆恐怕就是人们唯一寄身的所在了。我见过很多人，对于这个慢慢酸化着一个人的生命和精力的地方，几乎成了一种嗜好，一种分解不开的宠幸，好像鸦片烟瘾一样。
>
> 一从铺盖窝里爬出来，他们便纽扣也不扣，披了衣衫，趿着鞋子，一路呛咳着，上茶馆去了。有时候，甚至早到茶炉刚刚发火。这种过早的原因，有时是因为在夜里发现了一点值得告诉人的新闻，一张开眼睛，便觉得不从肚子里掏出来，实在熬不住了。有时却仅仅因为在铺盖窝里，夜深的时候，从街上，或者从邻居家里听到一点不寻常的响动，想早些打听明白，来满足自己好奇的癖性。

成都铁像寺水
街露天茶馆

正所谓一方水土养一方人。这种"早"，还体现在成渝两地的不同理解之上。一个有趣的故事足以形象地诠释。话说成渝两地还靠一条铁轨往来时，对开的两列火车都是晚上九点左右发出，到对方城市时就是清晨五点左右。重庆人下车说这时间挺合适的，找个地方填饱了肚子正好进城办事，可放眼一看到处都紧门闭户，心里纳闷这是怎么回事呢？一想，哦，还没起床。只好等等吧。终于见一家茶铺有了点动静，店伙计打着呵欠准备生火，边揉眼睛边下门板。重庆人迫不及待地一步跨了进去，那伙计却问："你们做啥子？"居然有这种问法！重庆人奇怪极了，说话耿直的重庆人这时的回话也一定不顺耳："你开着茶馆饭馆，我进来了，坐下了。你说我是做啥子的？莫非是上茅房（厕所）？"一听是重庆口音，成都人不说话了，心头却在嘀咕，倒是见过这么早来找厕所的，哪有这么早就来吃饭的。

正所谓，成都是个大茶馆，茶馆是个小成都；重庆是个大码头，码头是个小重庆。有意思的是，曾在重庆待过几年的李劼人先生，以作家细致的观察，发现成渝两地茶馆的不一样：

> 成都人坐茶馆，虽与重庆人的理由一样，然而他喜爱的则是矮矮的桌子，矮矮的竹椅——虽不一定是竹椅，总多半是从竹椅变化出来的，矮而有靠背，可以半躺半坐……如此一下坐下来，身心泰然，所差者，只是长长一声感叹。因此，对于重庆茶馆之一般高方桌、高板凳，光是一看，成都人就深感到一种无言的禁令："此处只为吃茶而设，不许找舒服，混光阴！"

鲁迅先生是浙江绍兴人，他在一篇题目就叫"喝茶"的文章中写道："喝好茶，是要用盖碗的。于是用盖碗。果然，泡了之后，色清而味甘，微香而小苦，确是好茶叶。"最具成都风味的盖碗茶具，真可谓得成都人文真传，我敢肯定，它的创制者一定是个地道的成都人。盖碗茶具由"三件套"组成，有碗，有盖，有船，造型独特，制作精巧。茶碗上大下小，盖可入碗内，茶船做底部承托。喝茶时碗盖不易滑落，碗有茶船隔衬不会烫手，也不必揭盖，茶盖半开半闭，能将碗内茶叶隔开，使得茶叶不外浮，茶汤照样能够溢出，用起来非常灵便。对此，成都文化名人车辐先生也有精妙表述：一是碗口敞大成漏斗形，敞大便于掺入开水，底小便于凝聚茶叶；二是茶盖可以滤动浮泛的茶叶，盖上它可以保温；三是茶船子承受茶盖与茶碗，如水载舟，也可平稳地托举。

三件套的盖碗茶具在具体的使用过程中，还有几个沿袭已久的老规矩，即顾客若将茶盖置于桌面，表示茶杯已空，掺茶师傅（即茶博士）就会很快过来为你掺水。若茶客临时离座，将茶盖或茶船放置于竹椅上，表示人未走远，少顷便回，其他人也不会来占这个位子，茶博士自会代茶客将茶具、什物等看管好。

这样的隐秘规矩，是老茶客和茶馆之间的秘密，只有他们彼此心领神会。

不仅如此，聪明的成都人还会就盖碗茶的三件套演变出诸多"阵势"来。著名历史学家王笛也是成都人，他对民国时期袍哥在成都茶馆里的"黑话"颇有研究——

"茶碗阵"千变万化，许多是用于联络和判断来者身份及资历的。主人可以把茶碗摆成各种阵式，而来访者则必须有能力进行回应，并以暗语或吟诗作答。

如果主人想测试来人的身份，他先来个"木杨阵"：茶杯两只，一在盘内，一在盘外。饮者必须将盘外之茶移入盘内，再捧杯相请，并吟诗曰："木杨城里是乾坤，结义全凭一点洪。今日义兄来考问，莫把洪英当外人。"他也可能摆一个"双龙阵"，即两杯相对，来者则诵道："双龙戏水喜洋洋，好比韩信访张良。今日兄弟来相会，暂把此茶作商量。"

如果一个袍哥到异地寻求援助，他会摆一个"单鞭阵"，即一茶杯对一茶壶，能助一臂之力者，主人则饮其茶，反之则把茶倒掉，再倾茶饮之。其诗云："单刀独马走天涯，受尽尘埃到此来。变化金龙逢太吉，保主登基坐禅台。"

善于休闲的成都人，不仅休闲没有误工，更没有误业。有一个形象的比喻，成都人有如凫在水上的鸭子，水面上看似气定神闲悠然自得，而水下的两只脚蹼，一刻也没有停止划动。

这也是为何千百年来，那条一头连着成都一头连着世界的茶马古道，一直繁荣的根由。

有了茶叶，就有了茶马古道。茶作为蜀之特产，其商贸路线越走越远。一代代孜孜不倦的蜀商们由成都出发，经临邛（邛崃）、雅安、严道（荥经），逾大相岭，至旄牛县（汉源），然后过飞越岭、化林坪，至沈村（西汉沈黎郡治地），渡大渡河，经磨西，至木雅草原（今康定新都桥、塔公一带）的旄牛王部中心。

这条商贸交换的"古牦（旄）牛道"，算得上最早的"茶马古道"。

北宋年间，成都平原年产茶叶三千万斤，这些体量甚巨源于成都的茶叶，就是以那条位于都江堰一侧的茶马古道为起点，远播欧亚大陆，传于世界的。自宋神宗始，成都始设"都大提举茶马司"，四川首设 24 个买卖场，标志着"茶马互市"的茶马古道就此处于繁荣状态。至此，那些茶叶在一代代背夫的辛劳下，源源不断运往甘肃、青海地区，每年竟换回军马 15000 匹以上。

随着贸易的不断扩大，自明朝起，川藏茶道正式形成，打箭炉（今四川康定）成为南路边茶总汇之地。形成了由雅安、天全越马鞍山、泸定到康定的"小路茶道"；由雅安，荥经越大相岭、飞越岭、泸定至康定的"大路茶道"；由康定经雅江、里塘、巴塘、江卡、察雅、昌都至拉萨的南路茶道；由康定经乾宁、道孚、炉霍、甘孜、德格

茶马古道

渡金沙江至昌都与南路会合至拉萨的北路茶道。这条由雅安至康定、康定至拉萨的漫长茶道，既是明清时期繁荣的川藏道，也是今天繁忙的川藏线。

就是这条茶道上，一半的茶叶运往了康藏地区。史载，20 世纪 30 年代以前，这条繁荣的古道上已经形成了专营茶叶的茶叶帮，专营黄金、麝香的金香帮，专营布匹、哈达的邛布帮，专营药材的山药帮，专营绸缎、皮张的府货帮，专营菜食的干菜帮，以及专营鸦片、杂货的云南帮等。仅 1934 年的数据，由康定入关输入成都市场的，就有麝香 4000 斤、虫草 30000 斤、羊毛 5500000 斤、毪子 60000 多根等，共值白银 400 余万两。汉藏贸易规模之大之频繁，着实令人意外。

成都人与茶的相遇，十分古老。一片茶叶，蕴藏着川西坝子的天籁与净土，蕴藏着飞舞于百峦青翠之上的晕光。

茶作为中国的"国饮"，其起源最早可追溯至上古神话时期的神农氏。"周武王伐纣，实得巴蜀之师……茶蜜……皆纳贡之。"从《尔雅》中有茶名和《华阳国志》记载蜀人以茶贡周人看，饮茶起源于春秋战国时期。周初，武王伐纣，巴蜀两个小的邦国前来相助，便以茶作为献给周的贡品，自此，"中原知茶"。蜀人煮茶之俗，延续至今。唐以前煮茶又叫"烹"。西汉成都人王褒在《僮约》里记载了在西蜀一个寡妇扬惠家里烹茶的情景："舍中有客，提壶行酤……烹茶尽具，已而盖藏。"家中来客人时，"酤酒""烹茶"款待。当时"烹茶"，是先将茶叶放入水壶中，煮开以后饮用。

这是蜀人最早记述的饮茶细节。

那篇《僮约》里，主人还吩咐奴仆"牵犬贩鹅，武阳买茶"，说明当时的"武阳"（今彭山）已有茶市出现。著名学者顾炎武《日知录》考证："自秦人取蜀而后，始有茗饮之事。"就是说，全世界的茶文化，是从成都开始的。此后的两汉魏晋隋唐数代千余年中，蜀茶之名举世皆知。西晋张载《登成都楼》一诗中对成都的茶叶生产和茶风日盛进行了描述，"芳茶冠六清，溢味播九区，人生苟安乐，兹土聊可娱。"

> 茶者，南方之嘉木也。一尺二尺乃至数十尺，其巴山峡川有两人合抱者，伐而掇之其树如瓜芦，叶如栀子花，如白蔷薇，实如栟榈，蒂如丁香，根如胡桃。其字或从草，或从木，或草木并。其名一曰茶，二曰槚，三曰蔎，四曰茗，五曰荈。

一千多年前，陆羽在《茶经》中如是记载这神奇的"南方嘉木"时，可能没有想到，茶在成都这座位于西南的城市，会有深入骨髓的光大之效，且延绵不绝，长久不衰。真的难以想象，如果这"南方嘉木"不是诞生在这神奇的天府之国，成都会变成怎样？还是那座以休闲著称的历史文化名城吗？真的不敢细想。如果成都人不成天穿梭在茶水之间，该会是怎样的一种状态？品茗喝茶已经成为成都人生活中不可或缺的日常，可以肯定，没有了这碗水，成都人一定会变形、脱形，甚至六神无主。

一言以蔽之，都是天府之国那滴水惹的祸。

第七节　回到"濯锦江边两岸花"的意境

没到过塞纳河，难以理解巴黎的柔情与浪漫；没见过泰晤士河，难以读懂伦敦的奢侈与繁华；没去过莱茵河，难以体味德国人的生活与格调。

河流是城市最有代表性的名片，让穿过城市的河流不仅成为景观，更成为业态丰富、要素涌流、烟火味足的生活空间，是生态价值转化、实现城市自然有序成长的幸福美好生活样本。

绿水逶迤去，青山相向开。漫步锦江，你可以随时闻到历史的味道。有如一部尘封千年的历史书籍，锦江不间断记载着成都的风雨岁月，历史的厚重与古典的风韵，仿佛回到前生。同时，时尚与浪漫与时俱进，随处都可以体味到时代的气息。

古典与现代结合得如此完美。"濯锦江边两岸花，春风吹浪正淘沙。女郎剪下鸳鸯锦，将向中流匹晚霞。"刘禹锡的这首唯美之诗，道不尽锦江带给成都的繁华与富裕。

这，就是锦江文明的缩影。

桥是水的骨骼，是打开成都的"钥匙"，也是锦江文明链条中重要的一环。

没有水和桥，成都就失去了灵性和骨性。成都多水，自然多桥。桥在成都水网的血管通道里，便成了天然的所在。往昔成都，就是一座"河流和桥梁博物馆"。从西向东横贯城中的金河，环流皇城的御河，以及摸底河、沙河、干河、水碾河、肖家河、解玉溪……，数不清的河流在涌动，河岸垂柳……各种功能和式样的桥梁横贯河流之上，古有驷马桥、万里桥、九眼桥、玉带桥、磨子桥、平安桥、

九眼桥日景
与夜景

万福桥、半边桥、青石桥、桂王桥、落虹桥……今有孔桥、廊桥、彩虹桥、弯弓桥……，单是极具个性的桥名和别致的桥型，就引人遐想联翩。

成都的桥所连接的，上至达官贵族。比如御河修通后，河道上造有一系列桥梁，明清《成都县志》载，蜀府前有宝莲桥（原蜀王府端礼门前），左右有龙眼桥。贡院两侧，北有后子门桥，东有履安桥、同善桥，西有平安桥、义成桥。连通金河，处在东、西御街上的桥都叫青龙桥。这些桥，随同明王朝的崩溃，御河的废弃，不存。三国费祎长叹："万里之路，始于此桥。"后人们便认为这是万里桥名字的最初由来。陆肱专门写了一首《万里桥赋》，最后一句最让人心动："斯桥也，可以济巨川之往来，不可以携手而相别。"

成都的桥连接更多的，是芸芸众生。傅崇矩在《成都通览》中透露，清末民初，成都有名可考、有址可寻的平桥、拱桥、石桥、铁桥、木桥、竹桥等各种大大小小的桥，总共有 192 座。难怪《华阳国志》也说"故蜀立里，多以桥名"。仅金河上就有 20 多座桥，它们小巧玲珑，有时仅隔数十米便有两桥相望，间或有小木桥窄窄一线，差不多就是供临水的某个平常人家所独享。这样的景致在旧时成都可谓司空见惯，这并不是因为"小桥流水人家"般的景致点染了成都的牧歌情调，而是通都大衢的老成都，本身就不缺少这些散落在街巷中的田园风情。

如果把老成都的桥像汉代书帛一样一座一座串起来，足足可以串成一车厚厚的竹简。成都人生活在岸边，在廊桥上贸易，在船头交换，在河岸边观景……每座古桥后面都有一个美丽的传说，桥的变迁史可谓成都城市的发展史。比如，古驷马桥除了与司马相如有勾连之外，后来成为沟通驷马桥街、驷马桥路和解放路的枢纽；又如原名乌龟桥而被谐音改成的五桂桥；用岷山特有的青石筑造而得名的青石桥；青羊宫附近的送仙桥，因为青羊宫灯会留下一段神话般的传说；洗面桥是因为张飞每次回成都时，都要在此洗面；相传南门大桥乃诸葛亮北伐时出师必经之桥……世易时移，这些故事层

苏坡立交

出不穷的古桥，随着时代的演绎，又增添了不少新的故事。比如，一提到青石桥，成都人就会想到鲜美的海鲜；一提到九眼桥，就会想到浪漫多彩的夜酒吧；一提到送仙桥，就会想到古玩市场，这里文房四宝齐聚，因为喜好书画，我是那里的常客；一提到万福桥，就会想到陈麻婆豆腐；一提到北门大桥，又会想到美味的师友面……此类成都标识鲜明的文化起于桥头，传于桥头，不断发酵，空气一般散漫开来。

沧海桑田。许多河流、桥梁不存在了，徒留下一个个让后人去猜想的街名。比如，一心桥、二仙桥、三洞桥、梓潼桥、古卧龙桥、拱背桥、半边桥、通顺桥、通锦桥……这些符号就似一个个指路牌，让后辈通过文化的通关密码，找到可以辨识的路径。

桥是一座城市的文化物证，也是新陈代谢的标志。随着古桥一座座逝去，取而代之的，是一座座富有现代气息的新桥。以立交桥为例——很多老成都人会迷失在立交桥上，比如三环路上的苏坡立交桥，每个桥柱下都绘有戏剧脸谱，约两米高，色彩斑斓，巨型脸谱与立交桥下的绿荫相配，成一绝佳的视觉艺术。类似极富文化内涵的桥，在成都十分常见。

曾经的桥，记录社会习俗、生活方式，沉淀成为历史文化。今日的桥，将沉淀的传统和现代文明完美结合。在满足城市现代交通需要的同时，也展示着千百年来川蜀文化的特色与魅力。

从古老的石桥到现代化的立交桥，城市巨大的改变凝固在那悄悄躲在水底的桥墩里。随着城市越长越高，越来越伟岸，桥的物理空间也在不断变幻着，由桥所连接的东西地界、南北街道发生了天翻地覆的巨变。

我的眼里，除了桥之外，另一个体现锦江文明重要元素的，是林盘。

经过数千年的浸润与开化，古蜀农耕文明滋润着这片肥沃之地，才有了后世享用不尽的财富。比如林盘之美。无论是出差离开成都，还是从外地回成都，每每飞临成都上空，我都有一个习惯，喜欢从空中俯瞰这片养眼又养人的川西坝子。放眼望去，一块金黄，一块碧绿，一块翠青……层层叠叠拼在一起，有如老和尚的百衲衣。那真是一幅赏心悦目的人间美景。平坦而广阔的成都平原上，一些院落或三五成体，或七八抱团，错落有致地镶嵌在油菜花的海洋中。大大小小的河渠纵横密布，灌溉着田野与丛林。

那些院落一年四季都被翠绿的树木、茂密的竹林、纵横的农田、交错的阡陌、密布的河渠，以及各色各样的花花草草环绕着，就像一个个螺髻一样的"绿岛"，又像仙人在此布下的一个偌大的绿色棋盘。

那些院落以田定向，以水走势，以林而建，以建植林，呈现出"随田散居"的形态，如同一颗颗绿色珍珠镶嵌在成都平原上，与纵横交错的农田、水渠交相辉映，花丛、农田、院落、水系……构成了一个有机的整体，构成了"林田相连、林水相依、林院相嵌、林人相融"如同棋盘一样的独特画卷，美不胜收。

由是，人们给了"这片聚落"一个十分惬意的名字——林盘。

川西林盘始古蜀文明时期，成型于漫长的移民时期，延续至今已有几千年历史。芒城遗址是成都平原六大史前城址群中的重要一"址"，这里如今已经成为都江堰精华灌区，千百年来，在都江堰之水的灌溉下，一个又一个充满精灵的林盘应运而生。马家林盘就是其中一例。马泽洪是都江堰市非物质文化遗产传承人，马氏家族世代居住在芒城村的林盘里。

这里的竹林秀丽茂密，春日稻田焕发出绿色生机，香草湖湿地在春风里波光粼粼。竹林、清流、院坝，祠堂、乡场，茶铺、酒家、农家乐交相呼应。田野里，浓密的竹林梢飘出袅袅炊烟，平静的水田间掠过几只白鹭。

"不可居无竹"是宋代文豪、四川人苏东坡在世人心中的典型符号，也成为川西林盘的典型生存哲学。"天人合一，道法自然"的川西林盘，其中最为普通也最有典型特质的植物之一，便是生命力极强，不断节节生长的竹子。林盘四周被各类竹子环绕，因而也就诞生了"马椅子"。"马椅子"系青城山马氏家族三代嫡传的手工竹制椅子的代称，创于清光绪年间。因做工扎实、风格粗犷、牢固耐用而美名远扬，赢得"马椅子"的美称。马泽洪是青城山"马椅子"第三代传承人，在林盘间用竹子搭起了"马椅子工坊"。生长于此的竹子，在温润的气候和丰沛的水源的支撑下，生命力得到最大限度的延伸。

人类历史上每个时期，在不同的地方都会发展出最适合当时当地风土气候、生活文化、人力与物质条件的工法技术以满足居住需求。对历史地理有着深入研究的鲁西奇先生认为，人类在聚居地区和散居地区的生活习俗乃至心理状态都是不一样的。"每一居住形式，都为社会生活提供一个不同的背景。村庄就是靠近、接触，使思想感情一致；散居则'一切都谈的是分离，一切都标志着分开住'。"

川西林盘

林林总总、错落有致、分分合合的川西林盘，恰恰巧妙地避开了聚与散的矛盾。川西人在建筑上用材因地制宜，就地取材，因材设计，建成了别具一格的川西民居。建材以木、石灰、青砖、青瓦为主。墙有砖墙、土墙、石块墙、木墙、编夹壁墙。这些就地取用的材料既经济适用，又与环境十分协调，相映成趣。这种建筑工法和自然建造有异曲同工之妙，或者可以说这就是自然建造的一种表现形式。蜿蜒重叠的屋檐运用了传统建筑的重檐形式，既让人想起传统川西林盘的青瓦屋檐，又让人联想到闽粤风格的土楼古屋，还容易让人联想起土耳其的圆穹顶。

公园城市已经成为今天成都人的口头禅，他们也知道，公园城市绝不等于"公园 + 城市"，而是公园形式与城市空间在化学作用下的物理融合。生产生活生态空间相宜，自然经济社会人文相融，人城境业高度和谐统一。这一走在潮流前沿的现代城市形态，是在新时代条件下对传统城市规划理念的升华，是可持续发展城市建设的新模式。他们更知道，一座自然的建筑，就是要深入理解人与自然的关系，并从材料、环境、人文社会科学等多个角度去解析这两者的关系。当对两者的关系理解得越透彻时，用建筑去表现的解析度就会越高，就越能打破有形的物质所框定的定式。

这，也正是川西林盘的精髓所在。

1946 年春，地理学家施雅风先生对成都平原进行全面地理考察后，有如是描述——

　　成都平原的"农庄均呈散形，每庄一户至七八户不等，少有在十户以上者"。在成都平原核心地带的郫县、新繁县，每平方公里达 650 人左右。"农村聚落呈散形，以五户左右，组一农庄，俗称院子。郫县附近，平均每平方公里有院子 25 个，星罗棋布于广大原野。院子建筑内为房舍，外环以墙。房舍多为三合式，以泥砖为壁，稻草作顶，少数为白墙黑瓦，颜色鲜明。屋内分住室、畜厩、谷仓等。院墙在新繁、

东湖公园

"金堂之间，多用泥砖叠砌。新繁以南及郫县附近，多为高大竹篱。院墙层舍之间，竹林果木交映，蔚然森秀。更有菜圃，以供食用。院墙之外，则溪流环绕，水声淙淙。"

施雅风先生生动形容的，便是 20 世纪 40 年代成都平原林盘之大体状况。

潺潺流水声一直响彻耳畔，随着公园城市擘画的蓝图，人们对林盘的理解便有了一步步创想——营造一个"包容一切活动的瓦屋顶"，借此去连接诗性的传统与互联的未来社区，既营造"同在屋檐下"的身份认同，又让人们走出来，让行为发生，从空间层面进行软性的公共治理，从而逐渐孵化出未来的乡村社区模型。

当锦江流至东湖公园附近时，河面渐渐变得开阔，仿佛一下子挣脱了河堤的束缚，河岸也有了更多的空地和绿地，锦江变得自由而从容。从南中环到南绕城高速，有一条锦江自行车专用道，串联起了锦江公园东湖公园景区、交子公园景区及桂溪生态公园景区，也连接了老城区和高新区。这条特别的自行车专用道位于锦江绿道之中，绿道宽 6 米，不但可双向行驶，还可供行人步行。健身、通勤皆宜。

作为成都的母亲河，锦江千年来给养这座城市，只是近年来越发变得绿起来了，这些"湿件"组成了"疏松多孔"的保湿结构，让这座城市的人文气息更加温和湿润，男女老少都能在这里找到属于自己的生活情趣。

规模庞大、内涵丰富的天府绿道体系，宛如辽阔的湿地，涵养水源，已经形成了完整的生态系统，在成都不断地成长蔓延，给人们提供源源不断的养分。

川西林盘是川西平原农耕文明的体现，也是我国西南地区独有的传统生态聚落形态，可谓这片土地上人们挥之不去的乡愁。

"为什么不能将平铺的森林立起来，在寸土寸金的大城市里建造一个人与自然共同的家呢？"意大利建筑师米歇尔·布鲁内洛曾发出这样的诘问。川西林盘从一个层面上回答了他的问题。不可否认，这是人与自然和谐共处的最好呈现，也是人追求的最终生活方式。

林盘一点一滴的形成过程就是文化一经一纬的聚集过程。最初以姓氏（宗族）为聚居单位，呈一种分散的分布方式，形式上属于典型的自然村落。林盘大体由林园、宅院及其外围的耕地组成，整个宅院隐于高大的楠、柏等乔木与低矮的竹林之中，小的林盘只有几户、十几户人家，大的林盘能有上百户。周边大多有水渠环绕或穿过，构成沃野环抱、密林簇拥、小桥流水的田园画卷。

这样的意境，19 世纪德国浪漫派诗人荷尔德林在《远景》中曾有意味深长的描述，对生活的憧憬与向往，是一种空灵、唯美、理想的生活意境——不仅有远方，更有诗意。有学者形容，川西林盘无疑是"诗与远方"的最好诠释——从外部形态而言，川西林盘由田地、房屋、溪流、竹林等构成，完全是"自然的化身"；从生活方式而言，川西林盘代表着传统的川西农耕生活方式，远离尘世的喧嚣与浮躁，好比"世外桃源"。

山水相依，流水潺潺，小桥人家……每一个林盘，皆由竹林、田地、河流、农户等构成，营造出一幅诗情画意的唯美景致，好似生活在画里。千百年来，川西林盘遵循道法自然、平衡两极的思维理念，维护着整个区域的生态平衡。

从昔日锦江洗锦、茶楼酒肆、桥文化，到如今林盘诗居、河居革命、活水文化，河湖已融入成都城市性格的骨子里，河流滋养出成都特有的温润、亲水、休闲的城市性格。

无论是茶还是酒、美女还是锦缎，水滋润了成都，也滋润了成都人。可以说，成都的每一种出产都与水有关联，成都人将锦江水的利好发挥到淋漓尽致。

锦江给成都带来了平安，带来了富饶，带来了灵气，带来了繁荣，带来了美丽，带来了舒适，也带来了欢乐。可以说，没有锦江，就没有成都和成都的美好。这样的河流，这样的城市，这样的城市水文化，如此血肉一般地融于一体，可谓举世罕见。

成都，在世人心中便是悠闲的代名词。悠闲，自有她的理由，无论从东西南北哪个方向出行，只要开始行走，不出千米，总能找到令你心仪的休闲之所……而孕育这些休闲的，便是生生不息的江源文明。

江源文明指的是岷江流域文明。江、淮、河、济，古称"四渎"，岷江古称江源，故祭祀江渎神。古代祭祀"五岳四渎"均设立庙宇，其中祀长江之神的江渎庙即设立于成都，为历代皇室祭典之处，如今虽然庙已毁，而江渎太子、江渎妃子铜像仍保存于四川省博物院。

江渎、江源，意味着文明初生之地。

关于江源文明的特征，四川省民族研究所著名专家李绍明研究认为，往往通过"水""族""道"三大特征完美地体现出来——

水，即水利文明、治水文明，从传说中的大禹治水到清代丁宝桢整治都江堰，本地区的治水历史源远流长，成就显著。

族，江源文明是本地古代氐羌系各族人民共同开发缔造的文明。

道，文明需要道路来串联，否则文明的传播、延续难以为继。岷江上游是藏彝走廊的支系之一，与别的江河不同，岷江上游自古不通舟楫，文明的传播和人群的移动主要沿陆上道路进行。

锦江之水来源于高原的雪山冰川，蜿蜒奔腾数百公里，在都江堰宝瓶口被导入内江，才到达锦城。蚕丛祠，在府城西南，望帝祠在府城西南；杜宇墓、鳖灵墓在郫都区南一里，二家相对。蜀王开明墓在武担山下。这一系列文化胜迹，充分证明当时西蜀人民对缔造江源文明的历史名人充满了崇敬之情。

水流淌着岁月，也承载着人文。水因客观条件的改变，显现出来的"势"是完全不一样的。水在平静的池塘里，表现出的是恬淡平和之势；水不断地滴在石头上，形成的是"水滴石穿"的坚韧之势；水在长江里滚滚东流，带来的是生生不息，源源不断的浩荡之势；水在黄河里奔腾咆哮，显示出百折不挠，勇往直前的磅礴之势；水汇集到大海，融汇更新，积细小为博大，化腐朽为神奇，运化出吞吐江河、亲和万物之势。小溪流淌的，是蕴涵柔和舒畅之势；飞流直下三千尺的瀑布，则亮出激越雄浑之势。

水无常势的道理告诉我们，世间一切事物都是时刻在运动变化的，世间的一切"势"也是随之相应变化的。"势"是伴随事物的运动变化而自然形成的，没有事物的运动，就没有"势"的展现；事物的运动是千变万化的，其"势"无疑也是千姿百态的。

岷江源头雪山之巅径流下来的清澈的雪水，径直流到了成都人的茶碗里。阳光哺育万物，水滋生万物。有都江堰这碗水垫底，滋养在其水中的独特的成都文化还浅薄吗？

老子曰："上善若水。"一部人类文明史，在很大程度上就是治水的历史。从李冰算起，中国人对水的深层次认识，比欧洲整整早了 1000 年。李冰正是以非凡的洞察力，在两千多年前就看穿了水的"势"，继而顺势而为，才有了都江堰，才有了锦江，从而孕育出伟大的"锦江文明"。

导江治水是锦江文明的创举，禹治水的核心经验就是疏导，都江堰凿离堆治水，体现了"岷山导江"的精神，离堆治水在巴蜀大地得到了发展和推广。导江治水的智慧不仅涵育了巴蜀，而且也涵育了华夏。岷江流域的山水钟灵毓秀，孕诞大禹；又得天地之化育，引李冰、文翁之大才。治水富民，富教兴郡，使江源文明勃发异彩，涵育中华。

江源文明兴于西羌，向东发展，成为中华文明的源头之一。西蜀文明为中华文明注入了巨大活力。江源文明为蜀人最早开发的文化，创造了独有的治水方式、体系、理念和理论，形成了"上善若水"，尊重自然的精神，积累下的"东别为沱"经验贯穿古今。

更为重要的是，江源文明成为西蜀早期城市文明的摇篮，古代西蜀依靠这一文化，创造了辉煌的长江上游文明，使成都成为长江上游古代文明中心。

沿用至今而千古不废的那条古堰，让一段源自战国后期秦国蜀郡太守李冰的悠远故事和奔腾不息的岷江一起穿越时空。它走过昨天，来到现在，还将面向未来，它让世人从中看到了中华民族的聪明和智慧，看到了中华文化的充盈活力。

水润都江堰，道源青城山。如果说代表道教思想一白一黑的太极图，分别象征阴和阳、山和水的话，那么青城山和都江堰便是这种博大精深思想最好的物证。由这些"黑""白"母体衍生出的万事万物，让成都人受用不尽，是"锦江文明"的源动力。

那是"濯锦江边两岸花"不竭的意境。

美学 感会

第三章 美酒成都堪送老

第一节　美食之都的演进

　　以美人、美景、美食蜚声中外的成都，在 2010 年，被联合国教科文组织授予"世界美食之都"的称号，成为亚洲第一个获此殊荣的城市。作为土生土长的成都新津人，我自然明白成都名不虚传，是绝对担得起这个称号的。

　　众所周知，成都是沃野千里的"天府之国"首府。这里的人们从古至今对生活都十分讲究，对吃更是颇为用心，甚至将吃视为一门高深莫测的学问，是人人有责的多彩艺术，也是将酸甜苦辣咸糅合至千变万化绝不重复的神奇门派。

　　要讲川菜，不得不提我的家乡。

　　我的家乡，是成都市面积颇小的一个区，位于成都市南郊的岷江之滨。其地方虽小，却风景旖旎，且历史悠久。北周时期，此地因是个"新渡口"而名"新津县"。如今，它又因地貌特殊，五河汇聚，水系发达，被称为"水城"。此处人杰地灵，历来盛产川菜大师。

　　从清末民初直至今日，新津先后出有"川菜大王"王海泉、"川菜圣手"罗国荣、"国宝级川菜泰斗"黄子云等川菜名厨，被称为"名厨之乡"。这些厨艺大师将川菜之味，带出四川，带向五湖四海，为成都成为"世界美食之都"奠定了坚实基础，还培养了更多的川菜名厨，将川菜文化发扬光大。譬如江湖人称"川菜大王"的王海泉，带出了"小王"王金廷、黄绍清、邵开全、罗国荣等徒弟，开办了福华园、荐芳园、桃园春等包席馆。而这些弟子，又培养了一批又一批的川菜名厨，现在仍然在继续传承。

"川菜圣手"罗国荣，其人生也是从新津启程。罗国荣是新中国四大名厨之一，也是现代川菜"开派大师"之一，周恩来赞其为"帅才"，郭沫若称其为"西南第一把手"。而名厨黄子云，曾任北京饭店厨师长，接待过众多国外领导人，培养了一百多名高徒，为中国烹饪文化发展，做出了杰出的贡献。

新津人以此为傲。

有句俗话："食在成都，味在新津。"当然，这句话也广泛适用于成都市的其他区（市）县。譬如"食在成都，味在双流""食在成都，味在温江"……反正食在成都，味在成都市各区市县的各个犄角旮旯都是可行的，成都人也不会为此打得头破血流。毕竟就做吃而言，成都市各辖区都是藏龙卧虎，高手如林。

倘若将美食之都的历史再往前追一点，须得讲讲这一位。他是历史上著名的老饕，他的人生轨迹不同寻常，人生态度也是与众不同。他走一路，吃一路，吃出风情万种，吃出诗赋千首。

若将他称为成都美食天堂的代言人，想必寰宇之内，蜀人大众，是无一不心服口服的。

他是谁呢？他是天地间的凤毛麟角，是贯穿古今的美食博主，也是我的人生偶像——苏东坡先生。

老饕故里，吃货天堂

人生大事，吃最是要紧。俗话说，人是铁，饭是钢，一顿不吃饿得慌。中国人爱吃，也善吃，并且吃得理所当然。倘若不慎因为贪吃而被严厉批评，大抵都会巧言令色地用"民以食为天"等诸如此类的古话来做辩驳，辩得头头是道，驳得井井有条。

但凡能吃善辩的，都是极好的生活家，比如方才提到的苏大人。

不过"民以食为天"这句话却并非出自苏大人之口。它最早出现在西汉史学家司马迁所著的《史记·郦生陆贾列传》当中——民人以食为天。作为理论支撑，为吃货们站台多年。到了唐代，出身河内司马氏的史学家司马贞在为《史记》做注释时，特别认真地注明此话最早是由春秋时期齐国的政治家管仲说的。足见：

文化人特别较真儿。

这句话对于中国人的影响力之巨。

管仲大人原话大约是这么说的——

王者以民为天，民以食为天，能知天之天者，斯可矣。

你我皆是中国人，皆知"天"是最大的。遇要紧之事，求老天保佑，许自己一个得偿所愿。走投无路时，先求老天放过，求而不得时，再骂天骂地骂个娘。"天"于中国人而言是非常熟悉的。有时候就像住在家隔壁的二大爷一般慈祥又亲近，凡事求上一求，他一般不会袖手旁观；有时候又冷酷无情，凌弱暴寡，以一双无形的大手心

路之青城民宿隐秘
的美食餐厅

狠手辣地操控着微微凡人的悲惨命运，令人叫苦不迭，又无处抗争。于是中国人从感受到命途多舛开始，便觉得"天"是一种神通广大的神秘存在，"天"心狠手辣，"天"慈悲为怀，"天"无所不能。因为敬畏，所以也历来爱用"天"来形容至强与至大，"天"就是顶峰。

其实到底是谁先讲的这句话，也并不是那么要紧，因为历史的溯源本身就充满了重重迷雾。只不过，在岁月的千锤百炼当中，这句话得到了广大人民群众的高度认可，变成了口口相传、浅显易懂的俗话，并被广泛地运用于生活当中。它所传播的，是一个十分朴素又理直气壮的信号——吃，放开了吃。生而为人，吃就是人生至关紧要的头等大事。并且，人们乐得谈吃，乐得交流与吃有关的心得体会。文人墨客于笔端对"吃"所赋予的情感也是毫不吝啬，创作了大量与吃相关的诗词歌赋。

倘若要论个中翘楚，必然要属四川历史杰出人物代表，自称老饕的北宋文学家苏东坡先生。

苏东坡即苏轼，是四川眉山人，与其父苏洵、其弟苏辙，并称"三苏"，并列"唐宋八大家"。"文宗自古出西蜀"，此言非虚。历史上如司马相如、李白、苏轼等文学殿堂的最高成就者，都是出自巴蜀的才子。苏东坡的故乡眉山古称眉州，距离成都市区仅 60 公里。三十三岁那年，苏轼最后一次离川赴仕。此后，直到他后来离开这个世界，也再未回过故乡。苏轼心中的故乡，裹着浓浓的思念，幻化成他笔下许多不朽的诗篇。譬如这首《临江仙·送王缄》：

> 忘却成都来十载，因君未免思量。
> 凭将清泪洒江阳。
> 故山知好在，孤客自悲凉。
> 坐上别愁君未见，归来欲断无肠。
> 殷勤且更尽离觞。
> 此身如传舍，何处是吾乡。

"此身如传舍，何处是吾乡"，真是说不清的飘零之苦，道不尽的思乡之情。

在苏轼人生的前半场，是春风得意马蹄疾。到了人生的后半场，由于笔下多言而惹祸下狱，开启了坎坷人生模式，一贬再贬，半生都在路上。苏轼首次以犯官的身份被下放，第一站到的是黄州。也就是现如今的湖北黄冈市。苏轼在黄州的生活十分清苦，好不容易得来了城东的一片小坡地，全家仰仗这片坡地，得以生存。在这期间，他悟到了许多人生的道理。也是在此期间，他为自己取名东坡。当然，我还看到另外一种说法，说苏轼很崇拜白居易，是白居易的小迷弟，因为太喜欢白居易了，所以便借白居易诗中的词语来做名字。不过我觉得这更有可能只是后人的一种臆测，毕竟苏轼自己又没这样讲过。但这个名字到底与白居易有没有关系呢？

白居易写过《东坡种花二首》，其中有两句"持钱买花树，城东坡上栽"。据说苏轼读了很喜欢，索性就把白居易的那个"东坡"和自己这个"东坡"当成了同一个"东坡"。听起来似乎也不是不可能。毕竟这种"张冠李戴"的事情老苏向来热衷，反正也不是第一次干了，他很有经验的。

譬如后世广为传颂的千古绝唱《念奴娇·赤壁怀古》，就是苏轼在黄州赤壁所写。这个黄州赤壁和三国时期赤壁大战的那个赤壁可不是同一个赤壁。三国赤壁战场实际上是在湖北蒲圻（咸宁市赤壁市）。

也就是说，苏轼站错了赤壁，怀了个寂寞。你以为他不知道吗？他肯定是知道的呀。但他乐意，灵感来了挡都挡不住，就想在这里怀个古。这就搞得后世晚辈们很无助，怎么办呢？总不能说苏大爷你是错的吧。苏大爷人都走了，错也错了，诗都写了，改是不可能的。况且这诗，还是一首千古绝唱。

怎么办呢？

中国人很聪明的，信奉"方法总比问题多"，解决问题的本领是一流的。

为了区别两个赤壁，后世晚辈们便将三国赤壁古战场称为"周郎赤壁"，将苏轼写"大江东去，浪淘尽，千古风流人物"的赤壁称为"东坡赤壁"。一个被誉为"武赤壁"，一个被誉为"文赤壁"。

除了《念奴娇·赤壁怀古》之外，还有《卜算子·黄州定慧院寓居作》《寒食帖》《满庭芳》等作品。我们从小就要反复背诵的"拣尽寒枝不肯栖，寂寞沙洲冷""一点浩然气，千里快哉风""且趁闲身未老，须放我，些子疏狂。百年里，浑教是醉，三万六千场"等脍炙人口的诗句，也都是苏东坡在这个时期创作的。

苏东坡在黄州的生活十分清苦，但天生"生活家"的他又怎肯甘于枯燥乏味的生活呢？在黄州，买不起好的食材，只能退而求其次选择一些便宜的食材，却因此而发明了东坡肉、东坡鱼、东坡豆腐等有口皆碑、流传千年的美食佳肴。

人人皆爱美食，但并非人人都能懂得发现美食。

相传战国时期，在由孔子后人孔伋所著，讲述人生修养境界的一部道德哲学专著《中庸》当中，记述有这么一句话：人莫不饮食也，鲜能知味也。

什么意思呢？就是说，人人都要吃喝，但是真正能够体会出饮食中滋味的人实在是太少了。"爱"当然是有的，但"懂"比"爱"也许更加深刻。想要"知味"，需要对生活充满极深的爱，对艺术充满极高的认知。而苏东坡，可能就是那个难得一见的，能够体会饮食滋味，并将食材烹饪出独特风味的美食天才，是美食的"知音人"。

即使后来在贬谪路上一发不可收拾，苏东坡仍然在艰难困苦的生活条件当中，极尽所能地创造出了无限的美味和无穷的美好，成就了"莫听穿林打叶声，何妨吟啸且徐行。竹杖芒鞋轻胜马，谁怕？一蓑烟雨任平生"的旷达，也学会了"料峭春风吹酒醒，微冷，山头斜照却相迎。回首向来萧瑟处，归去，也无风雨也无晴"的超脱。他将生活与诗文融会贯通，成了后世文人们的偶像，成了大家心中

东坡肉

的坡仙，也成了好吃嘴们所崇拜敬仰的美食家。

我们来看看，如今大家耳熟能详的、以苏东坡名字命名的菜有多少种。除了方才所说的东坡肉、东坡豆腐、东坡鱼之外，还有东坡饼、东坡肘子、东坡羹、东坡酥、东坡炸牡丹、东坡凉粉、东坡烧卖等数十种。

蜀人天性乐观，热爱生活，苏东坡是其中的典型代表。虽然他长期盘踞在人生的谷底，却仍然对生命保持着乐观态度。他好吃，自称老饕，为吃写下《老饕赋》《菜羹赋》《食猪肉诗》《豆粥》《鲸鱼行》等诗词。

苏东坡的诗文别具一格，意境十足，色香味俱全。

竹外桃花三两枝，春江水暖鸭先知。
蒌蒿满地芦芽短，正是河豚欲上时。

意境很美，诗中有食，食中有诗。

但再读一遍，却是叫人忍俊不禁。苏先生唯美诗词背后想要表达的意思是：春天来了，竹笋可以吃了，河里的鸭子可以吃了，河豚也可以吃了……

再有：

秦烹惟羊羹，陇馔有熊腊。

陕西人最喜欢的是羊肉泡馍，甘肃省还有熊肉干可以吃。

再有：

长江绕郭知鱼美，好竹连山觉笋香。

长江蜿蜒，环抱城郭，景色委实很美，然而苏东坡的反应却从长江联想到了这江中肥美的鱼。茂竹青翠漫山遍野，这自然是文人墨客尤其钟爱的风景，但苏东坡却感觉到阵阵笋香扑鼻而来……

其实是可以理解的，但凡吃货都能理解。譬如此刻，我就已经感受到了江鱼与新笋的香甜，并在脑海中迅速搬出好几种吃法来。这种感应是浑然天成的，是吃货们跨越时空的惺惺相惜。

我还很喜欢苏东坡写到喜欢的饼时的那种感觉——

小饼如嚼月，中有酥和饴。

甚至野菜，他也可以吃出花样，吃出诗意——

时绕麦田求野荠，强为僧舍煮山羹。

爱吃的人，自然也是一个敢于应对生活种种磨难的勇敢者。也许正因为苏东坡的勇敢与乐观，所以他才能扛过人生一段又一段的艰难岁月。

为什么在这里要讲到苏东坡呢？一座城市的文化，是由人造就的，人就是这座城市的气质所在。苏东坡是四川历史人物的杰出代表，他身上所拥有的乐观向上的秉性，在千千万万四川人的身上，也有着非常具体的表现。正因蜀人皆是乐观主义者，皆热爱生活，才成就了如今世界闻名的美食之都。

我们来看一看成都，乃至四川的历史。

历史上，四川是一个经历过八次大移民的特殊地区，从秦并巴蜀开始，到汉末至三国蜀汉时期，再到西晋后期、隋唐时期、五代时期、宋朝初期、宋末元初、清朝时期。多次移民的根本原因，都是战乱。蜀人勇猛，不惧战争，屡次三番，死伤惨重。

为了迅速恢复蜀地经济与繁荣，进行更好的战后重建，不同时期的执政者都不约而同地做出了同样的决定——多次从陕西、湖北、湖南、广东、广西等地迁来移民，由移民组建成四川人群体。小声说一句：这个方法和我们现在的"人才引进"颇为相似。但"人才引进"的是"人才"，而"战后重建工作"来的却往往是逃亡的流民、贫苦的百姓、被流放的罪犯，以及因为政治原因而不得不迁徙而来的学者与富商大贾。

举两个例子。

秦国名相吕不韦，也险些成为蜀地移民。为什么说是"险些"呢？当年吕不韦受嫪毐叛乱牵连，全家被秦王流放蜀地。谁料在去往蜀地的路上，吕不韦思绪万千，想不太开，便喝毒酒自尽了。这一段，在《史记》当中是有记录的：

> 岁余，诸侯宾客使者相望于道，请文信侯。秦王恐其为变，乃赐文信侯书曰："君何功于秦？秦封君河南，食十万户。君何亲于秦？号称仲父。其与家属徙处蜀！"吕不韦自度稍侵，恐诛，乃饮酖而死。秦王所加怒吕不韦、嫪毐皆已死，乃皆复归嫪毐舍人迁蜀者。

还有一个四川移民代表，卓王孙。卓王孙原籍邯郸，是冶铁世家。秦王灭赵后，强迫赵国富户往川陕地区迁徙。卓家在列。卓王孙有一位很著名的女儿，名叫卓文君。还有一位很著名的女婿，名叫司马相如。

《史记·货殖列传》记载：

> 蜀卓氏之先，赵人也，用铁冶富。秦破赵，迁卓氏。卓氏见虏略，独夫妻推辇，行诣迁处。诸迁虏少有余财，争与吏，求近处，处葭萌。唯卓氏曰：此地狭薄；吾闻汶山之下，沃野，下有蹲鸱，至死不饥；民工于市，易贾。乃求远迁，致之临邛，大喜，即铁山鼓铸，运筹策，倾滇蜀之民，富至僮千人。田池射猎之乐，拟于人君 。

可见，土地肥沃、物华天宝的蜀地的早期移民是来自五湖四海的。

经年累月的迁徙，迎来四面八方客的同时，也迎来了东南西北的文化与美食。当然，有好也有坏。

然而蜀地却不能只要好的不要坏的，她只能统统都接受，统统都包容。就像煮火锅一样，将所有的一切都放在一个锅里，用岁月的文火熬煮，让它们相互融合，彼此成就，最终才创建出"田肥美，民殷富，战车万乘，奋击百万，沃野千里，蓄积饶多，地势形便"的"天府之国"。

我是移民后裔，祖籍湖北麻城。老祖宗是康熙年间从湖北迁来四川的，族谱早已不知所终，族人也从未回去寻根问祖，三百多年十多代人，移民早已活成了地道的本地人。年少无知，以为从小到大所见吃的喝的，听的谚语，都是成都土生土长的。即便县城与县城之间方言发音不一致，我也毫不困惑。直到2020年年底，因工作之故，到湖北武汉待了一个多月，我才惊奇发现，武汉的许多方言和我老家"新津刘湖广"的某些方言竟然一模一样。也许是发音相似，我竟然很快就学会了武汉话。而且武汉的某些美食与成都的味道和做法，也是一致的。在户部巷吃着小吃，恍惚间竟有种错觉，和成都好像。

是很像。外地美食在成都，是可以吃到地道的。漫长岁月中，在一代又一代移民的努力下，成都打磨出了极强的包容性。全国各地乃至全世界的美味佳肴，到这里都不会水土不服，它们总能找到自己的归宿，甚至如鱼得水，发扬光大。

而且，从蜀人代表苏轼苏大爷"举一反三"的特点可以看得出来，蜀人的主观能动性非常强大，在面对新鲜事物时，很擅长主动接近，主动了解，再主动改造它。这一点，在美食方面，更显突出。外地菜在四川人的妙手改造之下，很快就能变成一道崭新的四川美食。

打个比方，宫保鸡丁。

宫保鸡丁不完全属于川菜，它可能是鲁菜，也有可能是贵州菜，但为什么最终却因川菜而扬名立万了呢？

宫保鸡丁

这还得从晚清名臣丁宝桢说起。

根据《清史稿》记载，丁宝桢原是贵州平远人。咸丰三年（1853年），丁宝桢考中进士。二十三年后，也就是光绪二年（1876年），丁宝桢与四川结下不朽之缘，任四川总督。相传丁宝桢这个人平素喜欢吃辣，在他的家乡贵州，有一道青椒炒鸡丁的菜，也是他所喜欢的。到四川赴任之后，从山东带来的大厨便因地制宜，对这道菜进行了改造。最终，山东大厨在四川按照鲁菜的爆炒方法，用四川的调料，改造了贵州的青椒炒鸡丁，成就了一代美味佳肴。

丁宝桢治蜀十年，为官清廉，刚正不阿，颇有建树，深受百姓爱戴。光绪十二年（1886年），丁宝桢死在任上，朝廷追赠"太子太保"，用以表彰他的功绩。由于"太子太保"是"宫保"之一，于是这道丁宝桢家的私房菜，便在广大吃货的口口传播之下变成了"宫保鸡丁"。

宫保鸡丁很好吃，但也只是浩如烟海的四川名菜当中的一道而已。

我是个好吃之人，也略有些厨艺技能傍身，闲暇之余，也很喜欢动手做一些美食犒劳自己和家人。在与川菜打交道的过程当中，我得出了一个结论：川菜是千变万化的，是中华料理之集大成者。"一菜一格，百菜百味"，当之无愧。

一菜一格，百菜百味

"一菜一格，百菜百味"，是用来形容川菜的变化无常的。

光从字面来看，外行人首先可能会联想到如今广为流传的四川格子火锅。其实意思很简单，就是夸奖川菜，说它的口味和烹饪方法多种多样。

江湖上，中国菜被分为"四大菜系"与"八大菜系"。

四大菜系有鲁菜、川菜、粤菜、淮扬菜；八大菜系是徽菜、鲁菜、闽菜、湘菜、川菜、苏菜、粤菜、浙菜。

不管是按四大菜系分，还是按八大菜系分，川菜都位列其中，足见其江湖地位之不可撼动。

我国幅员辽阔，东南西北各方的气候、地理环境、历史、物产、风俗习惯皆有不同，因此，各地饮食习惯和烹饪方式也有着极大的不同，所以，才形成了五花八门的各种菜系。而在这些著名菜系里，川菜又以"三香三椒三料，七滋八味九杂"著称。

三香乃指葱、姜、蒜；三椒乃指辣椒、胡椒、花椒；三料乃指醋、郫县豆瓣酱、醪糟。不爱做吃的人大约不了解它们都是些什么，但擅长烹饪美食的朋友一定了解，这些都是美味佳肴必不可少的魔法师。说到调味品，我在少年时候便与它们打交道了。当时，因父母工作忙碌，常常顾不上我，我于是学会了炒菜做饭。幸有吃货神保佑，做菜的征途一路顺风，从没有将醋错倒成酱油。

我们来了解一下"三香三椒三料，七滋八味九杂"到底都是些什么。

"三椒"十分重要，是"味"的进一步升华，只要操控好了"三椒"，就能产生"七滋八味"。这个道理，有点像盖房子先要打好地基。

　　"七滋"是指：酸、甜、苦、辣、麻、香、咸。"八味"是指：鱼香、酸辣、椒麻、怪味、麻辣、红油、姜汁、家常。"九杂"是指用料之杂。川菜在烹饪手法上也是多种多样，有炒、煎、干烧、炸、熏、泡、炖、焖、烩、贴、爆等三十八种之多。

　　老子在《道德经》第六十章书："治大国，若烹小鲜。"这说明，想要熟练运用各种烹饪手法，除了技术之外，还需要天赋与智慧。厨师的祖师爷伊尹，不仅厨艺一流，还拥有极高的治国才能，被商王成汤请作宰相，协助灭夏。

　　除了善于运用技巧之外，做出一道美食，还需要有极好的原料。

　　而天府之国恰好拥有极其优越的自然环境和丰富的物产资源，为四川菜的形成与发展提供了有利条件。川菜取材广泛，调味多变，菜式多样，醇浓并重，又融会了东南西北各方的特点，博采众家之长，善于吸收和创新，即便是十分常见的原料，也能做出鼎鼎大名的佳肴。

　　比如川菜当中的"麻婆豆腐"。

　　说起麻婆豆腐，要将时间回溯到 1862 年去。彼时，是清穆宗同治年间，在成都万福桥边，有户陈姓人家，开了家餐馆。老板娘长得不大漂亮，满脸的麻子，大家索性就管她叫陈麻婆。陈麻婆倒也没有什么意见，毕竟事实胜于雄辩。餐馆生意不错，来光顾的都是些苦命人，比如码头工、脚夫、船夫，陈麻婆心善，饭菜物美价廉，深受大家的欢迎与喜爱。有一天，陈麻婆忙了一天，正准备关门收摊子，忽然店里来了一批疲惫不堪的船夫，想要吃一些便宜的、热乎的、下饭的。陈麻婆看着他们又累又饿的样子，于心不忍，便到厨房一看，厨房也只剩下一些豆腐和牛肉边角料了。于是，厨师便将牛肉边角料切碎，又用豆瓣酱、姜、葱、蒜、海椒面等调料炒了炒，再加入一点高汤，放入豆腐慢火烧。待到火候差不多了，装盆后再撒上辣椒、葱花。这样就完了吗？并没有。最后还要浇上滚烫的菜

麻婆豆腐

回锅肉

肥肠血旺

籽油，然后再撒上一层花椒面。热辣的油烫得花椒面散发出诱人的香，把人的胃瞬间俘虏。此菜上桌以后，船夫们直呼好吃，下饭。陈麻婆见状，便用这个方法来做豆腐，深受广大食客欢迎。随着岁月的流逝，逐渐做出了名堂，这道菜成了小店的招牌菜，名"陈麻婆豆腐"。后来，这道川菜被广为流传，又被简称为"麻婆豆腐"。

"麻婆豆腐"也算是我的拿手菜之一。小时候我爱吃，父亲也常做给我吃。长大后，跟着食谱学着做过几回，没想到回回都成功，我于是对自己的厨艺才华也产生了极大的自信。有时候，美味其实并不需要用料豪华、工序复杂，餐馆也不一定非得是大雅之堂。在四川，只要人的味蕾能够感知菜品的美，或因此感觉人生的美妙，那么这道菜，便算是成功的。

说到这里，忽然又想起一个小时候的美食记忆。当时大约是1993年到1995年之间，我七八岁的样子。当时父母亲年纪尚轻，年轻人周末都喜欢睡懒觉，不大想给小孩做早饭，但小孩子又饿不得，怎么办呢？睡到自然醒后，父亲骑着自行车载着母亲和我到花桥老街街头的一家肥肠粉店，把早餐午餐连着一起吃了。其实那家店不光卖肥肠，也卖烧菜、炒菜、凉拌菜，各种。但肥肠粉和肥肠血旺最受欢迎，店老板姓雷，所以熟客们就简而称之"雷肥肠"。我尤其喜欢吃"雷肥肠"的肥肠粉，麻辣与粉的成熟度刚刚契合，肥肠和小白菜给的也不少，这样叫人至今念念不忘的肥肠粉，却只卖一块五毛钱。母亲最喜欢吃肥肠血旺和豆花儿，父亲则喜欢吃凉拌白肉。一顿饭下来，十来块钱，一家人吃饱喝足，开开心心回家去。这样的周末在我少时的记忆里，存在了很长一段时间。后来父母亲工作越来越忙碌，我们便很少再去光顾了。而今我父已过世多年，那老街也已拆除，雷肥肠老板年纪大了，也已关店。如今新街上最有名的饭店是"谭肥肠""张血旺"，听母亲说生意奇好，许多人从四面八方慕名而来。但可惜我已多年未回老家，一切，都只留存于记忆里。

不过，说到肥肠粉，这"上不了台面"的"平民美食"在双流得到了极大程度的体现。在双流、华阳等地，你都能吃到正宗且地道的美味肥肠。不光是肥肠粉，还有肥肠汤锅、凉拌肥肠，爆炒的、粉蒸的，花样繁多。能把肥肠做出这么多的品类，可想而知，川菜很擅长在烹饪方法上面下功夫，一直没有放弃创新与改革。

再举个例子，说一下川菜招牌"回锅肉"。

回锅肉又俗称"熬锅肉"，是一道历史悠久的川菜，上自达官贵人，下至普通百姓，桌上都少不了这道菜。关于这道菜的由来，要从清末时期说起。当时在成都郊区有一位姓凌的翰林，退隐在家后专心研究烹饪的学问。他发现猪肉在煮食过程中，有一种腥味挥之不去。为了改变这种情况，凌翰林把原来先煮后炒的回锅肉进行了改良，改成先将猪肉加入佐料进行去腥，再用隔水容器密封的方法将之蒸熟，然后再进行煎炒，最终成菜装盘。这种做法和传统回锅肉的做法差别很大，但是这种方法减少了猪肉可溶性蛋白质的流失，且保持了猪肉的浓郁鲜香，在原味不失的基础上，又保持色泽鲜亮。不过这种做法，我并没有尝试过，也只是从书本上看来的。

我会的是传统回锅肉的做法。这种做法到网上去搜一搜，可以搜出好些个花样来。

但是有一种回锅肉，却只有专业选手才能做得好，至少我个人觉得，尤其很考验人的，是刀工。20世纪80年代，四川广汉有一位名叫代木儿的厨师，为了照顾"南甜北淡"的饮食习惯，便在原先的回锅肉做法上，特别是在作料和调味上进行了改良，将味道调和成可以适应八方来客的口味。而在选料上，代师傅也与众不同，他专门选用猪屁股上半肥半瘦的肉，再将肉片切得像手掌那么宽，像纸片那么薄。几个细节改革之后再炒出来的这个回锅肉，又叫连山回锅肉。

你看，就连一道家喻户晓的回锅肉都可以有很多种做法，更何况是其他的川菜品类呢。

川菜的华丽转身

江湖传言，川菜的品类有 4000 多种。其中名菜就占 200 多种。如果按照流派来做划分的话，又要分为上河帮（成都、绵阳地区）、下河帮（重庆、万州地区）、小河帮（自贡、宜宾）、资川帮（以资中为代表的沱江流域各个县份，包括威远、仁寿、井研、富顺）。如果按照地区来划分，川菜则有五个主要流派，即重庆帮、成都帮、大河帮、小河帮、自内帮。

这么一看，感觉川菜就像武侠小说里的门派一样，各有各的绝技，各有各的山头，充满了传奇与江湖气息。

成都平原这一带的蓉派川菜，比较注重荤素并用，大多数是以传统菜品为主，十分的亲民平和。我小时候，最盼着哪家办酒碗（吃席）。因为办酒碗就意味着可以吃到一些平时在家吃不到的大菜。城市里办酒席，一般都是在酒店里包席。而乡镇百姓要办红白喜事，往往会请擅长老派川菜的厨子上家里来。厨子和助手在主人家院子里搭土灶，在大家的围观下翻炒大锅菜，大摆坝坝宴。坝坝宴是乡镇宴请的典型方式，流行的是从清朝流传下来的满汉全席简化版，有"肉八碗"、"九斗碗"（即"坝坝宴"）。这些菜通常指的是：大杂烩、红烧肉、姜汁鸡、烩酥肉、烧明笋、粉蒸肉、咸烧白、夹沙肉、蒸肘子。

此外，以川南自贡为中心的盐帮菜，以及宜宾菜、泸州菜和内江菜等，也属于川菜的一个品类。这个区域的川菜味厚、味重、味丰，特色也是十分鲜明。还有以重庆为代表的江湖菜，其实也是川菜的一个品类。

　　说到江湖菜，我觉得这个品类真是菜如其名，其行菜风格就像一个自由不羁的侠客，在味的世界策马扬鞭，叱咤风云。江湖菜是洒脱自由、不讲究章法的，一切皆以食客的喜好为主。而厨师呢，也以方便为主，常常是采用就地取材来作为选菜的标准，非常具有地方色彩与个性。也就是说，什么章法什么工序都不重要，重要的是食客爱不爱吃，厨师爱不爱做。食客和厨师，就是菜的灵魂所在。改革开放以来，江湖菜与传统川菜也曾有过激烈的斗争，但最终还是被接纳，并且受到了极大程度的认可。

　　川菜的特点，那是形式万千的。

　　清代著名诗人袁枚在《随园食单·戒落套》里写道："唐诗最佳，而五言八韵之试帖，名家不选，何也？以其落套故也。诗尚如此，食亦宜然。"

　　至于川菜的历史，以文物作为凭证来讲，大约可以追溯到 4500 年前。

　　在成都市新津区，有一座古城遗址，以遗址发掘村落宝墩村命名，被誉为成都平原迄今为止能追溯到的最早的考古遗址。它是成都稻作文明发源地，奠定了"天府之国"农耕文明的经济基础，也被学界认为是研究三星堆文明起源的重要线索。就在这个地方，出土了4500 年前的陶灶。这个陶灶我曾有幸近距离地仔细观察过，非常别致，用来煮汤、烤肉什么的，应该不成问题。如今媒体将之定位为"成都平原第一灶"，是名副其实，当之无愧的。

　　4500 年前的中国，大约是华夏部落联盟时期。当时的中原还没有统一，许多原始部族还在过着茹毛饮血的生活。而生活在蜀地的人们，却已经开始琢磨如何提高饮食质量的问题了。

　　除此之外，在成都市区往北三十公里处的广汉三星堆遗址，也有出土一个商周时期的陶三足炊器。此炊器的造型非常独特，具有艺术感，呈鼎立之势，足下可生火加温。这三足是袋状的，中间是

成都人都爱吃火
锅——小龙翻大江

空的，与口部相通，容水量很大。在它的上部分，是一个宽大的盘面，看起来很像今天四川地区用来做泡菜的坛子。

学界认为，这是古蜀人蒸煮食物的炊器，甚至还有人猜测会不会是四川火锅的源头呢？古蜀人会不会也常常围坐在一起，一边煮着食物一边喝酒聊天呢？

虽不得而知，但对于蜀人自古以来就乐享生活，这却是非常具体的证明了。

乐享生活，在如今似乎是一件颇为容易的事情，但在古代却很难。由于生产力与生产条件不足，以及气候环境各方面的原因，绝大部分的古人，都活得颇为辛苦。很多年轻人热衷于穿越，坦白说，你真穿越过去，未必扛得住那么艰苦的生活条件。

建安后期，还在做世子的曹丕，撰写了一部集政治、社会、道德、文化为一体的论文集，曰《典论》。这部全书在宋代不幸亡佚，如今也仅存《自叙》与《论文》两篇较为完整。

曹丕在《典论》当中有两句话，被清代著名诗人袁枚写进了《随园食单》的序言里——"一世长者知居处，三世长者知服食。"

这两句话的意思是，"富一辈者知道盖房子，富三代的人才懂得吃穿。"

足见，懂得吃穿，是需要强大经济基础的。

四川人的悠闲慵懒、安逸度日，也是通过几千年富饶的基础条件才养成的。倘若将成都比喻成一个家庭的话，那他的家底儿可不是三代富那么简单的。所以，蜀人对于生活的热爱，对美食的需要，对艺术的追求，都可以从蜀地的各个古遗址出土的文物当中，得到具体的印证。

我们继续聊川菜的历史。此刻，我们再溯源到春秋时期。

从文字记载的角度来溯源川菜，应该是在春秋时期。根据东晋史学家常璩撰写的《华阳国志·卷一·巴志》记载，"巴国"，又名巴子国（即如今的重庆渝中、四川阆中、达州、广元等地）。巴国"土植五谷，牲具六畜。桑、蚕、麻、纻，鱼、盐、铜、铁、丹、漆、茶、蜜、灵龟、巨犀、山鸡、白雉，黄润、鲜粉，皆纳贡之。其果实之珍者：树有荔芰，蔓有辛蒟，园有芳蒻、香茗、给客橙、葵。其药物之异者有巴戟、天蘲；竹木之 者有桃支、灵寿。"

这段拗口的古文，蕴藏了不少有意思的讯息。

首先"土植五谷，牲具六畜"说明巴地土地肥沃，物产丰富，五谷丰登。老百姓善于生活，六畜兴旺。像桑、蚕、麻、纻，鱼、盐、铜、铁、丹、漆、茶、蜜、灵龟、巨犀、山鸡、白雉，黄润、鲜粉这些珍贵的物产，也是此地盛产的。这里提到了调味料当中非常要紧的盐和辛蒟（胡椒科植物。古人将盐、蜜渍以为酱而食之，味辛香，就是著名的蒟酱。在李时珍《本草纲目》中有记载，说涪州，也就是"涪陵榨菜"的那个涪陵，贡品当中便有蒟酱）。而蜀国，则是"山林泽鱼，园囿瓜果，四代节熟，靡不有焉"。

巴蜀地区丰富的物质条件奠定了生活的基础，在这个基础上，才能够按照魏文帝曹丕所说的那样，讲究吃啊穿啊什么的。

但众所周知，菜品最要紧的灵魂，是调味料。《吕氏春秋·本味》载道："调和之事，必以甘、酸、苦、辛、咸，先后多少，其齐甚微，皆有自起。"

很多人都以为川菜最擅长用麻辣，其实这个认识是片面的。最难做的川菜，往往是不辣的菜。譬如说"开水白菜"和"鸡豆花"，都是川菜中用料非常上乘，做工也极其繁复的名菜。开水白菜看起来味道寡淡，实则极其鲜美；鸡豆花的特点是"吃鸡不见鸡"，表面看来很简单，只有汤汁和鸡豆花，做法却是很难，只要其中任何一道程序出了错，都会前功尽弃。

虽然说现代川菜的主打滋味是"麻"和"辣"，但其实一开始，在川菜的世界里，"辣"是缺席的。

辣椒是明代后期（学界认为是嘉靖、万历年间）才从美洲传入中国的。明代以前的川菜滋味和现在有着很大的区别。那个时候主

开水白菜

花椒

要靠什么调味呢？

花椒。

花椒是本土产物，原产于喜马拉雅山脉。在先秦时代，就已经有了花椒的使用记载。《诗经·陈风·东门之枌》当中记载："穀旦于逝，越以鬷迈。视尔如荍，贻我握椒。"

这是一首描述儿女情长的情诗。最后这几句翻译成白话讲是：小伙子觉得姑娘美如荆葵花，姑娘觉得小伙是她的希望和理想，于是要送他一束花椒来表达自己的感情。

虽然不是很能理解为什么要送情郎花椒，但显而易见的是，这个时候的花椒已经登上了生活的历史舞台。

有一个英国女孩，名叫扶霞·邓洛普。她热爱中国，热爱中国美食，也曾在中国生活了很长一段时间。在四川大学就读一年，后来又去四川烹饪高等专科学校接受过三个月的专业厨师培训。2018 年，她出版了一本书，名叫《鱼翅与花椒》。在这本书里，她追随美食的足迹，写了自己许多切身的感受。同时也就川菜的最早调料为什么是花椒，做了颇为详细的记载。读这本书，常常读得我垂涎三尺，饥肠辘辘。

古时候虽然没有"辣"，但是有"辛"。关于"辛"味最早的记载，是在春秋战国时期。西汉儒家经典书籍《礼记·内则》中有这么一条记述："凡和，春多酸，夏多苦，秋多辛，冬多咸。"

不过，彼时川菜是否有"辛"味的记录，却是一个空白。直到东汉时期，蜀人的饮食喜好才有了明确的记录。魏文帝曹丕在《与朝臣诏》中写道：蜀人作食，喜着饴蜜。

想不到吧？蜀人一开始是嗜甜的。

在孟阳所写的《登成都楼诗》里有"鼎食随时进，百和妙且殊"的句子，足见当时的成都餐饮业已经非常发达了。

东晋史学家常璩的《华阳国志·蜀志》又写道："其辰值未，故尚滋味，德在少昊，故好辛香。"这是讲由于气候环境的感染和影响，蜀人好食辛香味厚的食物。

到了隋唐五代时期，由于与域外饮食文化的交流频繁，胡椒的调味功能被发现，并迅速运用在菜品当中。关于这一点，唐代笔记小说集《酉阳杂俎》记载："胡椒，出摩伽陀国，呼为昧履支。其苗蔓生，极柔弱，叶长寸半，有细条与叶齐，条上结子，两两相对，其叶晨开暮合，合则裹其子于叶中，形似汉椒，至辛辣。六月采，今人作胡盘肉食皆用之。"

时间继续往后挪移。北宋琐事小说《清异录》记载："孟蜀尚食，掌《食典》一百卷。"

这个是说后蜀孟家皇帝是个好吃嘴，光是菜谱都有一百卷。这个我多少是相信的，因为孟家皇帝本来就是生活家。

到了两宋时期，川菜成为一种独立的菜系，在各地开始出现地方风味饭店。北宋时期，川蜀一带的士人、商贾寄居于汴京（河南开封）者比较多，大家又吃不习惯北方的饮食，于是便开设了专门供应"川饭"的饭店。南宋宁宗、理宗时期的灌圃耐得翁所著的《都城纪胜·食店》也有记载："南食店谓之南，食川饭分茶。"此时的四川饭店，又叫"川饭分茶"。

元朝到清朝中期，四川的饮食文化出现衰落和萧条。也许是因为战乱，蜀地受到的冲击巨大，人员死伤惨重，所以文献当中关于川菜的记载是少之又少。活着都很艰难了，哪里还有什么心思讲究吃喝呢。

到了清朝末年，举人徐珂所著的《清稗类钞》里有记述清代的饮食状况，说："食品之有专嗜者，食性不同，由于习尚也。兹举其尤，则北人嗜葱蒜，滇、黔、湘、蜀嗜辛辣品，粤人嗜淡食，苏人嗜糖。"

这个时候的川菜，以辛辣闻名。

清末文人傅崇矩所编撰的《成都通览》有写到川菜"清、鲜、醇、浓并重，善用麻辣"。这代表着，"三香三椒三料"到位，"七滋八味九杂"形成。

川菜，于 4500 年前萌芽，春秋时期初具雏形，在唐宋时期迅速发展，从两宋时期走出蜀地，至清朝末年，形成菜系。

咸丰、同治年间，现代川菜诞生。

未来川菜会如何发展，谁也无法预料。然而事物本身就在不断的发展之中，川菜的发展也必然是日新月异的。

《山家清供》言：食无定味，适口者珍。

只要是食客喜欢的，就必然是合理的。善治菜者，也必然能使"一物各献一性，一碗各成一味"。

如果是外地朋友初次到成都来玩，想要了解川菜文化，不妨到成都市郫都区的川菜博物馆参观参观。在这里，除了川菜，还包含了四川本土文化的几个重要部分，比如川酒、川茶、川戏、川派建筑、川式园林，等等。想要品尝地道的川菜，其实基本上成都的每一家川菜餐厅，都值得拥有。但倘若非要在其中选择几家的话，那么可以去外曹家巷的明婷饭店感受一下具有成都特色的"苍蝇馆子"。苍蝇馆子是成都独有的特色，并非是指其卫生条件差，而是指其店面窄小，价格低廉，但是菜品的味道很好，物美价廉。明婷饭店是一个有口皆碑的存在，已有二十多年的历史，其菜肴独具特色，是成都本地人颇为热爱的就餐之地。倘若是对环境要求不是太高的话，应该是很不错的一个选择。但倘若是为了宴请宾客，或者对于环境有一定的要求，同时很想要尝到地道的川菜菜品，那可以到市中心的盘飧市，桐梓林的柴门公馆，骡马市的陈麻婆豆腐等店铺，去感受一下地道川菜的魅力。

按照美学家刘悦笛对中国人生活美学传统的解析和分类，"食之美"是其中最为重要的组成，而在构成"食之美"的谱系中，酒和茶尚在美食之后。具体到川菜对"食之美"的影响，"百菜百味、一菜一格"当是川菜对国人及一切国际老饕的最大贡献。川菜美之味和川菜味之美，构成了成都生活美学的主要内容之一。在美食家李作民《师父教我吃川菜》一书中，有一句话我深感认同："饮食是过日子的艺术，所以，这一日三餐的食物中，也有值得我们发现的生活美学。"这句话的奥义正在于将成都生活美学与正宗吃川菜完美结合。至少在我看来，吃正宗川菜，的确已经成了成都生活美学的一部分。

第二节　生活营造家：茶与麻将

中国是茶的故乡，中国人对茶的喜爱，几乎已经成为根植于血脉的一种本能。有句俗话说得好，"开门七件事，柴米油盐酱醋茶"，讲的就是中国人的生活哲学。"柴米油盐酱醋"是生活必需品，排在前面。而挂在最末端的"茶"，是在满足了生活基本需求的情况下，才能享有的东西。茶具备修身养性的作用，被认为是生活品质的象征。文人墨客七件宝——"琴棋书画诗酒茶"，茶仍然被挂在最末端，但其意义与寻常百姓的"柴米油盐酱醋茶"却是恰恰相反的。于文人墨客而言，茶的意蕴深远且广。同一款茶，给不同的人饮，在不同的地方，用不同的水、不同的温度冲泡，再用不同的器皿盛放，其滋味都是不同的。

于文人而言，品茶的意义更在于意境、心境。

对于寻常百姓来说，茶也许只是一种流传了几千年的传统饮品，但它还有更加实用的价值——药用。

李时珍在《本草纲目》当中记载："痘疮作痒：房中宜烧茶烟恒熏之。"

清代乾隆年间本草学家赵学敏所编著的《本草纲目拾遗》卷三引《救生苦海》记载："口烂，茶树根煎汤代茶，不时饮，味最苦，食之立效。"

除了他们，中国茶艺奠基人陆羽也说："茶茗久服，令人有力，悦志。"

就是说，长期饮茶，可以让人精力充沛，心情愉悦。

茶对于寻常百姓的实惠就是这样，可以止渴、清神、利尿、治咳、祛痰、明目、益思，还可以除烦去腻、驱困轻身、消炎解毒。所以在中国，人人知道茶，人人会喝茶。

茶是从什么时候开始出现在中国人的生活里的呢？

茶学界把茶的发现时间定在公元前 2737 至公元前 2697 年。"神农尝百草，日遇七十二毒，得荼而解之。"这个"荼"，在古代指的就是"茶"。根据这个说法，神农氏为了考察对人体有用的植物，所以亲自品尝百草，以致多次中毒，最后是靠饮茶才得以解救的。

再翻阅六朝以前的茶史资料，中国的茶业文化，最早应该是从殷商时期的巴蜀之地兴起的。

东晋史学家常璩撰写的《华阳国志》当中有记载：

武王既克殷，以其宗姬于巴……土植五谷，牲具六畜。桑、蚕、麻、纻，鱼、盐、铜、铁、丹、漆、茶、蜜、灵龟、巨犀、山鸡、白雉，黄润、鲜粉，皆纳贡之。其果实之珍者：树有荔芰，蔓有辛蒟，园有芳蒻、香茗、给客橙、葵。其药物之异者有巴戟、天椒；竹木之璝者有桃支、灵寿。

这里很明确地指出了巴蜀之地进献武王的贡品当中有"方蒻""香茗"，并且是"园有"的。也就是说，这些是在园子里有专门的人进行人工种植的茶，并不是野生的。说明在周王朝初期，巴蜀之地就已经驯养了茶，并且将茶广泛应用在生活当中。否则，也不必到"园有"的地步。

古籍当中，对茶的记录还有很多。

《茶经》记："蜀西南人谓荼曰蔎。"引《神农食经》曰："荼茗生益州及山陵道旁，凌冬不死，三月三日采。"又引《桐君录》："巴东别有真茗茶，煎饮令人不眠。"

《桐君录》写的这个很有意思，是说茶喝多了会失眠。

茶喝多了确实容易失眠，尤其是浓茶。这个道理，很小的时候，家里长辈就会告诉我们。

东汉时期的许慎花了至少二十一年时间编撰了世界上第一部字典《说文解字》，其中也有对茶的解读："茗，荼芽也。"

还有东汉著名医学家华佗在《食论》里也说："苦茶久食益意思。"

西汉才子司马相如在《凡将篇》中记录了西汉的二十种药物，其中的"荈诧"就是茶。

《神农本草经》记："苦菜，味苦寒，主治五脏邪气，厌谷，胃痹，久服安心益气，聪察少卧，轻身耐老。一名荼草，一名选。生川谷。"

…………

如此许多，余不一一。

据《舆地纪胜》《四川通志》记载，蒙山（即如今的蒙顶山）在西汉时就已经开始种茶。到了现在，四川所出产的茶叶，如峨眉毛峰、蒙顶甘露、文君绿茶、峨眉山茶、青城雪芽、成都三花、新津碧潭飘雪等，在全国范围内，都非常具有知名度。

其中，成都人最为热衷的，当属三花茶。

三花茶的历史，开始于1951年。成都茶厂在一心桥街成立，是国资单位。由于其出产的三花茶价格适当，滋味清新，所以被广泛接纳。从那以后，在成都人的生活里，无论是听戏、打麻将、看报、闲聊，还是走亲访友，都离不开喝花茶。"啖三花"也成了成都人最为朴素的饮茶习惯。在成都的茶坊，也往往会听到本地茶客极具戏曲腔调的吆喝："老板，来一碗三花儿。"这个"三花儿"，就是老成都三花茶。在成都茶客的心里，成都花茶，就是三花茶；三花茶，就是成都花茶。

对此，作为成都南郊出生的本地人来说，我是有着非常深刻的印象的。我的祖父和父亲在闲暇时，最爱到茶馆里去。尤其是祖父，基本上很少待在家里，但凡寻他吃饭，到茶馆里总是在的，他的跟前也永远都是一杯盖碗三花茶。而我的父亲，喝毛峰多一些，还有明前甘露。这几款茶，其实都属于具有显著成都特色的本地茶。

到了 1993 年，成都新津茶人徐金华挑选高山云雾早春嫩茶芽与含苞未放的茉莉鲜花，又采用传统工艺精心窨制而成的茉莉花茶，将成都花茶的口感与观赏性，都提高了一个层次。这个茶的茶汤黄亮清澈，香气四溢，犹如在碧潭之上柔柔地铺了一层白雪。所以，创始人便为它取了一个十分浪漫的名字：碧潭飘雪。

三花茶与碧潭飘雪，都是在成都茶馆里比较常见的茶。

蜀人爱茶，对茶讲究，在公元前 59 年的典籍里，也有记述。彼时，西汉文学家，蜀郡资中人王褒在《僮约》中有"武阳买茶"和"烹茶尽具"的记载。意思是规定僮仆不仅要经常煮茶，洗涤茶具，让茶具保持洁净，还必须得去武阳，即到今天成都以南的彭山双江去买茶叶。

关于这一点，在《华阳国志·蜀志》当中也有印证："南安（今剑阁）、武阳（今彭山）皆出名茶。"

四川独特的地貌与气候，都十分利于茶树的生长。

宋人王象之在《舆地纪胜》中说："西汉有僧从岭表来，以茶实蒙山。"这里的"蒙山"即指盛产茶叶的四川省雅安蒙顶山。

《四川通志》还说蒙山茶是"汉时甘露祖师姓吴名理真者手植，至今不长不灭，共八小株"。

由此可以看出，茶对于四川人来说，推广普及广泛，早已成为民众的日常饮品。同时，也为后来悠闲成都的"茶馆文化""麻将文化"奠定了坚实的基础。

四川人爱喝茶，尤其喜欢喝盖碗茶。盖碗喝茶是一个非常具有显著特点的地方饮茶风俗。盖碗是一种上有盖、下有托、中有碗的茶具，其寓意也是深远，盖为天，托为地，碗为人。小小一盏盖碗茶，竟然蕴含着"天地人和"的意境。

而这种盖碗茶，在四川的茶馆，几乎随处可见。

坊间流传这么一个说法："四川茶馆甲天下，成都茶馆甲四川。"

碧潭飘雪

在作家吕峥所著的《寻找诗婢家》的自序当中有书：

> 民国年间（1912—1949），成都一度有六七百家茶馆，其功能类似英国的酒吧和法国的咖啡厅，是街坊邻居的社交中心。
>
> 喊一杯茶，你可以泡上一天，听书、修脚、捶背、剃头、采耳、打牌，饿了就跟沿街叫卖的小贩要一碗担担面或醪糟汤圆，一边品尝美食一边观察众生。
>
> 茶馆大多人性化，对偷喝顾客剩茶的穷人并不驱赶，还会帮他们加水。此外，客人也可自带茶叶，甚至用保温瓶打一壶开水提回家……
>
> 茶馆往往不用井水，因为泡茶以山水为上，江水为中，井水为下。他们会向挑夫购买取自锦江的江水，水质上乘。

这是一幅颇为形象的民国时期成都茶馆概图。

1943 年 1 月 8 日，现代散文家黄裳离沪赴川。他在《卖艺人家》中写道：

> 三十一年冬，我们一行四众，经过南京、徐州、商丘、洛阳、宝鸡入蜀。进入四川后，一路所见所闻自是无数，但对于四川茶馆的描述，却可以作为代表一个外地人入蜀之后的特别感受。

并为其专门著文《茶馆》，收入自浙江文艺出版社 1998 年版的《黄裳散文》里。其文写道：

> 一路入蜀，在广元开始看见了茶馆，我在郊外等车，一个人泡了一碗茶坐在路边的茶座上，对面是一片远山，真是相看两不厌，令人有些悠然意远。后来入川愈深，茶馆也愈来愈多。到成都，可以说是登峰造极了。成都有那么多街，几乎每条街都有两三家茶

大慈寺茶社

楼，楼里的人总是满满的。大些的茶楼如春熙路上玉带桥边的几家，都可以坐上几百人。开水茶壶飞来飞去，总有几十把，热闹可想。这种宏大的规模，恐怕不是别的地方可比的。成都的茶楼除了规模的大而外，更还有别的可喜之处，这是与坐落的所在有关的……

可见茶馆之多。

根据《成都通览》记载，清朝末年，成都街巷统共有 667 条，但茶馆却有 454 家，可以说几乎是每条巷子都有茶馆。1935 年的《新新新闻》报道，成都共有茶馆 599 家，每天有十多万人浩浩荡荡地涌进茶馆。在这里，无论茶馆雅俗，只有一个讲究。这个"讲究"不是用别人的标准来做判断的，而是以是否舒适来做判断的。

我翻阅当代历史学家王迪所著的《显微镜下的成都》一书，发现王迪先生对茶馆进行了重点的分析与研究。说成都的茶馆"渗入市民的日常生活中，而且成为其密不可分的一部分，所以生命力异常旺盛"。至于成都茶馆为什么如此之多，他也做出了六个解释："第一，成都及附近许多州县都产茶，如名山、彭县、灌县、大邑、新繁、崇宁等。上游有 60 余个厅州县系茶产地，这为成都的茶馆提供了不竭的茶源。成都常饮的茶有香片、红白茶、苦丁茶、茶砖、苦田茶、毛茶、乌龙、松罗、青茶、宝红等。"第二点，是因为成都"民食鱼稻，无凶年之忧"，所以形成了"其风尚侈，其俗好乐"的民风，品茗是市民的一大乐事。第三点，是因为"成都是一座消费城市，从事商业、手工业的人固然不少，但亦居住着大量的官僚、地主、士绅、文人、旗人，以及各种闲散人员……茶馆成为他们消磨时光和相互交游的理想场所"。第四是"成都服务业、饮食业发达，经营茶馆成本小"，所以开茶馆的门槛低，只要想开，就很容易经营起来。第五是"下层贫民多整日为生计而劳作，生活单调"，因此人们到茶馆里喝茶、聊天、听书……也是一种生活的娱乐方式。

一些茶馆还兼具麻将馆的功能。更有甚者，其实"茶馆"的名头也只不过是一个幌子，主要的作用还是供客人打麻将。

四川人爱打麻将，是世界闻名的事情。

在外地，新朋友听说我是成都人，总免不了要问一句："你会不会打麻将？"得到否定的答复后，他们又会说："哎呀，你是个外地人吧？"或者"你是个异类啊！"

看，四川人爱打麻将于外地人而言，已经成为刻进基因里的事情。你作为一个四川人，一个成都人，怎么可以不会打麻将呢？甚至在某些外省人看来，成都的城市名片就应该是"麻将"。

麻将是一种休闲益智游戏，到清朝中期，基本就定型为现在的麻将模式了。

麻将来到成都以后，得到了全民追捧。成都人热爱太阳，这是古往今来，全国统知的事情。春天天气好，端一张桌子到太阳底下打麻将；夏天天气热，端一张桌子到溪水里打麻将；冬天冷，挪一个火炉在旁边，继续打麻将。逢年过节打麻将；放假休息打麻将……麻将无处不在，无时不在。麻将是亲戚朋友，家人客人互相交流感情的最佳游戏，也是商务应酬的必备项目。

但为什么明明这目前全国乃至全世界都在推行的游戏，却单单在成都受到了如此之大的推崇呢？其主要原因，还是与成都的民风有极大的关系。成都人悠闲，乐观，享受安逸，喜欢小康，喜欢慢生活。

成都乃至四川的标签，一直都是"火锅麻将龙门阵，川剧评书盖碗茶"。

这，也是成都的生活态度。

第三节　小酒馆与咖啡馆

民谣歌手赵雷在 2016 年 10 月 24 日发行了一首歌，名叫"成都"。这首歌后来大火，传唱至我国的大江南北，老老少少多多少都会哼哼几句。歌曲不光唱出了一段缠绵悱恻的爱情故事，也唱红了成都市玉林路尽头的小酒馆。

这家营业二十余年的小酒馆，在《成都》爆红以前，原本就是一个成都原创摇滚大本营。有十几年的时间里，不间断地进行着周末摇滚现场，还有许多独立乐队，很多像赵雷那样的民谣歌手，也都曾在小酒馆里有过演出。后来赵雷的民谣《成都》出圈，令小酒馆一跃成为全国文艺酒馆的杰出代表，更是外地人到成都来的网红打卡点，同时也让成都变成了酒馆文化的杰出城市代表。

其实从古至今，"小酒馆"都是存在的。只不过，存在的方式与形式与现在不太一样。

南宋诗人陆游风流蕴藉，也是个爱泡小酒馆的人。在他生活的时代，成都已经非常繁华了，繁华到什么程度呢？

陆游在锦江边写下《醉题》：

> 裘马清狂锦水滨，最繁华地作闲人。
> 金壶投箭消长日，翠袖传杯领好春。
> 幽鸟语随歌处拍，落花铺作舞时茵。
> 悠然自适君知否，身与浮名若个亲？

这其中所提到的"金壶投箭""翠袖传杯"，是当时成都的常

万象城小酒馆

见娱乐方式。

他还曾写下《席上坐》：

绿波画桨浣花船，清箪疏帘角黍筵。
一幅葛巾林下客，百壶春酒饮中仙。
散怀丝管繁华地，寄傲江湖浩荡天。
浮世升沉何足计，丹成碧落珥貂蝉。

瞧瞧，在八百多年前的成都，浣花溪边的游船上，诗人就着壶中酒，写下了诗句。

绿波画桨，疏帘倩影，委实浪漫别致。

到如今，小酒馆的发展已经扩展到每个城市。不过，其经营形式会根据城市的气质而有所不同。在中国的酒馆江湖里，成都被誉为"第一城"。据餐饮大数据研究与测评机构 NCBD（餐宝典）调查，截至 2021 年 5 月，成都大约有 2524 家小酒馆。社交媒体小红书上关于"成都小酒馆"的记录就多达一万多条；新浪微博"成都小酒馆"的讨论次数有 1568 次，阅读量近两百万。在抖音，"成都小酒馆"的播放次数达 3000 万次。足见小酒馆在成都的受欢迎程度。

遍地开花的小酒馆促进了经济的发展，同时也极大程度地满足了这座城市里的年轻人千姿百态的饮酒习惯与需求。

那么在成都，小酒馆究竟是一种怎样的存在呢？它和茶馆、咖啡馆、酒吧，又有着什么样的不同呢？

倘若以年龄层次来划分的话，在如今的成都，茶馆和过去有很大的不同。现在的茶馆，是各个年龄层次的人都爱去的地方。

比如，成都最有名的几个茶馆，鹤鸣茶社、大慈茶社、他山书院，还有天府广场负一楼的盖碗儿，基本上是少老中青都爱去的地方。很多时尚的年轻人谈事情约会，也会选择在茶馆。

所以茶馆在成都，是一个年龄性别无限制的社交休闲场所。

而小酒馆所承担的职责与茶馆有着本质的不同，甚至与清吧、

万象城小酒馆

酒吧，都有着非常明显的区别。

简单来说，小酒馆是一种向顾客提供酒水饮料，甚至小食为主的餐饮场所。除了白酒、红酒之外，还有果酒、米酒，以及花草茶、花果茶，各种茶，同时还包括咖啡。其饮品的种类十分丰富，花样也是繁多。

除此之外，还有音乐。有不少小酒馆都安排了演出，是一个适合听故事，讲故事，抚慰灵魂，让人放松心情，思绪完全放空的地方。而它的主要受众，是年轻人。根据中国产业信息网的统计，在 2019 年，进行酒馆消费的主要人群年纪，基本上集中在 18 至 34 岁，整体顾客的年龄层次，偏于年轻。

这里的气氛与其他休闲场所也有所不同。小酒馆的灯光偏于昏暗，色调温暖，音乐舒缓，每一个需要拥抱的人，都可以在这里卸下防备，与自己坦诚相见。

到成都来，如果不知道该到哪些小酒馆去打卡感受，那么不妨参考一下以下几个地方。

首先，赵雷所唱的玉林路的小酒馆自然是一个不错的首要选择，这家酒馆成立于 1997 年年初，自建立以来，一直都兼具酒吧、艺术沙龙、摇滚大本营等多种职能。虽然和当下涌现的其他小酒馆相比，年代感足了一些，但仍然是个能邂逅较多高质量文青的地方，也是一个释放情绪、安抚情绪的绝佳去处。

其次，因为电影《观音山》而被广为人知的隔壁子酒吧，也是深受欢迎的。还有比较具有时代特色的，红色怀旧氛围很浓的七八公社酒馆，也可以去那里感受一下穿越时代的魅力。

至于音乐最好听、歌手最多的酒馆，当属"音乐房子"。如今歌坛颇具盛名的张靓颖、江映蓉、徐海星、王铮亮等，都曾在音乐房子驻唱过。不过严格来说，音乐房子更像酒吧。但是，在成都这个地方，对很多事情都比较宽容，并非那么泾渭分明。所以此处将"音乐房子"放到小酒馆的范畴，倒也不算过分。

在成都，即便你是初来乍到，想找个地方休闲，但又不知道该如何选择，不妨随便拖住一个路人问一问。即使是如此随机的询问，一般也能问出四五家具有特色的酒馆来。成都人生活闲适，浪漫，讲究，个个都是悠闲小灵通。

成都人悠闲，爱喝茶，爱喝酒，当然也爱喝咖啡。

爱咖啡的人，认为咖啡和人生很像，有苦涩也有甘甜，余韵悠长。

2022 年 4 月，在大众点评上搜索成都市区"咖啡馆"三个字，竟然多达 6812 家店，是小酒馆数量的两倍之多。

咖啡是舶来品，原产于非洲埃塞俄比亚西南部的高原地区。据说是一千多年以前，有位牧羊人发现羊吃了这种植物后，变得异常兴奋活泼；还有一种说法，大概是说一场突如其来的野火，烧毁了一片咖啡树林，被烈火炙烤出的咖啡香终于引起了周围居民的注意……此后，人们对咖啡的热爱，便一发不可收，进而演变成如今的世界三大无酒精饮品之一。

另外两个重要饮品是可可和茶。可可刺激兴奋，茶有自然清香，而咖啡则是浪漫的。

咖啡来到中国的时间并不算长。公元 1884 年，英国人将咖啡带到我国台湾。到了日据时期，咖啡在台湾开始流行。

1892 年，法国传教士将第一批咖啡树苗带到了云南的宾川县，咖啡于是开始在大陆进行种植。直至目前，在我国的云南、海南、广西、广东等地区，都有面积极为可观的咖啡种植基地。

1934 年，上海外滩附近的滇池路，有一家名叫"东海咖啡馆"的咖啡厅开业了。这家咖啡馆的主要顾客是外国水手，他们在这里喝咖啡，一解乡愁。

以上，是我国最早的关于咖啡的一些记载。但成都的第一家咖啡馆始于何时，尚未有明确记载。如今的中国，人们已接受并且热衷于咖啡饮品，在一些重要城市，咖啡馆开得几乎遍地都是。还有一些世界著名的咖啡品牌，比如麦斯威尔、雀巢、哥伦比亚等，也

"熊猫"咖啡

都在中国设立了分公司，极大程度地促进了我国咖啡产业文化的发展。

作为新一线城市的成都，也早已将喝咖啡融入了现代时尚生活里。成都人对于咖啡的追求亦趋向于注重咖啡品质、口味，以及享受咖啡馆文化带来的休闲乐趣和舒适空间。

随着城市的发展，市民的休闲需求增大，2019 年，在成都市地勘路，专门开辟了一条"文化 + 产业 + 集成"相结合的咖啡文化特色产业街。这条街全长 375 米，位于二仙桥西路与文德路之间，其附近便是地铁七号线二仙桥站，交通也是极为方便的。

2010 年，曾在好莱坞做过导演的德裔美国人 Kris Schackman 在德国柏林克罗伊茨贝格的一个安静街区开了一家咖啡馆 Five Elephant 。作为德国三大咖啡品牌之一，他们将第一家中国店开在了成都。其中国合伙人 Naza，是一个有趣的，热爱咖啡、设计和潮流文化的姑娘。

成都的包容与美吸引了世界各地的知名咖啡品牌，或者热爱咖啡文化的人。他们聚集在这里，开了一家又一家的咖啡馆。

其中比较有特色的，譬如被誉为"成都文艺生活标签品牌"的"無早 nomoring"。这家咖啡馆吸引了来自世界各地的文艺旅行者，他们到成都游玩，这里来打卡。

無早 nomoring 的配置非常丰富，除了咖啡，还有书籍和简餐，以及美味的手工蛋糕。在这里，也会经常举行艺术展与快闪活动。

而这些活动，显然也是热衷于喝咖啡的群体所喜欢的。

位于成都镗钯街的 Mondoli 也是一家具有鲜明特色的咖啡馆。也许老板对 J.K. 罗琳所著的《神奇动物在哪里》情有独钟，所以整个咖啡馆的氛围布置都显得十分复古。店内的装饰品千奇百怪，包括老板从四处淘来的西洋古董和各色标本。老板的奇思妙想与独特的装修理念，将这家店营造成了一个梦幻的电影场景。顾客置身其中，仿佛是走入了电影剧情里。而店内的意式咖啡，选用的则是深烘豆，并且在不同的时期也有不同的创意咖啡提供给大家。不仅如此，到了晚上，还有专业的调酒团队会满足顾客的任何饮酒喜好。

这里是许多年轻人热衷的地方。

此外，还有 2010 年世界咖啡师大赛中国赛区总冠军干施林所开的 Let's Grind；社区咖啡店醒食 THE SENSE；由精品咖啡、文身和复古服装银饰共享构成的复合空间 NEW SCHOOL，以及能够吃到正宗法甜的 LAN'S PATISSERIE，等等。

在成都，咖啡和茶，都是慢生活的亲密伴侣。小酒馆与咖啡馆，自然也是闲逸者的最佳归处。

望福街街口的网
红咖啡馆建筑

望平坊河边咖
啡店人气爆棚

五丁桥社区内
的咖啡吧

IN3Bean 咖啡工
厂三种语言的
点餐窗口

第四节　快节奏与慢生活

幸福城市的安逸密码

八百多年前，南宋丞相、词人京镗在四川写下了"算秋来景物，皆胜赏、况重阳。正露冷欲霜，烟轻不雨，玉宇开张。蜀人从来好事，遇良辰、不肯负时光"的诗句。

归纳总结，便是蜀人身上所独有的"乐观、自信、浪漫、敏感、好事"的特质。当然，这也是成都幸福城市的安逸密码。

关于天府之国，有句俗话，大约是地球人都见怪不惊的了。但在这里，我还是要再提一次——

俗话说：少不入川，老不出蜀。

原来这句话是有几层意思的，其中最早是讲蜀道难，进来了就不好再出去。到了后来，这句话却成了成都悠然闲适、幸福生活的另一种表达方式。因为天府之国的生活实在是太过美好了，这里不仅风光旖旎，物华天宝，还拥有美人美酒美的生活。而这过分安逸的生活，会令正值奋斗年华的年轻人沉醉，满足于现状，丧失斗志。而老年人年纪大了也最好不要离开四川，离开后再回来，在古时候是比较困难的，很容易客死他乡，不利于形成生命的完美终结。

如今交通发达，生活便利，已不存在"老不出蜀"的困难。但"少不入川"的呼声却愈发强烈起来。尤其是从北上广来到成都安定下

成都航天立交
桥夜景

在成都锦城运
动中心里骑游

来的"新成都人",更是时常在社交媒体上对成都进行"反向宣传",呼吁外地朋友不要到成都来,因为来了成都,很容易就走不出去了。并将张艺谋的那句广告词"成都,一座来了就不想离开的城市"改为"成都,一座来了就走不脱的城市",反而更加亲切了。

成都是一个公认的极具幸福感的城市。

由新华社主管的《瞭望东方周刊》和瞭望智库共同主办的"中国最具幸福感城市调查推选活动",是一个非常严谨且权威的活动。每次评比都要历时五个多月,并且还要经过大数据采集、问卷调查、材料申报、实地调研、专家评审等重重环节的严格遴选,包括参选城市就业指数、居民收入指数、生活品质指数、生态环境指数、城市吸引力指数、公共安全指数、教育指数、交通指数、医疗健康指数等9个一级指标,以及上百个二级细分指标的评比,最终得出权威结论。

自 2007 年开始,"中国最具幸福感城市调查推选活动"至今已办了十六届。在前十五次评选活动中,成都连续十三届获得"最具幸福感城市"称号。倘若记者在成都的街头上进行采访询问"你幸福吗?"答案往往是肯定的。

那么,成都人的幸福密码,又源于什么呢?

抛开成都人的乐观主义精神,以及多年来殷实的"天府之国"物质基础,当下成都人感到生活幸福的原因,要看以下几个点。

首先是成都人民的收入提高了。2022 年,全年实现地区生产总19917.0 亿元,按可比价格计算,比上年增长 8.6%。按常住人口计算,人均地区生产总值 94622 元,增长 6.7%。

根据 2022 年采样 93951 份数据样本分析得出结论,成都人的平均月工资,达到了 4600 元,即平均年收入为 55200 元。然而根据《华西都市报》2010 年 1 月 13 日所刊登的《2009 年成都居民人均收入》,2009 年,成都居民人均年收入仅有 18650 元。

其次是出行更为便捷。

龙泉山骑行

杜甫草堂绿道
上晨跑是年轻
人的最爱

　　截至 2021 年 12 月，成都地铁统共开通了 12 条线路，线路总长达 518.96 千米，正式跻身国内轨道交通"第四城"。截至 2022 年 9 月，成都地铁在建线路共 8 条，包括成都地铁 8 号线二期、成都地铁 10 号线三期、成都地铁 13 号线一期、成都地铁 17 号线二期、成都地铁 18 号线三期、成都地铁 19 号线二期、成都地铁 27 号线一期、成都地铁 30 号线一期，共计里程 178 千米 。预计到 2024 年年底，成都市将形成总长超 700 千米的轨道交通网络，成都市民将实现"地铁出行自由"。

　　同时，成都围绕"学位供需阶段平衡、医疗服务片区均衡、文体设施规模多元、社区服务点状供给"四大重点进行建设，基本形成中心城区"15 分钟基本公共服务圈"，极大程度地方便了市民生活。

又规划建设龙泉山城市森林公园，打造锦城公园、锦江公园，对川西林盘保护修复，建成天府绿道 4408 公里，令成都的宜居品质和城市价值得到大幅提升。

2021 年 5 月 19 日《潇湘晨报》所刊发的《成都，入围"2021中国最具幸福感城市"候选城市》，对成都为什么幸福指数居高不下，做出了具体的总结：高品质公共服务倍增工程、生活成本竞争力提升工程、城市通勤效率提升工程、城市更新和老旧小区改造提升工程、生态惠民示范工程、稳定公平可及营商环境建设工程、青年创新创业就业筑梦工程、智慧韧性安全城市建设工程、全龄友好包容社会营建工程。

成都是一个兼具了"诗和远方"的地方，任何人到了这里，只要肯认真地生活，就能实现理想生活，将"诗和远方"揽入怀中。

陆游曾作《梅花绝句》赞叹成都之美：

当年走马锦城西，曾为梅花醉似泥。
二十里中香不断，青羊宫到浣花溪。

成都之美，从古至今，未曾褪色，艳丽胜新。

吃喝是一种生活态度

在最具幸福感的城市，"吃喝玩乐"是一种理直气壮的生活态度。蜀地古代历史文化名人李白先生道："人生得意须尽欢，莫使金樽空对月。"

这种狂放不羁，与成都人的性格不谋而合。

成都人是勤劳的，同时也是热衷于吃喝玩乐的。

在社交平台新浪微博搜索"成都吃喝玩乐"话题，阅读量高达 1.1 亿次，"成都吃喝玩乐"账号粉丝也有 613 万，大家都很关注成都到底有哪些好吃的好玩的。

如果问成都人有哪些好吃的，好吃爱吃的成都人会立即告诉你一连串，譬如火锅、串串、干锅、冒菜、肥肠粉、锅盔、兔头、美蛙、鸡爪爪、夫妻肺片、冰粉、脑花、蛋烘糕、烤兔、冷吃兔、兔火锅、麻辣兔丁、兔儿脑壳、口水鸡、宫保鸡丁、猪肚鸡、棒棒鸡、辣子鸡、板栗鸡、小龙虾等听名字就叫人口水不自觉流一地的美味来……这些美食都具有神奇的魔力，会叫人不约而同地拿起手机点外卖，或者迅速收拾自己，吆五喝六地出门吃去。

在成都逛街，切记事先准备一点消食片。因为你很有可能在不知不觉中，就把自己给撑坏了。成都小吃世界闻名，钟水饺、龙抄手、赖汤圆、蛋烘糕、糖油果子、三大炮、锅盔、凉粉、甜水面、老妈兔头、老妈蹄花、脑花面、肥肠粉……数不胜数。

试问谁能抵抗得了这样的诱惑呢？我反正是抗拒不了的，我也不抗拒。

不过，想要减肥的朋友最好还是慎重一点，莫要轻易跑到成都来旅行，这个地方的美食都是隐形杀手，会令你的"节食大法"前功尽弃，叫你弃械投降，千辛万苦才练就的肌肉也会在一夕之间功亏一篑。

这可不是危言耸听。如若不信，不妨一试。

除了爱吃，成都人也爱玩。

每逢节假日，机场、火车站、风景区，到处都是人。不仅如此，川A大军还会不约而同地选择自驾游。倘若在外省堵个车，你下车来前后溜达一圈，十有八九都能看见成都人的身影。我也是自驾游队伍中的一员。前些年，每逢假期，就会和家人朋友一道自驾到周边省市游玩，譬如贵州、陕西、广西等地，都留下过我们的身影。后来新冠肺炎疫情爆发，大家也不太方便跑太远，就选择周边近一点的地方，比如青城山、峨眉山，甘孜、阿坝等地。去看看风景，泡泡温泉，总之不会令自己困在方寸之地。

在吃喝玩乐方面，成都人似乎从来都不会亏待自己，会顺势而为。

万象城新加坡
旅游节活动

成都味儿的烟火气

宋人乐史的《太平寰宇记》卷七二记：一年成聚，二年成邑，三年成都。足见这座城市的人气十分旺盛。有人的地方，就有烟火气。此后成都烟火人间三千年。

2018 年，成都荣登中国宜居城市排行榜前列，其温润的气候，遍地的美食，以及快节奏与慢生活，令人赞不绝口，被公认为是"中国最有烟火气的城市"。

倘若非要推选出成都烟火气的典型代表，那恐怕非成都市人民公园莫属了。在这里，你无论站在什么角落，都可以瞥见成都人的原始生活状态。

人民公园位于市中心少城路，始建于 1911 年，是一座集园林、文化、文物保护、爱国主义教育、休闲娱乐于一体的综合性公园。除了全国公园都配备的亭台楼阁之外，还有非常贴心的、为单身男女解决终身大事而设置的相亲角。

在公园内，也有茶馆。茶馆里自然是坐满了人，一杯盖碗茶，悠闲度半天。

时间，于成都人而言，就像一汪缓缓流淌的溪水。

另外，要感受成都的烟火气，须得到玉林菜市场去看一看。中国当代著名作家汪曾祺是一个热爱生活，热爱美食和饮茶的人，他曾说过："到了一个新地方，有人爱逛百货公司，有人爱逛书店，我宁可去逛逛菜市。看看生鸡活鸭、新鲜水灵的瓜菜、彤红的辣椒，热热闹闹，挨挨挤挤，让人感到一种生之乐趣。"他觉得如果一个人感觉活得辛苦，一定要去逛逛菜市场，菜市场包罗万象，极具烟

望平坊香香巷

火气。

这个，我是非常赞同的。有时候，当我的生活遭遇困境，工作遭遇挫折，我也会选择到菜市场或者超市里去逛一逛，看看琳琅满目的蔬菜瓜果，看看忙忙碌碌的人潮汹涌。

赵雷在《成都》里唱到的"玉林路"，就在成都玉林菜市场附近。2018年9月10日，歌手谢霆锋与张靓颖到成都来录制《锋味》，也是选择来成都玉林菜市场吃地地道道的成都美食。成都有句话，说的是，想要感受"资格成都人"（地道成都人）的生活，那一定要到玉林菜市场去逛一逛。

玉林菜市场是目前为止成都人的最爱，也是最大、最早的综合类菜市场之一。其繁华程度经久不衰，令人叹为观止，以至于在过去很长一段时间里，人们对于居住在玉林的朋友，都表示十分羡慕。

玉林菜市场有两层，一楼主要贩卖水产、瓜果、熟食等。二楼则主要是蔬菜和肉禽等。各种食物加起来有一千多种，仿佛一个小型美食博物馆。此处的许多熟食店都颇负盛名，摊位前常常排着很长的队伍。

一日三餐，一蔬一饭，这里有着成都人的烟火气。

第四章 锦城丝管日纷纷

第一节　成都的艺术气质

成都是一个艺术气质极其浓郁的地方。

2021 年 11 月 6 日，成都双年展开幕。本次双年展以"超融体"作为主题，分"多态共生""家园共栖""智能共振""时潮共燃""生态共度""意匠共鸣""民族共情""美育共线"八个版块，从艺术思潮、建筑营造、生态意识、时尚趋势等不同侧面展现"融"的视觉表现。力求从全球与在地、城市与精神、观念与技术、青春与创造、生态与美学、传统与前卫、民族与文明等时代议题出发，通过展览的形式实现跨领域、多维度、高层次的超级融合与联通。

2022 年 7 月 3 日，持续八个多月的双年展，已有一百多万名观众前来参观。

上述表达读来晦涩，实际上简单来说，"双年展"是一种制度化的美术展览形式，在西方的历史颇为悠久，已存在有百余年。传到我国来的时间稍微晚一点。1992 年，在广州举行的"广州首届九十年代艺术双年展（油画）"上才有人首次提出了双年展的概念。这个展览会，通常是跨国的全球艺术与文化的交流盛事，展览的内容也极具现代性与探索性，是非常高端的国际艺术展示活动。

正因如此，双年展对于举办城市的选择，也要求其达到艺术性与包容性相结合。

极具艺术气质与包容性极强的成都，当然是不二的选择。因为，艺术能够在这座城市寻到它的知音人。

青年艺术家田晓磊是北京人。但是来到成都以后，田晓磊的第一感受是震撼。他在接受《成都商报》红星新闻采访时说："没想到会有这么大的规模和这么多优秀的艺术家，国内外的全都有，水平和规模都很高……这效果，挺壮观的，可以预计会成为成都未来的一个文化地标。"

他觉得成都的艺术感很强，说："我觉得成都这座城市本身就是一座很文艺的城市。近年来，成都作为中国西部的商业中心，在经济发展迅速的同时，依然能保持一种很放松的人文情怀，这很不容易，也很吸引艺术家。我身边有好几位原来在北京生活工作多年的艺术家，后来都选择来了成都。这座城市是一片非常适合艺术之花绽放的土壤。"

像他这样对成都赞不绝口的艺术家还有很多。虽然他们都在夸奖我的家乡，可我一点也不想谦虚。他们夸的都对。

因为从古至今，成都都是一座充满艺术气质的城市。

且不论广汉三星堆遗址出土的数以万计的具有超凡艺术代表性的文物，单看成都金沙遗址出土的几件文物，便可以将成都的艺术年代往前推至三千年前。

我们来看看，在成都金沙遗址出土的，由古蜀人所打造的太阳神鸟金箔和黄金面具，以及鱼纹金带，除了宗教意义以外，还具有极高的艺术价值。

太阳神鸟金箔非常精致，是圆形的，其图案分为内外两层，都采用了镂空的表现方式。金箔内层的图案是等距离分布的十二芒太阳纹，外层也是由四只等距离分布的相同的鸟构成的。这个图案是双向旋转，生动流畅，极富韵律，充满强烈的动感，不仅是古蜀人的精神信仰，同时也是一件精美绝伦的艺术品。2005 年 8 月 16 日，太阳神鸟金箔图案从 1600 余件候选图案中脱颖而出，成为中国文化遗产标志。

太阳神鸟金箔是古人"太阳崇拜"的象征。而太阳崇拜也是中华民族共同的崇拜习俗。在古代文献当中，也有很多关于太阳和神

金沙遗址出
土太阳神鸟
金箔饰

金沙遗址出土
的金冠带

金沙遗址出土
的金面具

鸟的记载。

譬如《山海经·大荒东经》："汤谷上有扶木。一日方至，一日方出，皆载于乌。"

或者《淮南子·精神训》："日中有踆乌。"

除了太阳神鸟金箔之外，金沙遗址的青铜小立人上头，也戴着太阳轮盘造型的帽子。这些，都是古蜀先民精神世界与艺术审美的一种体现。

除此之外，成都还有极具艺术代表性的汉代画像砖。

画像砖是汉代统治阶级盛行厚葬的产物，主要用于地下墓室，并且目前发现的，也主要集中在四川地区。这些画像砖出土于成都主城区及其周边的郫都、双流、大邑、新都、彭州、德阳、什邡、广汉等地，截至目前，已经发现有一千多种。

画像砖虽然面积不大，但上面的图案内容却十分丰富，涉及当时社会的方方面面，包括生产劳动、商业市肆、文化教育、礼仪风俗、居家生活、车马出行、建筑庭院、舞乐百戏，以及神话传说，等等。就像一部汉代成都社会生活的百科全书，也像一条通往汉代的时光隧道，通过它们，我们便能瞧见大汉朝时期的成都生活。

在羊子山汉墓出土的"弋射收获"画像砖上，我们可以看到汉代成都平原浓浓的乡村风光。在"弋射收获"画像砖的上半部分，是一个碧波荡漾的池塘。池塘里游弋着几尾肥大的鱼，还有野雁，也在水中自由自在地畅游着。它们在觅食，也可能在嬉戏。旁边也是个池塘，池塘里满满当当盛开着的，是美丽的荷花；而荷叶，则轻轻漂浮在水面之上。

池塘边的树荫下，有两个宽袖长袍的猎手。一位武士身体弯曲，仰面朝天，手中的弓箭对准了空中飞翔的大雁，蓄势待发。而另外一位武士的身体略倾，弯腰抬臂。他手中的弓箭，正对着雁群，满弓待射。在他们身旁的空地上，还各有一个用以放置"缴"或"矰"的半圆形木架。

显然，这个阵仗吓坏了天上的大雁，它们惊恐纷飞，四散逃逸。

上半部分的画面已经非常生动了，我们再来看一看这块画像砖的下半部分，则是另外一番景象。

田地里，有一群农人，正忙碌着。位于右边的，是两个裸露上身，只着短裤的赤足男子，他们的发型也很特别，梳的是椎发。这两名男子正挥动着长镰，收割谷物。在后方，还有两个着深衣的男子和一位穿长裙的妇女，正俯身捡拾地里被割下的谷穗。在最后面，有一个人挑着禾担，提着食具，正准备离开。

小小的一块画像砖，却极富层次感，画出了彼时生活的一个缩影。可能有朋友会很疑惑，弋射是什么意思呢？弋射又称"缴射"，在战国时代就已经出现了，是用一种在短箭上系有丝线的弓箭来进行捕猎，猎手可以通过这种丝线收回射出的箭以及被射中的猎物。到了汉代，弋射演变为统治阶层的一种娱乐消遣方式。从画像砖上人物的衣着打扮和行为上看，狩猎者显然不是一般人。而画像砖下方的，则明显是普通农人的劳作场面。

这种对比，十分鲜明，其创造者所想要表达的意义，也是极其深远的。

我们来翻翻历史书，看看在历史上的汉代中后期，社会面貌是怎样的。

当时，出现了大量的土豪劣绅。对于这一点，南朝刘宋著名史学家范晔在《后汉书》中做出了这样的描述："豪人之室，连栋数百，膏田满野，奴婢千群，徒附万计。船车贾贩，周于四方，废居积贮，满于都城。"

"弋射收获"画像砖，便是表达了这样一个历史时期。

除了"弋射收获"之外，在汉代画像砖中，还有市肆画像砖、车马过桥画像砖、酿酒画像砖、酒肆画像砖、宴饮画像砖、歌舞宴乐画像砖……

《中国青年报》曾评论四川画像砖："这些不仅是成都的汉代，

依「椅」靠
RELY ON

街边各种艺术装置

白夜

也是汉代的成都。"

深以为是。

除了画像砖，在成都的许多寺庙内，也有许多精彩的壁画。

在我的家乡新津，有一座始建于南宋的观音寺。在观音寺里，现存毗卢殿左右两壁绘十二菩萨。菩萨的姿态、衣饰、纹样及画法，与北京法海寺的明代壁画十分相似。而壁画旁边，还有明成化四年（1468 年）的题记。

号称"震旦第一丛林""成都第一大佛寺"的大慈寺，也曾以拥有众多的名家壁画而著称天下，是古代西蜀地区屈指可数的名刹。

大圣慈寺修建于公元 3 世纪到 4 世纪之间，由唐玄宗赐额"敕建大圣慈寺"。后来唐肃宗李亨为其亲书"大圣慈寺"。

待到北宋时，成都府路转运使李之纯言道："举天下之言唐画者，莫如成都之多，就成都较之，莫如大慈寺之盛。"李之纯很喜欢大慈寺的壁画，他在成都做官的九年时间里，经常到大慈寺去观赏壁画。九年后，他离开成都，却还深感遗憾地说"而未见者犹大半"。还道：

画诸佛如来一千二百一十五，天王明王大神将二百六十二，佛会经验变相一百五十八，诸夹绅雕塑者不与焉。像位繁密，金彩华缛，何庄严显示之如是。

这个数据已是令人叹为观止了。如果再加上写生人物壁画、山水壁画，以及雕塑之类，想必也是可以与敦煌莫高窟壁画媲美的。

《益州名画录》大赞大慈寺壁画"精妙之极"。可惜壁画在明代毁于战火，成为千古憾事。

《益州名画录》还称："蜀之四主，崇奢宫殿，苑囿池亭，世罕其比。"说的是前蜀和后蜀两代皇帝，都是比较重视绘画，尊崇画家的。因此在成都地区陆续聚集起不少名画家，极大程度地推动了成都艺术事业的发展，令蜀地成为与南唐、吴越并列的绘画艺术中心。

湖畔书店

宽窄匠造所

孟昶很有才华，是成都历史上极具代表性的艺术人物。虽然宋人欧阳修所修的《新五代史》将孟昶形容得十分不堪，说他"好打球走马，又为方士房中之术"，还用一件莫须有的"七宝溺器"将孟昶钉在了耻辱柱上。但成都本地人提及他，却仍然好感颇多，因为这个皇帝为成都做了太多的好事。并且关于他的评价，单凭宋人之口，也不太客观。"成王败寇"的道理，历史总是一次又一次演绎，从来没有敷衍过。

而且，即便是在宋朝，也有如翰林学士张唐英对孟昶进行的客观评价。他曾说："昶幼聪悟才辨，自袭位，颇勤于政，边境不耸，国内阜安。"

宋人勾延庆在《锦里耆旧传》中评价孟昶，说："本仁祖义，允文允武，乃天下之贤主也。"

到了清朝，可以听到更加客观的评价了。清代历史学家吴任臣评价孟昶："后主初即位，颇勤政事……性复仁慈柔怀，每决死刑，多所矜减……迹其平生行事，劝农恤刑，肇兴文教，孜孜求治，与民休息，要未必如王衍荒淫之甚也。"

赞誉一片。

我们再来看一看《成都县志》。

其中有一段文字是明德元年（934年）十二月孟昶下的一道诏令，叫《劝农桑诏》。这是一篇非常具有文艺范儿的诏书，其文简短精练，用词生动，有着文人独特的机巧与雅致。

> 刺史县令其务，出入阡陌，劳来三农，望杏敦耕，瞻蒲劝穑。春鹠始啭，便具笼筐。蟋蟀载吟，即鸣机杼。

是什么意思呢？也就是说，你们这些当官的都给我听好了啊，你们到基层去工作，要到田间地头去。如果看见杏花开了，菖蒲生长起来了，你们就要把种子送到农民的手里去，要及时耕种，不要耽误农耕时节。听到黄鹂啼鸣了，就要备好农资迎接农忙了。如果听到蟋蟀唱歌了，就要做好手工生产来度过农闲时分。

原本絮絮叨叨、苦口婆心的内容，却被孟昶写得如此浪漫诗意。这样一个热爱生活与艺术的皇帝，又怎么可能是个昏君呢？

抛开孟昶抓教育、治官场、规范官员行为等政事，再来看看他对文化艺术的贡献。

孟昶是一个儒雅风流的人，其人"美丰仪，喜猎，善弹，好属文，尤工声曲"，被誉为是艺术性极强的文人皇帝。他对儒学的发展做出了极大的贡献，还因雅好丹青而设立了"翰林图画院"。这家书画院，也是中国历史上最早的皇家画院。

除此之外，孟昶还推动雕版印书，使得书籍的出版和发行更快捷，流通更广。在他统治的时代，蜀地的蜀绣和蜀锦都达到了颇为完美的生产水平。因为沿江皆有女子濯锦，所以得名"濯锦之江"。这也是成都母亲河锦江名字的由来。

值得一提的是，孟昶还是我国对联的始祖。他写下了国粹中的第一副春联：新年纳余庆，嘉节号长春。

遗憾的是，在写下这副对联之后不久，后蜀便亡国了。

成都又别称"蓉城"，这个蓉城也是因为孟昶而得名。孟昶即位后，下令栽种芙蓉花。十年过后，芙蓉花树生长茂盛，花团锦簇，站在城上遥遥望去，犹如挂满红色的锦绣。

于是，成都又被称为"锦绣芙蓉城"。

在历史上，也许孟昶算不得是一个十全十美的好皇帝。但是作为一个成都人，他是一个非常懂得营造生活的文艺青年，也是一位有创意的艺术家，他以自己高深的文学艺术修养，为成都做出了美好的艺术规划，造福了后人。

现在的成都已经发展成一个世界闻名的艺术城市。在这座城市里，生活着许多了不起的艺术家，他们都在这里找到了人生的归宿。当然，艺术是没有定性的，就像流动的泉水，在不同的城市寻找着属于它们的方向。

芭莎 150 周年时
尚艺术大展

而成都，为这汪泉水安排了足以安放它们的海洋。

据统计，成都共有美术馆、画廊、私人美术馆、艺术馆等"艺术空间"200 余家。包括四川美术馆、四川省诗书画院（四川中国书画美术馆）、成都画院（成都市美术馆）、成都当代美术馆、成都现代艺术馆、成都蓝顶美术馆（新馆、老馆）、成都诗婢家美术馆、武侯祠美术馆、杜甫草堂博物馆诗书画院美术馆、文轩美术馆、岁月艺术馆、千高原艺术空间等传统知名美术机构，展出中国书画、当代艺术等作品；也有麓湖艺展中心（A4 美术馆）、麓山美术馆、红美术馆、大观艺术馆、浓园国际艺术村、明堂文创区、许燎源当代设计艺术博物馆等等。

各种类型迥异的艺术空间，与成都这座城市同声相应，蓬勃生长。它们统统都张开了怀抱，期待着热爱艺术的人们，奔向属于自己的理想家园。

当他们相逢，便能填补彼此生命的缺口，相辅相成，彼此成就。

芭莎 150 周年
时尚艺术大展

法国当代艺
术绘画展

走！听 NT Live 去

NT Live 是什么呢？

其英文全名 National Theatre Live 翻译成中文，便是英国"国家剧院现场"的意思。这是自 2009 年开始的一个开创性项目，属于新型事物。查阅了一下，它的目的在于通过放映的形式，向英国以及全球呈现当今世界舞台上最优秀的作品。"项目经由专业拍摄团队，对带观众的现场话剧演出进行录制，通过摇臂、滑轨、近景特写镜头，引领主视角拍摄，在后期制作中亦遵循严格的技术标准，营造身临其境的观感。简言之，就是通过银幕观看好的戏剧，把有限的优质戏剧资源以神奇的光影手段重现，延伸到你的面前。"

但不得不面对的现实是，戏剧无论在中国还是世界范围内都是比较小众的项目。国外戏剧电影选择落地的城市须得要城市有一定接纳新鲜事物的包容能力，以及对艺术的理解能力。

2015 年是"中英文化年"。NT Live 带着文化传播和交流的愿景，从英国正式来到中国，希望通过电影银幕奉献好的戏剧，希望能将有限的优质戏剧资源以神奇的光影手段重现并展现到观众面前，令观众感受到非同凡响的观影体验。

2016 年，NT Live 落地成都，令成都成为 NT Live 目前在中国西南地区唯一落地城市。NT Live 的中国发行方北京奥哲维文化传播有限公司总裁李琮洲在项目落地成都之初就表示："成都是一座充满文化创意、很有文化底蕴的城市，也是我们一直非常重视和渴望的市场。"

NT Live 在成都的正式首秀为"莎士比亚之光"，是由英国著名

成都大学校园内
的音乐卡座很受
年轻人的喜爱

东郊记忆大门外的
指挥家雕塑

演员"卷福"本尼迪克特·康巴伯奇演绎的莎翁经典悲剧《哈姆雷特》。首场放映当天，峨影 1958 电影城的巴可巨幕厅 300 多座爆满。

峨影 1958 电影城对观众构成做过简单的调查分析："专业的戏迷比较突出，往往对演出的剧目或者说这种形式早有耳闻。普通文艺青年数量最多，他们对身边很多充满文艺气息的事物都愿意尝试。还有一部分是粉丝效应，放《哈姆雷特》时，每一次卷福亮相都会引来粉丝的掌声，甚至尖叫。"

成都本土作家洁尘很喜欢 NT Live。她表示："吸引我们的，是国际一流剧院在剧作、编剧、导演、演员、制作、舞美、灯光、音效、摄影等各方面全方位的水准和素质。"

本土学生戏剧社团东柳社的创始人兼导师柳月本人也是 NT Live "铁粉"。她说："我觉得戏剧中所包含的永恒议题是不会被时间、空间所改变的，我们质朴地希望用更多有趣的接地气的方式，把它重新创作出来，希望通过这样的表达，能够使观众翻开书架上的那一本莎士比亚，重新走进莎翁的蔷薇花园。"

契诃夫说："艺术给我们插上翅膀，把我们带到很远很远的地方。"

白朗宁说："艺术应当担起哺育思想的责任。"

科克托说："艺术是活的科学。"

成都肥沃的艺术土壤足以根植来自世界各地的文学艺术形式，来到成都，一定要去看一场最新最优秀的世界戏剧精品。

还有什么比伟大的艺术更能滋养生命、美化生活呢？

第二节 爱乐之城

丝竹不休的音乐史

唐朝上元二年（761 年），诗人杜甫作了一首《赠花卿》，送给他的朋友、彼时成都尹崔光远的部将花敬定。

诗是这么写的：

> 锦城丝管日纷纷，半入江风半入云。
> 此曲只应天上有，人间能得几回闻。

说的是什么呢？说的是锦官城里每日音乐声轻柔悠扬，一半随着江风飘去，一半飘入了云端里。这样美妙的乐曲只应该在天上才有，这人世间的芸芸众生哪里又能听见几回呢？

还有一首《成都府》：

> 翳翳桑榆日，照我征衣裳。
> 我行山川异，忽在天一方。
> 但逢新人民，未卜见故乡。
> 大江东流去，游子日月长。
> 曾城填华屋，季冬树木苍。
> 喧然名都会，吹箫间笙簧。
> 信美无与适，侧身望川梁。

鸟雀夜各归，中原杳茫茫。
初月出不高，众星尚争光。
自古有羁旅，我何苦哀伤。

　　这两首诗当中都有和音乐有关的诗句。杜甫于公元 759 年冬天来到成都，并客居于此，算是唐朝"蓉漂"一族。当时的蜀地便已经是热闹非凡的闲逸之状，管弦丝竹之音，不绝于耳。晚唐时期，诗人卢求在《成都记·序》中也记载了当时成都"管弦歌舞之多，伎巧百工之富"的场面。左思在《蜀都赋》中写："纤长袖而屡舞，翩跹跹以裔裔。"大诗人陆游来到成都，也不由得发出"丝竹常闻静夜声""深夜穷巷闻吹笙""韶光妍媚，海棠如醉，桃花欲暖。挑菜初闲，禁烟将近，一城丝管"的感慨。

　　陆游好歹也是见过大场面的人，然而到了成都，竟然也是走一路，听一路，满城都有丝管音乐之声，实在是令他太震惊了。

　　历代以来，成都都是音乐盛世，与其他城市的气质多少有些不太合群。正因为这份"格格不入"，才给文人墨客们留下了极其深刻的印象，创作出许多流传至今的千古绝唱。

　　到了前蜀皇帝王建的时代，更是将成都音乐之都的气象，表现得淋漓尽致。

　　这得从王建棺床上的石刻浮雕"二十四伎乐"说起。

　　成都永陵博物馆藏有石刻"二十四伎乐"浮雕，这是我国迄今考古发现的唯一完整反映唐代及前蜀宫廷乐队的文物遗存。浮雕上的 22 位乐伎，有的弹琵琶，有的弹箜篌，有的吹觱篥，有的吹横笛，有的打羯鼓，有的敲铜钹，有的摇鞉牢……

　　再看仔细一点，你会发现，这些姑娘们手中所持的乐器之广，竟然包括了南亚印度系统乐器、西亚波斯（伊朗）系统乐器、流行于中国西北至阿富汗一带的传统胡乐乐器、中国中原传统乐器及西南少数民族乐器。这座城市要有多么热爱音乐，才能聚集如此之众的各种乐器呀。这些成都古乐的"活化石"，作为强有力的证据，证明了成都作为唐宋音乐之都的重要地位。

不仅如此，王建宠妃（徐氏）花蕊夫人的系列《宫词》中，也有"管弦声急满龙池，宫女藏钩夜宴时""夜夜月明花树底，傍池长有按歌声"……这些表达彼时蜀地音乐歌舞盛行的诗句。

到了后蜀时期，又不得不再提到一个人。这个人便是我们上一章特别提到的艺术代表——孟昶。

在混乱如麻的五代十国时期，中原走马灯似的换着皇帝，唯独蜀地偏安西南，远离战乱，成为首善之区。因为蜀地安稳，皇帝开明，所以吸引了乱世中前来投奔的大批文人雅士。也正因为这些文人雅士的到来，蜀地经济与文化迅猛发展。国家安定，生活富足，老百姓的日子自然也就过得丰富多彩。

前蜀僧人贯休在《寿春节进大蜀皇帝五首》中写道："家家锦绣香醪熟，处处笙歌乳燕飞。"北宋学者张唐英的《蜀梼杌》中也有记载："屯落间巷之间，弦管歌诵，合筵社会，昼夜相接"。

这些，都是成都在古代作为音乐之都存在的证据。

这一切，孟昶功不可没。

之前我们知道，孟昶是皇帝、画家。不知道的是，其实孟昶还是一位音乐人。他好音律，爱填词。每有新词，都要谱成曲。

> 御制新翻曲子成，六宫才唱未知名。
> 尽将齎策来抄谱，先按君王玉笛声。
> ……
> 御按横金殿幄红，扇开云表露天容。
> 太常奏备三千曲，乐府新调十二钟。

这是孟昶的王妃，被誉为中国古代四大才女之一的（费氏）花蕊夫人所作的《宫词》之一。

也就是说，皇帝的一首新曲才刚刚谱成，连曲名还不知道呢，

丝竹路以音乐元
素打造的一条人
文景观街

六宫就已经开始传唱了。她们不仅传唱，还要迅速编排舞蹈，官方还要组织举办音乐会。

因为后蜀皇家著名音乐人孟昶的热爱，所以蜀国上至公卿大臣下到士民百姓，也都热爱上了音乐，以至于音乐的发展到了登峰造极的程度。后蜀广政三年（940 年），后蜀文学家赵崇祚编选的晚唐至五代词总集《花间集》成书。全书共分十卷，选录了温庭筠、皇甫松、韦庄等十八家词作共五百首，相当于当时的歌词集子。

这个集子，一千年后，作为音乐爱好者的我，也收藏了一本。

后来，为了避免杀戮，后蜀降宋。蜀王宫乐师当中，有 139 人被选入宋朝初年所建立的教坊，占据教坊总编制的 1/3 份额。

显然，蜀乐师是宋朝初年国家音乐传承的中坚力量。

再往后走，北宋词人仲殊词云"成都好，蚕市趁遨游。夜放笙歌喧紫陌，春邀灯火上红楼，车马溢瀛洲"。北宋词人柳永描写成都亦是"地胜异，锦里风流，蚕市繁华，簇簇歌台舞榭"。

这些著名诗篇都将成都浓郁的音乐文化氛围描写得淋漓尽致。

但，坦白说，唐宋都并不是成都音乐史的起点。

我们且将镜头再往前推两千年，来到广汉三星堆遗址与成都金沙遗址。

在三星堆遗址和金沙遗址，都有出土一些铜铃。这些铜铃，是成都平原最早的音乐证明。

当然，不只这些。我们还有更为铿锵有力的证据。

时间来到 2006 年，在成都金沙遗址的考古现场，考古工作人员在磨底河南侧梅苑祭祀区的一个探方坑内发现了一大一小两块石片。这是什么呢？

经过专家确认，这是我国古代重要的乐器——石磬。

磬是什么？磬在远古时代又被称为"石"和"鸣球"，是一种十分古老的石制打击乐器。我国古代典籍《礼记·乐记》就有说到"石声磬"；到了唐代，孔子第 31 世孙孔颖达解释道："石声磬者，石磬也。"

《尚书·益稷》记："予击石拊石，百兽率舞。"

《诗经·商颂》记："既和且平，依我磬声。"

可见石磬的作用。

金沙遗址祭祀区出土的石磬，属于祭祀礼器。为什么一个乐器会成为祭祀礼器呢？因为在上古时候，先民们认为音乐是可以寄托他们的梦想，上达天听的。

复旦大学哲学学院教授王德峰先生说：

> 音乐是最高的"巫术"。一看到"巫术"这个字眼我们会觉得它是贬义词，因为我们总是拿科学和巫术对照，说巫术是一种愚昧。但我们误解了巫术的本质。巫术并不是人类在没有科学武装之前用愚昧的方法使自然听从自己。巫术本来也不是为了呼风唤雨，不是为了降服自然。原始人在行使巫术后便去劳动，去耕作或狩猎，并不以为举行了巫术仪式后就可以回家睡觉，土壤里就自然长出稻谷来，野兽就会任人宰割。巫术的作用是形成原始共同体的精神氛围。它是一种魔力，激发每个心灵的情感和意志，让生命的目标变得有意义。在音乐当中我们得到的是心灵的最高愉悦，这种愉悦无可名状。

音乐作为"巫术"的身份出现，是理直气壮的。它既是理想世界的捕梦网，也是意识通往现实的桥梁。

金沙遗址出土的石磬，是我国首次发现在祭祀遗迹中出土石磬的唯一例证，同时也是古蜀人在三千多年以前，就已经有了大型的祭祀仪式和比较规范的礼乐制度的有力证据。

而且，金沙石磬很有魔力，即便已经过了两三千年，仍然能够敲击，并且发出悦耳的声音。

在历史的长河中，还出现过在音乐界起到重大影响的诸葛鼓与雷琴。它们，都是在蜀地发明并且被广泛推广出去的。

成都的雷琴，从唐代开始，就影响了中国后续的制琴工艺和琴文化。我们现在能看到的古琴，最早是源于唐代。目前，保存至今的古琴只有十几张。而这仅剩的十几张古琴，又全部诞生在成都。

说到古琴，须得提到一个典型——"九霄环佩"。

"九霄环佩"是古琴中的精品，在 2003 年成功入选联合国人类口头和非物质文化遗产。这把琴，是盛唐开元年间四川制琴世家雷氏第一代（创始人）雷威制作的，在公元 756 年唐玄宗的第三个儿子（唐肃宗）的继位大典上用过。

在这张琴上，还有苏轼和黄庭坚的亲笔留名。

苏轼题诗"霭霭春风细，琅琅环佩音。垂帘新燕语，沧海虎龙吟——苏轼记"。

我目前虽无缘亲睹其容，却也在网上搜罗其视频观瞻，不知是否是喜欢苏子瞻的缘故，我竟觉得这"九霄环佩"与其他古琴颇有不同，其音质也更加饱含深蕴。这恐怕多少也有一些崇拜心理在里面。

再说到雷琴的创始人雷威，关乎他的事情有一件不得不提，可谓是传奇又有趣。

据说雷威选用松木的方式很特别，一定是要在风雪交加之夜，一定是一个人，一定要执一壶酒。装备齐全之后，雷威如劲松一般巍巍立于树畔，侧耳倾听风过树叶之声。尔后，他便可分辨哪一株是造琴的绝佳良材。

这行事作风，倒是颇像金庸、古龙武侠小说中的侠士。

相比之下，诸葛鼓的推广力度似乎就弱了一些。诸葛鼓通体使用铜制作而成，至今依然在四川、贵州、云南等省的一些少数民族地区流传，主要是在一些重要民俗活动中被使用。

看，成都的音乐史，一翻几千年，却只简略书写寥寥几页。

黑格尔在他的《美学讲演录》中说："如果我们把美的领域中的活动看作灵魂的解放，摆脱限制和压抑的过程，因为艺术通过供关照的形象可以缓和一切最酷烈的命运，使它成为欣赏的对象，那么，把这种自由推向最高峰的就是音乐。"

　　这是黑格尔对音乐的赞美，也是对自由的最高赞美。成都的包容性极强，与它尊重自由、热爱音乐、推崇艺术有着密不可分的关系。

　　施特劳斯说："音乐是人生的艺术。"

　　成都丝竹不休的音乐史，也是成都人热爱生活、懂得生活的另一种诠释。

音乐人孵化地

《宋史·地理志》说成都人，提到了"好音乐，少愁苦"。这说明了成都人的乐观主义精神和音乐密切相关。

《华阳国志·蜀志》载："九世有开明帝，始立宗庙，以酒曰醴，乐曰荆。"这是关于成都地区音乐记载的最早文献记录。

说的是在大约2700年前的古蜀国开明王朝时期一位蜀国国君的故事。传说这位开明王十分热爱音乐，不仅拥有宫廷乐队，还喜欢创作原创歌曲，自弹自唱。

《华阳国志》又载：

> 武都有一丈夫化为女子，美而艳，盖山精也，蜀王纳为妃。不习水土，欲去。王必留之，乃为《东平之歌》以乐之。无几，物故。蜀王哀之，乃遣五丁之武都担土为妃作冢，盖地数亩，高七丈，上有石镜，今成都北角武担是也。后王悲悼，作《臾邪歌》《龙归之曲》。

据说，开明王听说武都有一位美貌如花的女子（《华阳国志》记载的似乎是个男妖，幻化成为女子），便招来做了王妃，还为她写了一首《东平之歌》。但这位王妃是山精幻化而来，离开自己的家乡搞得水土不服，没多久便香消玉殒了。开明王伤悼不已，便为她谱写了《臾邪歌》《龙归之曲》来作纪念。虽然歌曲并未被保留下来，但这段故事，却流传了下来。

蜀王开明，当属成都有史记载的第一位音乐人。

绵延几千年的音乐基因，早已融入成都的山里水里空气里，滋养着世世代代的成都人，形成了成都人独特的生活习性与性格脾气。

于是，从古至今，于时代而言颇有影响力的音乐人，也总归少不了成都人的身影。

首先最有代表性的，当属汉代文学家司马相如。说司马相如是个音乐人，一点也不过分。他和卓文君的爱情故事便是从那首直率热烈又饱含深情的《凤求凰》开始的。

司马相如精通多种乐器。据《史记·司马相如列传》记载，司马相如宦游归蜀时，参加了临邛富翁卓王孙的宴请。当时的卓王孙算得上是国家数一数二的大富豪。但是大富豪家里却有个女儿新寡在家。司马相如想要求娶，便当众弹了两首琴曲。卓文君才貌双全，原本就是个精通音乐的女子。

文君窃从户窥之，心悦而好之，恐不得当也。既罢，相如乃使人重赐文君侍者（婢女）通殷勤。文君夜亡奔相如，相如乃与驰归成都。

卓文君对司马相如一见钟情，于是违背父命，与司马相如私奔了。这，算得上是音乐牵的姻缘线。

还有被誉为文学四大家之一的汉代辞赋家扬雄，也是一个古琴名家。他在西汉元始四年（4 年）写下了琴学专著《琴清英》，讲述了他得"清英"古琴的经历，以及其他在琴坊的一些逸事。《琴清英》是传世文献中第一部专门的琴学著作。后来又有了桓谭《新论·琴道》、蔡邕《琴操》。扬雄因此也算得上是一名音乐人。

到了隋代，是音乐家也是哲学家的何妥，十分擅长音乐，作清、平、瑟三调，又作八佾及《革卑》《铎》《巾》《拂》四舞等。

到了清代，川派古琴一代宗师张孔山，也曾于咸丰年间游至青城山中皇观入道。他后来长期寓居成都，传授弟子琴艺，并编订《天闻阁琴谱》，影响甚大。

四川现代著名音乐家、文学家、教育家叶伯和，是中国西南地区第一个教授西方音乐理论、五线谱、钢琴与小提琴演奏的音乐家，也是我国西南地区当之无愧的新音乐启蒙者与奠基人。

　　1915 年，叶伯和出任四川高等师范学校音乐科主任，主持开办了我国大学中的第一个音乐专业"乐歌专修班"。后来，叶伯和还举办昆曲、京戏、川剧演唱会等，以及钢琴、风琴、提琴、胡琴、昆曲、唱歌六个补习班，组建了成都第一支中西乐混合乐队，举办了成都最早的声乐演出。

　　1927 年，叶伯和在我国西南地区举办了"德国音乐家贝多芬音乐会"，用以纪念贝多芬逝世一百周年。

　　1932 年，叶伯和发起成立了成都第一家民间乐社"海灯（海顿）乐社"。乐社成员每个周末都在叶伯和家中排练，平时在学校与电台演奏贝多芬、海顿、柴可夫斯基等大师的名曲。他是成都近代史上的传奇人物，也是成都音乐史上无法磨灭的印记。

　　到了当代，如廖昌永、李宇春、张靓颖、张杰、戚薇、郁可唯、王铮亮等青年一代的音乐人，更是层出不穷，为我国的音乐事业贡献着自己的力量。

　　同时，成都作为一个音乐人孵化基地，也一直在路上，步履不停。

　　2017 年 12 月 13 日，"创业天府·菁蓉汇"音乐产业专场活动在武侯区举行，中国三大营运商音乐联盟正式成立，10 家音乐人工作室及音乐人公司签约入驻武侯区"音乐产业孵化器"。

　　2018 年 3 月 12 日，酷狗音乐孵化器新生态暨酷狗直播生态链发布会在高新区菁蓉国际广场举行，这里是成都市政府打造的中国"音乐之都"基地，占地 3000 多平方米，集音乐训练、直播、创意孵化等服务于一体。青桔音乐、银河音乐、文轩音乐等 40 余家知名音乐公司和近百位音乐从业者出席了此次活动，要为音乐人的梦想安一个家。

　　2021 年 3 月 24 日，"追梦行动——成都青年音乐文化孵化计划"

在成华区猛追湾城市更新书店正式启幕。

…………

诸如此类，还有很多。

音乐是具有魔法的，它可以令寻常之物，变得不再寻常。

中国当代作家、画家冯骥才说："你每次上路出远门千万别忘记带上音乐，只要耳朵里有音乐，你一路上对景物的感受就全然变了。它不再是远远待在那里、无动于衷的样子，在音乐撩拨你心灵的同时，也把窗外的景物调弄得易感而动情。你被种种旋律和音响唤起的丰富的内心情绪，这些景物也全部神会地感应到了，它还随着你的情绪奇妙地进行自我再造，你振作它雄浑，你宁静它温存，你伤感它忧患，也许同时还给你加上一点人生甜蜜的慰藉，这是真正知友心神相融的交谈……它河湾、山脚、烟光、云影、一草一木，所有细节都浓浓浸透你随同音乐而流动的情感，甚至它一切都在为你变形，一幅幅不断变换地呈现出你心灵深处的画面。它使你一下子看到了久藏心底那些不具体、不成形、朦胧模糊或被时间湮没了的感受。于是你更深深坠入被感动的漩涡里，享受这画面、音乐和自己灵魂三者融为一体的特殊感受……"

看，音乐其实就是灵魂的一部分。

音乐走上街头

成都，被誉为"爱乐之城"。

因为有着极其良好的土壤，所以成都的街头文化也愈发兴盛起来。由于街头艺人过多，以至 2018 年 3 月，成都市公开向社会招募艺人，将艺人组织起来，用规范化的管理让艺人在街头"持证上岗"。

如今只要你走向城市的中心街道，总能看到散落在大街小巷的街头艺人，他们的身份可能出乎你的意料，他们有的是工程师，有的是老师，有的是音乐人，有的是农民。

但是在音乐的世界里，他们不再有某种职业身份，他们是完全属于自己的。他们热爱音乐，热爱自我，追求梦想，通过歌声传达自己的情感，用独特的艺术方式去表达自己，同时也治愈他人，温暖城市，是另一种形式的"一城丝管"。

"四川在线"在 2021 年 11 月 19 日，有一篇专门记录成都街头音乐人的采访报道。

其中有两个例子，特别引人注意。

首先是郭颂兰。郭颂兰是一位声乐艺术硕士，她本身也是有职业的，在四川省歌舞剧院做音乐剧演员，曾经演出过许多优秀的音乐剧作品，在音乐剧《青城山下》《美神甘嫫阿妞》《我是川军》《熊猫秘境》《麦琪的礼物》中都担任着重要的角色。

她是成都第一批街头艺人。

和大多数年轻人没有什么区别，郭颂兰喜欢猫，喜欢在朋友圈分享自己生活的点点滴滴，喜欢和朋友聚会撸串吃小龙虾，也喜欢直播，分享生活与音乐。

天府广场地铁口外
随处可见音乐协会
小伙伴们的身影

但与其他街头艺人不同的是，郭颂兰是唯一一位把音乐剧带上街头的艺人。

报道说：

> 2018 年的五一假期，她第一次站在成都市宽窄巷子，把自己喜欢的经典音乐剧唱段分享给了来来往往的路人。《妈妈咪呀》《小美人鱼》《美女与野兽》《悲惨世界》《冰雪奇缘》……这些闻名世界的音乐剧中的唱段，随后成为她时常演唱的内容。

音乐剧，是一种现代的舞台综合艺术形式，其主要构成元素是戏剧、音乐、舞蹈。由于需要购票才能欣赏，所以音乐剧于寻常人来说，是颇为高冷的一种存在。

郭颂兰是破冰人，她带着自己喜爱的音乐剧走上了街头，纯粹出于向观众表达艺术的目的而进行演出。

并且，为了让从未走进剧场的观众看懂音乐剧，理解到歌曲的情感，郭颂兰在每次演唱之前，都会做一些铺垫工作。比如，她在演唱《小美人鱼》片段《Part of your world》前，会告诉观众，剧中讲述了小美人鱼特别羡慕人类生活，所以想成为人类世界的一部分。

郭颂兰演唱前充满趣味性的讲述，再加上她在表演中表情、动作的运用，吸引了众多的观众，大受欢迎。

郭颂兰也很享受这个过程。据她讲述，有一次在高新区凯德广场的演出结束后，观众里一位戴眼镜的小姑娘向她走来，送给了她一杯奶茶。由于两人都喜欢音乐剧，于是有了很多话题，兴起时，小姑娘还展示了自己的手机壳，上面印着百老汇经典音乐剧《汉密尔顿》的剧照。郭颂兰对此非常感动，"原来，我真的可以向更多人推荐自己喜欢的音乐剧！"她觉得自己的演出得到了自己想要的价值。

宽窄巷子，波兰
小伙街头艺演

另一个街头艺人代表，名叫阿黎，毕业于西南财大传播学专业，是个硕士。她如今的身份是一名高校教师。

阿黎从小就很喜欢音乐，一直都很羡慕能在街头进行表演的艺人，她同所有音乐爱好者一样，都渴望能够拥有属于自己的一方舞台。到了 2020 年，阿黎拿到了街头艺人上岗证，加入了街头艺人大家庭，梦想得以成真。

成都是一个容易成就梦想的城市。阿黎说："不管是舞曲、爵士、流行或摇滚我都喜欢，最近会更偏爱波萨诺瓦，因为我们乐队打算把好多流行歌都改成这种律动性的感觉，很有氛围感。

"现在我常在街头演出，收到过各种各样可爱的小礼物，还遇到过形形色色的人，有人听我唱《关于郑州的记忆》在街边放声大哭，有人听我唱《成都》在广场上随性起舞，还有很多情侣喜欢依偎在我面前听我唱甜蜜的小情歌，狗粮喂饱。"

阿黎很享受街头艺人的生活，常常会遇到一些匪夷所思，或者有趣的事情。有一次，她正唱着歌，忽然来了一位阿姨，竟然一把就将她的话筒抢走，然后大约是发现自己"小人之心"了，便对阿黎说了一句："哦，不是假唱哇！不好意思哈，妹儿！"

四川人天性率真有趣，阿黎并不为此生气，反而以此为荣。这足以说明，她的歌唱得是真的很好，所以才会有人怀疑她是假唱。

像郭颂兰与阿黎这样的街头艺人，还有很多，每个人都渴望能够在成都这个舞台实现自己的音乐梦想。而成都，也用豁达的胸襟，张开了怀抱，尽己所能，让每个人的梦想得以实现。

2019 年，在中华人民共和国成立 70 周年之际，200 名街头艺人、本土艺术家走上街头，举行"礼赞祖国·律动成都——'天府之歌'推广传唱活动"。艺人们在各个重要点位进行传唱活动，与市民互动，60 个点位全城开花，用歌声礼赞祖国，用音乐凝聚成都力量，用天府文化展现成都精神。

桂溪生态公园绿道街
头音乐节现场

万象城乐队演出

Live House 躁起来

Live House 是一个容易被大众误解的地方，常常有人认为它是酒吧、音乐餐厅，或者将它与夜店等场所混为一谈。实际上，它的功能完全可以用"小众演出场馆"来做概括。

Live House 最早起源于日本，它的规模也会根据场馆的大小、可容纳的人数而定，有些可以坐两三百人，有些可以坐一两千人。看老板的实力与选址的缘分。

和普通的酒吧不同，Live House 一般都有顶级的音乐器材和音响设备，以及完善的舞台规划能力，观众可以近距离欣赏各种现场音乐，它的演出气氛有时候甚至远胜于大型体育馆的效果。

在日本及欧美等地的城市中处处可见大大小小的 Live House。这已经成了国外乐迷习以为常的一种生活方式。

至于中国是何时引进的呢？应该是千禧年。千禧年，第一批 Live house 在北京落地。后来，这一发源于日本摇滚新浪潮时期的功能性空间，在中国各个城市进行探索，试图寻找到一方沃土，向下扎根，向上生长。成都，作为中国最时尚、最包容、最懂年轻人的城市之一，也以其独特的城市魅力，迎来了众多风格各异的 Live House。

比如被誉为"国内第一音乐现场"的 MAO Live House，是 2019 年来到成都的。在这里，它已经举办过包括旅行者、姜云升、Galen Crew 等知名音乐人在内的现场演出，在成都的音乐爱好者圈子里具有一定的影响力。

在成华区，属于音乐行业的代表之一的"CH8 右独空间"也比较具有特色。虽然一时之间也不太明白这个店名的具体意思，但了解之后也会觉得蛮有意思。它是指一种未知而神秘的元素，可以让人中毒上瘾爱上一个地方；"冇（mǎo）"是粤语里无的意思，"冇独"是指在这里没有孤独。

也许是因为音乐，因为人群，因为共鸣，所以这里才没有孤独。

除此之外，成都的 NU SPACE、正火艺术中心、家吧 JAHBAR、蒸汽旅社等都是喜欢无拘无束，喜欢自然而然的年轻人们心中相对理想的音乐场所，是能够令生命得以释放的地方，一个可以与熙熙攘攘的人世间隔绝开的空间。

成都的 Live House 还在不断生长，我们在其中听到了恣意的声音，看到了自由的形状，以及昂扬蓬勃的生命力。

第三节 世界音乐之都

当民乐遇到交响乐

交响乐是包含多个乐章的大型管弦乐曲，一般是为管弦乐团创作，按照四乐章的奏鸣曲式套曲形式写作，从意大利歌剧序曲演变而成。其代表作品有贝多芬《降 E 大调第三交响曲》与《C 小调第五交响曲》等。

而民乐，全称"民间音乐"，也被称为民间歌谣、民俗音乐、民间短篇诗歌等，或者也叫民族音乐，顾名思义，就是由广大人民群众在漫长的历史过程中，通过口口相传而流传下来的音乐形式和音乐作品。无论是使用的乐器、演奏的乐谱，还是演奏形式，都有着极强的民族性和地域性，与当地的民俗习惯相融合，与当地的民俗活动相融合，是本土文化产物。

民乐独奏是完全没有问题的，比如二胡、古筝、长笛、箫、笙等，每一个都能够独自演奏完整支曲子，并且非常完美，令人沉醉其中。

这种魅力是西洋乐器无法替代的。

有人评论说："民乐讲究的是意境和独特的韵味，交响乐在气势和欣赏性上占优势。很多时候，民乐更像是在幽静地倾诉着灵魂，交响乐演绎的是华丽高贵的诗篇。"

民乐与交响乐是完全不同的两种音乐风格，原本八竿子也打不着，但音乐是相通的，将它们结合起来，也能产生非同凡响的效果。

成都这座敢于尝试、包容性极强的城市，自然不会错过这种大胆的尝试。

2017 年 5 月 26 日，由四川交响乐团原创的大型混编交响乐套曲《上善蜀水》在成都上演。作为特约作曲，四川音乐学院作曲系教授杨晓忠的目标很明确："以水为主线，反映巴蜀文化及其人文情怀。"

在《上善蜀水》五个乐章中，杜甫的经典诗句《春夜喜雨》最为特别，除了混声合唱，还加入了川剧领唱。"这首诗本身写的就是成都的春季，有很浓厚的四川特色。而川剧又极具地方特色。"

杨晓忠说，在西方国家，合唱的领唱用自己的语言、具有本地特色的唱法是很正常的，所以用川剧领唱其实也并不是稀奇事。为了使得音乐更加纯粹，他采用了弦乐队加两支长笛、两支竹笛。而《川江放歌》，为了凸显气势，杨晓忠在乐曲的结构上增加篇幅描绘"闯滩"等气势磅礴的场景，还增加了两个琵琶的互动，使音乐的戏剧张力更强。

民乐与交响乐的完美融合，也代表着成都敢于追求极致的创新精神。

在成都，音乐无国界。

音乐地标"上新了"

作为最爱音乐的城市，成都有很多音乐地标。来到成都游玩，音乐爱好者们不妨去走走看看，感受一下现代人的"丝管满城"。

首先要推荐"音乐广场"。

音乐广场位于锦江公园，也是锦江公园的重要环节。在这里，主要是通过增绿增景，植入音乐、商业等新业态，焕变出"音乐元素＋现代景观"的新空间。

在新改造好的音乐亭里，音乐爱好者可以在这里纵情歌舞。如果想喝咖啡，旁边的 LeCafe 就可以点。

其实，买杯咖啡，拿上一本书，在一个风和日丽的下午，待在音乐公园的长椅上，静静地读书，静静地听着舒缓的民谣、爵士、轻音乐、钢琴曲等，是非常惬意的感受。

其次要推荐的地方，是音乐坊。

成都音乐坊位于成都市武侯区望江路街道，规划面积 1.2 平方公里。区域内拥有四川音乐学院、四川大学等高等学府。是一个由音乐专业人才、爱乐者、乐器培训及泛音乐商业等构成的国际音乐文化交流集群。2021 年 11 月 5 日，被文化和旅游部确定为第一批国家级夜间文化和旅游消费集聚区。

虽然上面这段介绍不太浪漫，过于官方，但它的实用意义是很大的。

再次就是露天音乐公园。

成都露天音乐公园位于成都市区北部新城，其定位是可以在露天举行万人大型户外音乐节等各类演出活动，同时兼具城市公园功能，是集休闲娱乐、文化演艺、旅游观光、大型聚会为一体的综合公园。

我去看过，走完整个公园，需要花两个小时的时间。

音乐是露天音乐公园的灵魂。这里除大剧场外，还有五个以琴、石、森、风、水等自然主题设计的小剧场，并且以森林、坡地等自然元素作为场地之间的"软隔离"，让商业与自然完美融合在一起，毫无违和感。此外，这里还具备休闲玩乐空间，并设置了五人制足球场、极限运动场、篮球场、咖啡厅、儿童游乐场、萌宠天地等，非常全面。

同时，在聚焦"三城三都"，打造文化地标的背景下，成都露天音乐公园正在打造名为"金海螺"的室内演奏厅。这一形似海螺的项目完成后，将由成都乐团驻场，预计可容纳 1000 左右观众。建设者希望这个高雅音乐演奏场馆建成以后，能令来访者感觉踏入公园就如踏进音乐的森林一般。

最后，还要再推荐一处非常有魅力的音乐新地标。

在成都县级市彭州的白鹿镇，有一个白鹿钻石音乐厅。这个音乐厅位于白鹿镇的中心，背靠"滴水岩"，面朝白鹿河，拥有绝佳的自然风光。

白鹿钻石音乐厅长约 113 米、宽约 56 米，总建筑面积约为 2300 平方米。设计师通过河流与白鹿镇对话，以创造演艺艺术活力轴及积极的空间环境与价值为愿景，用山水赋形，以音乐筑魂，构建了一个承载多种使用功能、灵活可变的露天剧场。

观众到这里来，可以在回归自然的森林式音乐厅中聆听自然，享受音乐，感受美景。

由此可见，助力成都打造国际音乐之都，成都各地一直在努力。

1400 座的音乐厅

第五章 昼短欲将清夜继

第一节　成都奇妙夜

成都夜生活史

很多外地朋友首次到成都来，都会被成都的夜生活给惊住。前不久还有一位外地来蓉的朋友在半夜给我发消息，不可思议道："天哪，成都的火锅店居然半夜都还开着，还那么多的人去吃！他们晚上都不睡觉的吗？"

可真是大惊小怪了。

成都夜生活在国内一直都是排名在前。

2019 首届成都夜经济发展论坛发布的《全国不夜城榜单》显示，成都夜生活位居中西部首位。没有体验过成都的夜生活，就不能自称来过成都。更值得一提的是，成都的夜场生活，从古至今，一直都是城市界的佼佼者。

北宋僧人仲殊曾写下《望江南·成都好》，描述成都夜生活：

> 成都好，蚕市趁遨游。
> 夜放笙歌喧紫陌，春邀灯火上红楼。
> 车马溢瀛洲。
> 人散后，茧馆喜绸缪。
> 柳叶已饶烟黛细，桑条何似玉纤柔。
> 立马看风流。

仲殊所写，乃是千年以前的成都夜生活。

千年以后的成都夜生活，自然是更加精彩。

首先，比"春邀灯火上红楼"的夜景更美的是，成都市的光照工程。到了夜里，光华大道灯火通明，琴台路流光溢彩。天府广场、宽窄巷子、水井坊、文殊院历史街区、锦江公园、熊猫绿道、锦城绿道、双流国际机场、天府国际机场、火车东站、火车南站、金沙遗址，一环路、二环路、三环路、绕城高速……无一处不是灯光如昼。

别的城市是分区域主打夜生活，而成都却是大街小巷，无处不在的夜生活。

"夜游锦江"是乘船观赏成都夜景的新方式。每一艘游船都被装扮得古色古香，静静停泊于岸边。锦江两岸，灯火璀璨，倒影落在水面，映衬着河景格外地浪漫迷人。

另外，同是"锦"字头的"锦里"，夜景也是别具特色，要比白天更多一些蜀汉风情。

在不算特别长的古街上，挂满了大红的灯笼。两边的商铺，除了有卖各式商品的，还有安排了川剧表演的川菜馆。这些川菜馆非常受欢迎，挤满了喝茶的、听戏的。倘若你是身着古装来的，不妨在锦里街头走一走，会令你仿佛回到了古代的集市。

锦里是因何而来的呢？

秦代，"移秦民万户入蜀"，这些移民里就包括大批的织锦工匠，他们的到来，促进了蜀锦的发展。随着历史的推移，到了汉朝，朝廷又在成都设置了"锦官"。顾名思义，"锦官"就是专门管理官营织锦生产的官员。由于官营场地规模越来越大，为了加强管理和保护，主管官员便在工场外筑城设防。时人谓之"锦官城"。成都后来被称为"锦城"，便是由此而来。

而古人利用流经成都的岷江水濯锦，且濯锦者沿江不绝，使江水五光十色、艳丽似锦。于是这条江，又被称为锦江。至于买卖蜀锦的集市，则被称为"锦市"；而织锦工匠居住的地方又被称为"锦里"。锦里，便是因此得名。

这些故事，在很多古籍里，都有记载。

东晋常璩的《华阳国志·蜀志》记载："锦官城'锦江织锦濯其中则鲜明，濯他江则不好，故命曰锦里也'。"

到了唐代，卢照邻的《文翁讲堂》讲："锦里淹中馆，岷山稷下亭。"

宋代句延庆撰写的《锦里耆旧传》、清张邦伸撰写的《锦里新编》，也皆是以"锦里"来代表成都。

所以，"锦里"除了是现在我们认识的锦里之外，也曾经是成都的别称。

在成都三河古镇，有一个"民国风情街"，与锦里的风格极为相似，但是表现的时代却是不同的。喜欢逛古城老街的朋友，不妨穿上旗袍到那里看看，拍点"穿越时空"的照片。

如果不想走太远，只想在城里吃吃喝喝的话，那么我们可以从九眼桥开始耍起走。

九眼桥位于成都市锦江区，又名宏济桥。这里有酒吧一条街，是成都老牌夜店聚集地。

400多年前，时任四川左布政使的余一龙主持修建了一座九眼石桥。到了1988年，紧挨着九眼桥的位置又修建起了一座钢筋水泥大桥，这是成都第一座半互通的立交桥，被命名为新九眼桥。

但是由于安全原因，在1992年，古九眼桥被拆除，锦江上便只剩下一座九眼桥。

1999年，为了景观效果，在下游不到两公里的地方，又复原了一座古式九眼桥。这座古式九眼桥，被当作九眼桥的地标意义。

九眼桥酒吧一条街上，大多数是开了十年以上的酒吧。如巷子、蓝莲花、隔壁子、四合院、菲比、慢格、井介、廊桥等，一字排开。许多年前，我也曾和朋友们、同事们流连于此，大家天南地北地闲聊，玩着"天黑请闭眼"的游戏，消耗着属于下班时间的悠闲时光，直至深夜，再歪歪扭扭地走出酒吧，踩着昏黄的街灯归家。生活在成都多年的年轻人，想必都曾有过一段属于此地的青春回忆。

顺着酒吧街走下去，就是横跨锦江的安顺廊桥。

据说安顺廊桥的历史十分久远，远到甚至可以追溯到元代去。

我们再往东门走。

在东门，有个东郊记忆，这里的酒吧有着原始复古记忆和现代主义的音乐潮流，是成都酒吧文化的新地标。不仅酒吧风格比较文艺，许多酒吧也有驻唱歌手，还会不定期进行大型演出。而且，不光是在酒吧里才能瞧见演出，哪怕是夜里在东郊记忆的街道上四处闲逛，也随处可见流浪歌手自弹自唱。

这，是东郊记忆的特色。

离开东郊记忆，我们往南门走。

在南门芳沁街，也有酒吧一条街。这条街上的酒吧数量虽然不多，但在音乐圈里却颇负盛名。和别的酒吧不太一样的是，这条街的酒吧常常会有许多国内外的摇滚乐队大牌前来演出，气氛非常热烈。如果没有演出，酒吧就切换成安静闲逸模式，非常适合三五好友相约聚会聊天。

逛完芳沁街的酒吧，我们再听着赵雷的歌，循着《成都》的歌词，来到玉林路的尽头，来到小酒馆的门口。

前文说过玉林菜市场是成都市区最大的菜市场之一，足见玉林这个区域多么繁华。俗话说，有人的地方就有江湖。酒吧自然也是一样。因此在这一带，就形成了比较成熟的酒吧文化区域。小酒馆太火了，如今早已是外地朋友到成都来的打卡之地。这家酒馆是热爱摇滚的客人们的最爱，老板每周都有安排很多如摇滚、朋克、后摇、民谣类的演出。

在玉林西路，还有一家名叫萃坊 Still Fun 的威士忌酒吧。这家酒吧的调酒师颇有才华，其调酒技术高超，可以满足绝大多数客人的品酒需求。喜欢喝威士忌的朋友，应该会比较喜欢。

当然，除了流光溢彩的酒吧，玉林也是美食聚集地。

九眼桥
酒吧街

成都著名商标"玉林串串"就是从这里起家的。同时玉林夜市也不容错过，甚至也是邂逅爱情的好地方。为什么这么讲呢？放眼望去，玉林南路、玉林北路，玉林北街、玉林南街、玉林上横巷、玉林九巷等街坊巷，由于存在许多好吃好玩的项目，所以聚集了不少热爱小资情调的年轻人。有年轻男女的地方，就有月老拿着红线等着，上演爱情故事的可能性，自然就要大一些。

如果你是住在城西，那么夜生活的聚集地一般是在少陵路。少陵路有许多环境不错的清吧和慢摇吧，装修大多比较高端，提供比较高端的威士忌和珍藏红酒，有些店里还经常会邀请明星前来助阵。

成都的酒吧文化并不仅限于喝酒，在音乐上面，也是极下功夫的。成都兰桂坊便是其中一个比较具有代表性的存在。

成都兰桂坊完全复制了香港兰桂坊的模式，以酒吧娱乐为主题，以餐饮、购物为辅，是一体化的娱乐商业中心。这里有很多颇具情调的酒吧，也有很多充满活力、热爱生活的年轻人。

与老成都的九眼桥、流浪歌手的东郊记忆、文艺青年的玉林，以及高端消费者的少陵路相比，兰桂坊则显得更年轻、时尚、潮流、小资一些，是年轻人比较喜欢去的地方。

以上，是我对成都酒吧的介绍。篇幅有限，还有许多没能顾及，若要一一细数，恐怕又是漫漫星河。很希望善于发现的你自己去寻找，慢慢去感受，丰富多彩的成都酒吧生活，总有一个是你所热爱的。

兰桂坊

夜市的进化

赏完夜景，逛完酒吧，夜生活就结束了吗？并不。按照夜生活的常规流程来看，接下来我们可以移步到成都的夜市里吃个痛快。

成都夜市遍布各区，除了我们所知晓的锦里、春熙路、玉林路、宽窄巷子、一品天下等地，还有犀浦夜市、花篱夜市、望平街夜市、猫头鹰夜市、夜猫子夜市、萤火虫夜市、北门夜市……，不胜枚举。

但最有名的夜市，要数锦里。

锦里位于武侯祠博物馆旁边，主打的是三国文化。这条街全长550米，有茶楼、客栈、酒楼、酒吧……对了，赫赫有名的莲花府邸也在这里。

莲花府邸是一家以播放 LOUNGE 音乐为主的西餐音乐酒吧。谭维维、郁可唯、喻佳丽、王铮亮等歌手曾在这里驻唱。

此外，还有戏台、风味小吃、工艺品、土特产等充分展现三国文化和四川民俗文化的选项供你选择。

不过，若要推举成都夜市最具代表性的地方，当属春熙路。在我们少年不知愁滋味的岁月里，有泰半的时间，都贡献给了春熙路。

春熙路是一条历史悠久的繁华商业聚集地，位于成都市中心，是成都市的心脏，有着"百年春熙"的说法。在这里，有许多"中华老字号"，比如我们耳熟能详的钟水饺、龙抄手、赖汤圆、夫妻肺片、韩包子。这些老字号都是众口一致认证的美食，值得信赖。当然，这里也有年轻人比较喜欢的麦当劳、肯德基、必胜客、哈根达斯、曼联餐吧等可供选择。

玉林路与宽窄巷子，也都是市区美食和酒吧比较集中的夜市区。

锦里夜景

玉林路的夜市与玉林路的酒吧，相得益彰，互相成就，去过的人都知道。

而宽窄巷子的夜生活，则是另一种表达方式。

宽窄巷子由宽巷子、井巷子，还有窄巷子组合而成，是成都保存比较完好的清朝古街道，这里有许多青砖黛瓦的四合院，还有许多幽深的小巷子，是老成都民居的一个缩影。夜里到宽窄巷子来逛一逛，是很多成都本地人和外地朋友的首要选择，在这里除了吃吃喝喝，还可以到酒吧里去听听音乐。宽窄巷子有很多酒吧，马格鲜酿啤酒馆、隔壁子、比如、白夜等酒吧，都在这里。

离开市区，往周边的城区看去，还有一些比较特别的夜市存在。比如郫都区的犀浦夜市。

犀浦夜市位于西华大学旁边，十多年前曾去感受过其中的热情，真是从街头吃到街尾，吃到大腹便便，寸步难行。由于位于高校旁边，所以聚集了吃的穿的用的，琳琅满目，价格非常实惠。在这里，最受欢迎的美食是香香土豆、石烤鱿鱼、烧锅米线、坛子鸡腿，还有张记春卷。

对了，如果有幸遇到"川工第一漂"，一定要进去尝一尝。这道菜是我青春岁月里的美好回忆，至今回味无穷。

郫都区还有一个花篱夜市，也是非常值得一去的地方。

花篱夜市背靠学校，满大街都是吃的。最受欢迎的是曹氏鸭脖、瓦块香、水晶泡泡锅、爷爷鸡汤面等。这些名字很萌，光听名字便知道应该是很符合年轻人喜好的。

成华区也有颇受欢迎的夜市，在望平街和第五大道都有夜市。第五大道的夜市主要是依托旁边的电子科技大学，因为学生们的需求，所以这里从白天热闹到晚上，有烤猪蹄、肉夹馍、关东煮、销魂掌等特别多的美食。而望平街夜市，是重新打造过的。二十年前，我曾在望平街一带居住，当时满街小吃。如今的望平街和过去有很大的不同，经过改造之后，这边不仅有火锅、串串、咖啡馆、日料、

春熙路夜景

泰国菜、烧烤，还有茶室、书店、花店……来到这里，可以给你留下一个印象深刻的成都夜晚。

絮絮叨叨说了许多，成都夜市却还未一一数完，它们分布很广，历史也极其悠久。

查阅史料，夜市的起始应该是在唐朝。

中唐诗人王建《夜看扬州市》诗云："夜市千灯照碧云，高楼红袖客纷纷。如今不似时平日，犹自笙歌彻晓闻！"这证明在当时，就已经有夜市的存在了。

不过，和夜市有关的记载，在唐代以前却是没有的。不仅没有，在《周礼·秋官司寇》当中，还记录有一个"司寇氏"的官职。这个官职的主要任务就是根据星象的不同位置来区分夜的早晚，然后以此来告诉夜巡的官吏何时实行宵禁。

古代为什么要实行宵禁呢？一来是防火，二来是防盗。那个时候跟现在不一样，现代有电灯，那个时候只有烛火，所以火灾和强盗，也是层出不穷。为了避免引起大的灾祸，避免引起政权的动荡，从周朝开始，各朝各代都禁止晨行，禁止夜行。

唐朝初年宵禁时，各城、坊、门市必须在日落之前关闭，到了晚上不能随意在路上行走，一旦被巡视的人发现，就要被赏赐二十军棍。

长安城是国都，也是当时世界上最大的城市，城里一共有 108 个里坊，但仍然实行宵禁制度，时间从一更三点的暮鼓到五更三点的晨钟，以此提醒老百姓不要在街上随意走动。

这 108 个坊里只有一个叫"平康坊"的地方是不实行宵禁的。这个平康坊到底是个什么地方呢？在《开元天宝遗事》当中可以看到这样的记述："长安有平康坊者，妓女所居之地也，京都侠少，萃聚于此。"

那么作为"扬一益二"的"二"，唐朝大都会成都，当时有没有夜市呢？

当然是有的。但成都的夜市和长安的夜市相比，骨骼惊奇。

成都的夜市起源，应该是从大慈寺开始的。那时候成都的夜市虽然有萌芽，但是依旧受着制度的影响，很有局限性。直到安史之乱以后，坊市专卖和宵禁制度的限制有了松动，夜市才开始发展。

诗人陆游居蜀时，有感而发，著《剑南诗稿》记言：仅华严阁下，就"日饭僧数千人"。

宋代成都太守田况著《成都遨乐诗二十一首·八日太慈寺前蚕市》云："所以农桑具，市易时相望。"说的是大慈寺前又为集市栉比、商贾云屯之地，"市廛百货，珍异杂陈"。

明代官员曹学佺在《蜀中名胜记》中引《胜览》云：

成都古蚕丛之国，其民重蚕事，故一岁之中，二月望日，焉花木、蚕器，号蚕市；五月继鬻香药，号药市；冬日鬻器用者，号七宝市。俱在大慈寺前。

彼时的大慈寺一来为了方便香客，二来心生慈悲，便默许寺庙门前售卖的摊贩聚集，时间一久，便形成了"庙市合一"场景，十分繁华。与此同时，寺庙后面的锦江水运码头也为这个集市带来了人气。于是便有了繁华的"蜀中首街"东大街。

到了近现代，每到傍晚时分，东大街夜市上仍然有着各种摊位，这些摊位首尾相连，延绵整条长街。夜市上各种叫卖声此起彼伏，热闹非凡。夜市上出售的商品特别便宜，对于生活不富裕的人来说，无疑很有吸引力。去东大街夜市"淘相因"也是老成都人的夜生活之一，称为"赶东大街"。东大街夜市从黄昏开始，一直要到晚上十一点才会散去。

不过，彼时的东大街夜市，和现在多少还是有一些区别的。

当时大慈寺门前的夜市不只是售卖东西，还有夜读、诗会等文化交流活动。这些活动，现在已经被划分到酒吧、清吧、小酒馆里去了。但在当时，这些文化交流活动是夜市的主流活动。

商贩云集，游人如织，小吃、字画、铜器、首饰、乐器等琳琅满目。于是，又吸引来了更多的人。

到了宋代，成都夜市开始有了更进一步的发展。

宋代文人祝穆在《方舆胜览》中也有提到"登大慈寺前云锦楼观锦江夜市"。

《方舆胜览》卷五十一的《成都志》中就有记载："锦江夜市连三鼓，石室书斋彻五更。"

这证明当时商业已是极度繁华的成都，已经有了几个固定的大型市场，如灯市、蚕市、酒市、药市等。这些市场竟然要到半夜三更才会收摊歇业，而有的店铺，比如"石室书斋"，居然是要营业到五更天的。

五更便是凌晨四五点。啧啧，这不是夜市，是什么呢？

那时候的夜市和现在的夜市从本质上来说可能并没有多少不同，都是灯火通明，游人如织，各种吃的穿的玩的用的应有尽有。

到了宋朝，宵禁制度被取消，商品交易区与居住区相对隔离的限制也被放开，使得集市与人们的生活更加融合，夜市和夜生活也就迅速风行起来。在如此宽松的发展环境下，成都夜市也走向蓬勃。南来北往的客商都云集于此，由于发展潜力很大，许多人干脆就在成都住了下来，成为宋代蓉漂。

《成都方志》记载，到了宋代，成都的夜市上，"摊点一字排开，有卖卤猪脑壳、卤猪蹄子、卤牛肉的，还有大块大块黑乎乎的张飞牛肉、凉拌牛肉、卤鸡、卤鸭子、卤兔。不时，还传来一声声叫卖声。这些摊点有固定的，也有推车流动的；但不管哪种摊点，冬天和夏天卖的吃食都不一样。冬天一般是热乎乎的食物，如烧菜、焦皮肘子、石磨热豆花等，而夏天则多是凉菜，就像现在的冷啖杯，不过没有现在的麻辣烫、串串香、冒菜之类。"这些吃的与我们现在的夜市大体相同。

到了清代，《成都通览》记载成都夜市的场景："百物萃集，游人众多。"如此繁华一直延续，走过民国，走过近代，走到现代。

不过，成都夜市也曾在成都的历史里消失过一段时间。2003 年，整顿市容市貌，成都夜市一度整体消失，只剩下商场、酒吧、KTV 等供人选择。直到 2007 年 9 月 29 日，文殊坊古玩夜市开街，成都夜市才重回人间，并遍地开花，为成都人民的夜生活，重燃夜间烟火气，再添一片璀璨。

第二节　夜场景与新节庆

夜成都的"新场景"　新时代的"赶集"

说到"赶集"，不得不提到蜀地风俗"蚕市"。

蚕市源于蜀地第一代蜀王蚕丛。北宋黄休复《茅亭客话》卷九记述：蜀有蚕市，每年正月至三月，州城及属县循环一十五处。耆旧相传，古蚕丛氏为蜀主，民无定居，随蚕丛所在致市居。此之遗风也。又蚕将兴，以为名也。

说的是，古蜀蚕丛氏当蜀主之时，老百姓居无定所，所以一直跟随蜀王蚕丛进行迁徙。由于追随蚕丛的人太多了，以至于蚕丛所到之处，很快就变成了市集，人们或者在这里暂时居住，或者在这里进行蚕具兼及花木、果品、药材、杂物等交易。这种聚集，被称为"蚕市"。

后来，为了纪念蚕丛，以及延续这种风俗习惯，每年正月至三月，在成都州城和属县，循环开设蚕市十五处。关于"蚕市"的演绎，在成都金沙博物馆、广汉三星堆博物馆，都有模型室模拟。

"赶集"就是从蚕市演变而来。

成都的集市，在唐宋时期就已经颇具规模了。北宋句延庆辑杂史《锦里耆旧传》记载："甲寅蜀主与宰臣……降魏王，魏王遣李严于三市，慰谕军人百姓。"其中的"三市"是提炼的说法，实际

零点时香香巷
依然很热闹

上包括了四个城门的集市，时称"四市"。

《方志四川》记载："每天集市开始是以中午的三百声击鼓为信号，四面八方的人，或商旅或百姓就都聚集起来；及至还有一个时辰日落时，再击钲三百声作为结束信号。锦江区地处成都市区东南部，四门集市中有两门与之密切相关。"

"四市"也出现在一些诗词里。杜甫在《春水生》中写道："一夜水高二尺强，数日不可更禁当。南市津头有船卖，无钱即买系篱旁。"唐代诗人张籍的《成都曲》云："锦江近西烟水绿，新雨山头荔枝熟。万里桥边多酒家，游人爱向谁家宿。"宋代陆游《怀成都十咏》有"斗鸡南市各分棚""南市沽浊醪""南市夜夜上元灯，西邻日日是清明"等。

而散落于乡间的小集市，又被称为草市。小时候，我也随祖母去赶过草市，但那个时候不知道草市为何意，还以为是卖草的市场呢。

如今的成都，早已不需要通过开办市集来发展经济，无数个繁荣的商圈早就点燃了成都的经济。但各类市集仍然存在于成都，并且有着更多创新的发现，有些甚至带着文化传承的使命。

譬如春熙路文创市集，主要以非遗手艺为主。在集市上有许多非遗展品，手工艺品，可体验的非遗文化教学，可欣赏的城市美丽夜景，60多个可逛可玩的"民俗小摊"，以及传统蜀锦、蜀绣、漆器、竹编、银花丝的工艺展示……

提到蜀锦、蜀绣、漆器、竹编、银花丝，不得不再次强调一下，它们都是我平时四处溜达，遇到合心意款就要下手收藏的工艺品。闲暇时拿出来欣赏把玩，会收获许多美好的感受。

西村市集也很繁荣。不仅繁荣，还为更多的人提供了就业岗位。这里聚集了不少商家，摆满了琳琅满目的文创产品、特色饰品、潮流玩具等。

猛追湾集市共设有56个摊位，吸引、挖掘了各类手艺人、创业者。在促进经济发展的同时，也为实体商家提供了展示岗位。

除了这几个之外，在成都市郊以及卫星城，也有设置集市。当然，这些集市在现在是正经八百的大规模集市。但按照古代的标准来看，非城区内的集市，得被称为"草市"啦。

这，可是我童年的宝贵记忆啊。

打卡锦江夜游

锦江历史悠久。

四川师范大学历史文化与旅游学院教授谢元鲁先生曾写道：

> 李冰开凿的成都二江，秦汉时期称"汋流江"（或称检江）和"郫江"。
>
> 《华阳国志·蜀志》当中，描述了两千多年前锦江的繁华景象："秦孝文王以李冰为蜀守。……冰乃壅江作堋，穿郫江、检江别支流，双过郡下，以行舟船。岷山多梓、柏、大竹，颓随水流，坐致材木，功省用饶。又溉灌三郡，开稻田，于是蜀沃野千里，号为陆海。旱则引水浸润，雨则杜塞水门。故记曰：水旱从人，不知饥馑，时无荒年，天下谓之天府也。"

《太平寰宇记》卷七十二所载："濯锦江即蜀江，水至此濯锦，锦彩鲜润于他水，故曰濯锦江。"汉代蜀人在锦江水中漂洗蜀锦，被锦江水漂洗之后的蜀锦尤其美丽，因此这条江得名锦江。从西汉有锦江的记载到如今，锦江之名已有两千多年的历史。

锦江之美，历代到蜀的大诗人，无不作诗赞叹。

李白《上皇西巡南京歌十首》：万国烟花随玉辇，西来添作锦江春。

杜甫《登楼》：锦江春色来天地，玉垒浮云变古今。

苏轼《满江红·江汉西来》：犹自带、岷峨云浪，锦江春色。

陆游《风入松》：十年裘马锦江滨。酒隐红尘。

杨万里《送李君亮大著出守眉州》：似闻郎罢对薰风，忽思锦江荔枝红。

陈济翁（宋代诗人）《踏青游·濯锦江头》：濯锦江头，羞杀艳桃秾李。纵赵昌、丹青难比。晕轻红，留浅素，千娇百媚。照绿水。恰如下临鸾镜，妃子弄妆犹醉。诗笔因循，不晓少陵深意……

…………

漫漫星河，不可一一引用。

锦江在成都人的心中，有着十分重要的地位，被称之为哺育了一代又一代成都人，滋养了一个又一个时代成都文化的母亲河。

2019 年 4 月 25 日，"夜游锦江"开始试运营，将诗里的成都故事，照进现实。

如今"夜游锦江"的新航线已经由之前的线路延长至音乐广场。其设计非常美妙，以河堤为画布，在光影长廊的引领下，锦舟巡游、锦江水肆、水幕锦江等系列活动一一亮相，以锦江为舞台，民乐、歌舞、戏剧等表演轮番上演，让游客有沉浸式体验。

穿上古装，站在船头，似有穿越之感。

除此之外，在合江公园亲水平台的"锦江水肆"里，还有潮玩、咖啡、鲜花、AR 体验等业态，构建了成都首个水上美学市集……

著名设计师许燎源曾游览过巴黎塞纳河、伦敦泰晤士河等世界著名的河流，但在他看来，成都的锦江是最具美感的。他说："现在的锦江既有历史的记忆，同时也有当代的特征，从一定角度来说，锦江准确深刻地表达了我们这个城市的人民对美好生活的追求，它已经变成现实了。"

不是只有他一人如此认为。但凡生活在成都多年，视成都为家乡的人，都会如此认为。因为有爱，所以对它的一切进步，都会倍感欣慰。

当古香古色的乌篷船载着游客顺江而下，经过合江亭、兰桂坊、音乐广场、廊桥……现代建筑与诗韵古意在碧波荡漾中合而为一。

这一切，都在沿途悠扬的古乐中、美轮美奂的光影中，亦真亦幻，

锦江夜游

仿若梦境。

　　"锦江夜游"是主线，它的辅线还串联着都市休闲、东门集市、闹市禅修、锦官古驿四大片区，打造了"夜市、夜食、夜展、夜秀、夜节、夜宿"六大主题场景，令游客在其中感受"老成都、蜀都味、国际范"的生活美学体验。

　　成都很棒，把艺术和美，都还给了生活。

第三节　夜经济的 100 种可能

城市夜间经济，不能狭隘地以"夜市"进行概括。

从严格意义来讲，夜间经济是休闲经济的重要组成部分，其业态包括晚间购物、餐饮、旅游、沐浴、美容美发、休闲、保健、学习、教育、歌舞、影视、娱乐等，是第三产业的重要组成部分。夜间经济如果发展得好，可以带动购物、餐饮、文化、娱乐、观光、旅游、健身、交通等多行业的发展，同时还可以为城市居民提供更多的就业岗位，极大地缓解城市的就业压力，是城市经济发展的新支点。

1987 年，意大利政客 Renato Nicolini 在接受英国利兹贝克特大学文化政策和规划教授 Franco Bianchini 采访时表示："在西方，许多城市中心白天是办公和购物区域，但在下午通勤高峰后几乎变为'荒野'……企业的技术变革和政府部门的简政减少了晚间的工作。但是，从就业和财富两方面考虑，人们在夜间外出活动和社交具有潜在的生产力，因此，加强城市夜间经济发展格外迫切。"

这是 Bianchini 首次提到"夜间经济"（night-time economy）的概念。几年以后，"夜间经济"被学术界和政策界频繁提及。

20 世纪 70 至 80 年代，由于欧美城市去工业化，以及零售去中心化发展对城市中心的活力带来挑战，许多城市都出现使用文化政策来振兴城市夜生活的案例。随着人们要在城市中度过美好夜晚的需求日趋上升，夜间经济逐渐成为带动现代城市消费、塑造城市品牌形象的一个重要方式。

美国国家航空航天局（NASA）地球观测站不定期发布的地球夜

间灯光图，也成为判断城市夜间经济，以及生活质量的活跃度的一种依据。在这些图片上，英国伦敦、美国纽约、荷兰阿姆斯特丹、法国巴黎……散布于世界各地的"不夜城"，将原本黯淡的地球夜晚点亮，勾勒出全球城市的分布轮廓。

美国布朗大学的戴维·威尔 (David Weil) 和他的同事们发现，凭借灯光的变化情况就可以评估某国国内生产总值的变化情况。比如说某些国家经济增长迅速，新建了更多的基础设施，譬如街道照明等，那么到了夜间，就会打开更多的灯。而这些，在太空中都能看见。夜间经济越是发达的城市，这些灯照越是明显。

成都是 NASA 全球夜间灯光指数排名前十的城市，其夜间经济发展，却远不止于"吃吃喝喝"。

成都夜间经济发展至今，已经挑起了消费的大梁。

《2019 年中国白领夜间消费调研报告》显示，成都在餐饮、健身、美容等领域的夜间消费均排在全国前列。成都在"饿了么"口碑的夜间餐饮消费活跃度排名中位居全国第七，在大麦网晚间演出峰值时段观看统计数据中则排名全国第四，仅次于北京、上海、天津。

有数据显示，成都夜间消费在全天消费中的占比是 45%。灯火通明的成都夜晚，无论是购物中心，还是旅游景区，甚至是街边小吃店，都为经济的发展献出了自己的一份力。

2020 年，成都上榜"2020 中国夜间经济二十强城市"，拿下了第三名的好成绩。美团发布的全国夜经济报告数据，证明了成都的"硬核实力"——成都夜间消费总额和人均消费金额在国内城市中处于前列。关于这一点，资深宅女加赶稿狂魔的我，也算是有份参与。

2020 年 11 月 13 日，成都夜间经济示范点位"缤纷场景秀·活力成都夜"发布会上，100 个夜间经济示范点位亮相，开启了成都夜经济的一百种可能。除宽窄巷子、夜游锦江、远洋太古里等知名打卡点，为了营造更具"国际范、蜀都味"的氛围，更新添了融创文旅城等"新晋网红"。

这些点位覆盖夜间旅游景区、夜间视听剧苑、夜间文鉴艺廊、夜间亲子乐园、夜间医美空间、夜间乐动场馆、夜间学习时点、夜间购物潮地、夜间晚味去处、夜间风情街区等，共计十类消费场景。成都将运用多元的业态来打造一个成都特色的夜间经济城市 IP。

成都同步启动了"夜说锦官城"计划，邀请了有故事、有才艺的城市原住民以及蓉漂代表来担任"成都醒夜官"。

"成都醒夜官"是前无古人的一个新创举，这些"自来水"们会从整个城市的夜间消费场景、点位当中去选择自己最喜爱的点位，然后向大家推荐不同个性的夜游路线，甚至发掘和讲解城市独特人文故事、展现美好城市形象、凝聚人城互动活力。并且，"成都醒夜官"推荐的夜游路线，会通过线上互动视频、手绘地图、创意海报等形式发布，为游客呈现出成都夜游"全景地图"。

这些创举，是全新的，同时也让成都夜生活线上线下进行了深度融合，让科技与时尚交互共生，不断呈现多元化、差异化、特色化、品质化新趋势，与时代共进步。

在未来，成都的夜生活可能还会有一千种、一万种新形式。只要成都步履不停，一切皆有可能。

in the PARK

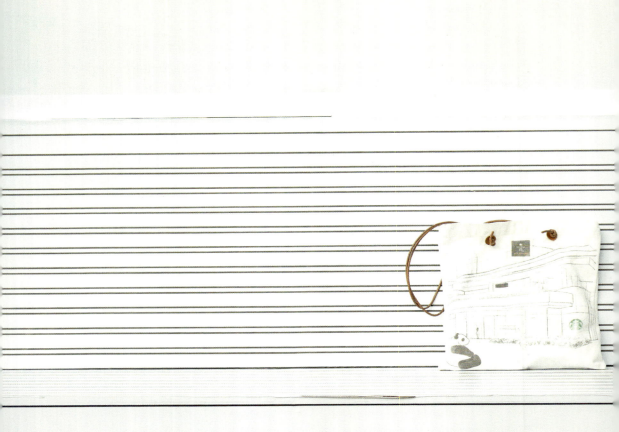

美学

创造

第六章 文翁石室有仪形

文翁石室有仪形，庠序千秋播德馨。
古柏尚留今日翠，高岷犹蔼旧时青。
人心未肯抛膻蚁，弟子依前学聚萤。
更叹沱江无限水，争流只愿到沧溟。

唐僖宗乾符五年（878 年），唐代文学家、传奇文学鼻祖裴铏以御史大夫为成都节度副使，开始了不长的成都仕宦生涯。

这一年，王仙芝的农民军攻破江陵。朝廷以检校尚书右仆射、江陵尹、荆南（今湖北江陵）节度观察使（荆南节度使）等衔急调高骈镇守江陵，裴铏以副职从事身份与高骈的官场亲密关系到此便告一段落，没有任何史料证明他们后来还会有共事的机会。黄巢在王仙芝后的折腾，将本就垂暮之年的唐帝国折腾得奄奄一息。

成都远离黄巢起义的中心，这倒是给裴铏的文学创作创造了一个相对安静的环境。在成都工作期间，裴铏前往文翁石室"调研"。面对这个和自己相隔了近千年的伟人及其思想教化遗迹，裴铏不可能不被触动，也不可能毫无诗绪。他索来笔墨，写下了上面这首影响后世的《题文翁石室》。

在我看来，他的传奇名作《聂隐娘》可以没有，但这首《题文翁石室》的律诗必须传世。因为他在这首诗中所题的要义，不仅仅关乎成都一地的文教振兴历史，更从一个人的精神面貌、一个社会的整体追求统合了微观与宏观的角度，提出了一个烛照千古的真理：只有良好的仪容和形体，才堪示范千秋。

他大约是看见了学子们聚于一室，在师者的循循善诱下，勤勉苦读的动人场景。教化千年，唐帝国治下的成都人民依然仰慕文翁的善德，而学子们也能主动积极学习车胤聚萤光以读书的精神，贫寒中不脱勤奋苦学的本色。裴铏在这首诗中展露出了极具远见的文化判断和审美眼光，他相信，不管时代如何变化，人们都会渴望接受良好的教育。

2022 年元旦后上班的第一天，夜晚十时，抵近小寒时节的成都街头清冷侵骨。石室中学校门口，结伴而出的学子们在轻松愉快地

交谈，他们背着书包、手持书卷，骑上自行车或委身钻进父母的轿车，言行举止落落得体而又从容自信。这是一个崭新时代的学子们对文翁教化下的个体仪容与形体追求的一种最好阐释。这是一种良好教化所呈现出来的美，也是一种直逼未来的力量。

第一节　成都人的教养

一个城市的文明高度，往往由居于其中的市民的教养程度决定。而具体到个人，它是由社会影响、家庭教育、学校教育、个人修养综合织成。

2017 年 9 月 12 日，一位网友在成都地铁 4 号线车厢内拍下了非常暖心的一幕：一个身穿粉色连衣裙的小女孩，左手拿着纸巾，右手握着零食，蹲在地铁车厢内认真地擦拭地上的水渍。据了解，小女孩不小心把水洒在了地上，为了不让其他乘客滑倒，自己拿纸一遍一遍地将地上的水擦干净。这一举动让不少网友感叹：这才叫文明出行！更多的网友则赞叹说：小朋友，你有教养的样子真好看。

这样的"有教养"应归于人的举止行为之美的范畴，一个人而至一群人，一群人而至城市整体气象，真是窥一斑而见全豹。

一直以来，共享单车遭受人为损坏的新闻屡见不鲜。例如，把共享单车私有化，肆意破坏共享单车，把共享单车丢进河里、挂在树上等不文明的行为层出不穷。

一个背着书包的小男孩主动扶起了倒在地上的共享单车。由于一辆共享单车的车撑坏了，无法在地上立住，小男孩又费力地将车子拖到树边，将车靠在树上。

这些有教养的孩子背后的家庭教育和学校教育应该是非常好的，但不容否认的是，其个人修养的体现，离不开社会的影响，即社会整体环境对个人行为的影响，这就要归功于成都这座城市较为深厚的城市文脉对社会群体的整体熏陶。

城市文脉溯源

著名考古专家、四川省文物考古研究院前院长高大伦在谈到成都的城市文脉时，说过一句非常有内涵的话：是考古学家把我们拉回到了"蜀"字最初出现的地方。

四字头代表的是古蜀人的眼睛，这双眼睛的特征不是大而是"看得远"，是鹰之眼。三星堆代表性文物"纵目面具"，其实就是古蜀人深邃长远的目光，代表着我们祖先目光如隼、志存高远的精神面貌。

而随着时光的推移，都江堰、说唱俑、酒肆和蜀锦也轮流为成都代言，还有唐代官吏最钟爱的芙蓉花、清代就开始流行的麻将，又依次成为一张又一张享誉中外的成都名片。

城市名片就是城市文脉的时代阐释。

都江堰、说唱俑、酒肆和蜀锦，既是成都的历史文脉，也是成都的时代名片，至于芙蓉花、麻将这样的时代名片，成都当然还有很多，它们都和成都的生活方式以及成都人的生活观念紧密相关。22 项国家级非物质文化遗产中，无论是竹编、川派盆景、蜀锦织造，还是交子、蒸馏酒技术、中药炮制技术、都江堰放水节等，都是成都历史文脉的重要构成。

你无法否定，这些文脉构成对当代成都人的教养产生着潜移默化的影响。

还有一条文脉线索，是以历史进程展开的。

秦汉两代，李冰治水、文翁化蜀，水旱从人，不知饥馑，文教功德，实在可以说得上宏大瑰玮。相形之下，春节老人落下闳的影响，

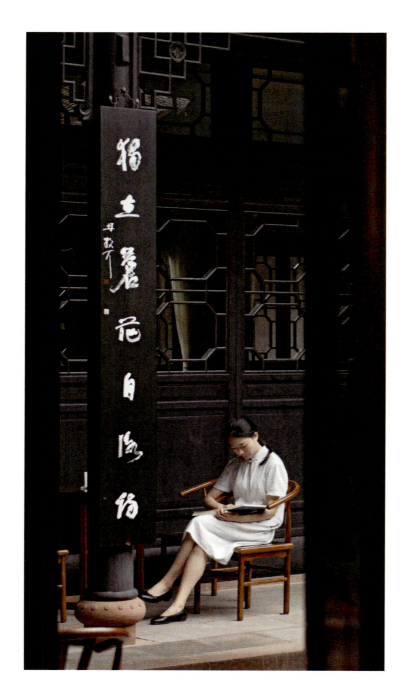

草堂书院

在当时就小得太多了，这当然跟天文历法在皇家、政治高层和民间之间不对等有很大的关系，但随着近年来人们对落下闳认识的改变，尤其是其"春节"老人地位的提升，其历法贡献对蜀地文脉在全国的影响遂得到进一步强化，而成都作为蜀地的文教中心，其影响自然首当其冲。

这既是一个国家在特定时代的宏大叙事，也是一个城市在一个自然发展周期里对全国的文脉贡献和文化输出。从生存发展之需的幽微细部来看，唐宋两代的成都文明演进，确也当得上一国翘楚。"扬一益二"的城市地位，对于一个偏居西南隅的内陆之城来说，已经是相当了不得的成就，这当然和相对安宁富足的生活大大相关，但是，也不要忘了，文明和教化在其中起到的作用。只要我们稍作默想，便不难在"自古诗人例到蜀"这个现象中找到文明教化的原因。用当代人的心理行为来分析，其实也跳不出"人走旺地"这个传统认知。假如唐朝要排一个最受知识分子欢迎的旅游城市，成都应毫不例外地跻身冠亚军。

诗人纷至沓来的同时，富丽精巧的成都蜀锦却在不断地对外输出。要说成都物产对国家经济的支撑和对外交往的贡献，蜀茶与蜀锦是当仁不让的两个代表。其中，又尤以蜀锦对唐代经济的支撑以及对外交往的贡献为最大，它不仅成为帝国皇家贡品，得到皇室贵族的青睐，也为成都赢得了"锦城"之名，并传用至今；而"交子"在宋代的诞生，则极精准全面地展现了蜀人的精明和敢为人先的创造性才能，这还不算这期间成都工商业、酿酒业和造纸业等在全国的突出性成就。

不要忘了，唐宋之间，还插了一个短暂的后蜀，它对成都文脉的贡献，绝对不可以一笔带过或者大而化之。事实上，这个割据小王朝，对成都文脉的贡献，比起那些历史相对长一点的统一王朝来，也不遑多让。这个贡献主要来自两个文雅风流的事物，一个是春联的诞生，一个是芙蓉的栽种，前者成为一国的传统沿用至今，后者给成都带来了一个叫起来和听起来都特别迤逦温柔的别名：蓉城。

不要小看了这两个并不宏大的事物，它们或许发端于个人的享乐和一个时代一小部分人的爱尚，但它们最后都被广泛接受并传衍，便证明成都人对此类文雅风流事物的接受，有一种潜移默化、随风潜入的能力。对美好事物的欣赏和接受，理应作为一个人、一个群体，乃至一个民族教养的一部分。

明清时期，成都要修复战乱带来的巨大伤痕，其付出的汗水，比及那些未被战乱波及的地区，何止千百倍。出于尽快恢复生产力的需要，成都以极大的包容性，接纳了各种文化在这里融合发展。即便在这样自我疗伤的环境下，成都也为国家输出了像杨升庵这样的文化巨人，并在晚清举国疲敝之下，高举文教大旗，锦江书院和尊经书院为挽救国家于万一，培养了无数新旧学术与思想交替的人才。明清时期，杨升庵和锦江书院、尊经书院成为蜀地文脉的代言。

近代以降，成都成为抗战的大后方，在源源不断为抗战所需输出人力物力的同时，还敞开怀抱迎接各内迁大学的师生，并使得无数因战乱而不得不中途停下来的文教事业得以继续，成都华西坝也因此成为近代中国的文化福地，成都也进一步弘扬光大了城市文脉。因着历史悠久、传承有序并不断创新的文脉滋养，此后数十年间，成都的文教实力和地位得到了巩固和强化，在全国 15 个副省级城市中，成都的高等教育实力综合排位靠前；根据第七次全国人口普查数据，成都在校大学生排行处于全国第四行列，而文盲人口（15 岁及以上不识字的人）与 2010 年第六次全国人口普查相比，减少 46113 人，文盲率由 2.66% 下降为 1.70%，下降 0.96 个百分点。

体现一个城市文明程度的，除了高等教育实力、在校大学生数量等指标外，还体现在一个城市的发明创造力上。根据有关权威报告，成都创新研发活跃度居同类城市首位，创新发展竞争力指数在同类城市中排名第二，平均每位研发人员一年参与两次发明创造。

未来已来，但历史性地回望，我们仍然不能忘记对文翁兴学这一成都文脉源头的仰望。一个有文化的城市有一个有教养的城市公民群体，当然不会忘了文翁化蜀的千秋功德。

"文翁石室"的前世今生

成都教育史上的第一波办学兴教崇文浪潮，理当始于文翁兴学。

考及这次兴学的背景，当和秦并巴蜀后实行专制残暴的文教政策相关。焚书坑儒、禁办私学使本就相对落后于中原文明的蜀地文明遭到了很大的破坏。入汉六十余年，中原每视蜀地为"辟地"，"有蛮夷风"，文翁就是在这样的背景下被派到成都任职的。

据《华阳国志·蜀志》所记："文翁为蜀守……翁乃立学，选吏子弟就学，遣俊士张叔等十八人东诣博士，受七经，还以教授。学徒鳞萃，蜀学比于齐鲁，巴、汉亦立文学，孝景帝嘉之，令天下郡、国皆立文学。因翁倡其教，蜀为之始也。"

这段史料为我们今天推想文翁如何在成都兴学找到了依据。事实上，在一张白纸上规划蓝图并不容易，因为要做的事看起来很大，面对的问题也很具体，一般人很容易袖手无为。文翁兴学要解决的是两个问题：哪些人学？学什么？

他首先选择官员们的子弟入学，不仅考虑到官员子弟的示范效应，还考虑到了入学条件的问题。无论如何，官员子弟生长在一个有官家俸禄的家庭环境，无论从从政还是管理家族事务的角度出发，一定的教育投入既是现实的必要，也是家庭经济可以支撑的。具体到学什么？文翁在蜀地兴学之前，肯定做了一番调查，他发现成都能够理解并讲解儒家经籍的老师几乎没有，更为严重的是，成都几乎没有这些儒家经籍教材。于是他只好派张叔等人到长安去向博士学习"七经"，学成回来后，不仅解决了教材的问题，也有了第一批高质量而且稳定的师资。

文翁石室

解决了"谁来学""学什么"的问题，文翁接着要解决"在哪里学"这个更为具体的问题，因为它关乎传承，关乎成都的未来，更关乎一种向往教化的风气。文翁选成都城南"立文学精舍，讲堂作石室，一作玉室"。精舍何解？按宋人吴曾《能改斋漫录·辨误二》的阐释："古之儒者，教授生徒，其所居皆谓之精舍。"即把老师教育学生的地方称为精舍。

"石室"又何解？这和汉代早期公共建筑使用的材料有关。文翁在建造精舍的时候，可能出于节省成本的考虑，以石料作为精舍建造的主材料；另外，为保护精舍的藏书，石室更有利于防火。随着汉代冶铁技术的发展，石料的加工变得高效而迅捷，加之岷江流域的卵石取材方便，文翁极有可能就地取材，也因此，文翁建造石室，一定程度上可能也受到了李冰治水工程经验的启发，尤其是在就地取材上。从成都博物馆镇馆之宝的石犀来看，古蜀先民经常使用青砂石作为建筑、装饰、塑像材料，文翁石室的建筑材料，应当也取材了青砂石。

今天，汉代留下来的以石材为主要材料的建筑物，只有汉阙和少数陆续发掘的石墓，类似精舍这样的公共建筑已经化为历史的风烟了。但"文翁石室"的文教高地从未坍塌，以后历代官员选择兴学，都在文翁的"石室旧址"上建立学校，并一直延续到今天，相信也势必会传至久远的未来。其中，清康熙四十三年（1704 年）由四川按察使刘德芳在文翁石室旧址重建的锦江书院，可视为后来者兴学对文翁兴学的一次隆重而盛大的历史呼应。刘德芳在《锦江书院碑记》中就直言不讳地承认自己远绍文翁石室的动机："且以继石室之流风于无穷，俾后之周览学舍，自文翁以来，上下千百年间，其间之延而废，废者兴也。"

这样的兴学，在成都的历史上从未断绝。今天，从以文翁石室为祖构的石室中学，仍然能看出其领先于全国的教化基因。成都本地和遍及蜀中的学子，仍然将入读石室中学作为最高理想，而"成都城南，文翁石室"到今天依然是成都文脉的核心象征。

一个没有诞生并创造名校的城市，它的影响力一定是有限的。成都人追求名校的社会风气，在今天依然强劲不改，一部分因素就是"文翁石室"为成都人树立了一个教化的最高标准。一个学生最动人的样子，就是从石室中学的校门里意气风发地走出来，那也是成都最动人的模样。

喜欢"掉文"的成都人

掉文，多指一个人在日常对话中掉书袋。在北方语系里，掉文也称为拽文，成都人爱拽文，不是出于炫耀知识的掉书袋，而多出于对一种生活美学的不自觉认同和践行。这种生活美学，体现在日常对话中，既是一种雅致和客套，也是一种礼数和文明，这种生活美学，当然和教养密不可分。

文翁化蜀对成都及蜀地的影响，仅从文翁以后蜀地人才之盛即可见一斑。从司马相如、扬雄到王褒，再到严君平、落下闳，以成都为中心的蜀地人才辈出，在文学、天文学等多学科引领一代风骚。尤其是汉赋，司马相如和扬雄以及王褒，几乎成为汉代赋体文学的代言人。因为文翁化蜀的教化功绩，蜀地得以和孔孟之乡齐鲁相提并论，所谓斯文在兹，这对汉代以后的成都人产生的教化暗示，是非同小可的。就像一个常年处于优等的学生，他怎么愿意或者甘心居于人后。由此相沿而下，扬雄赋、李白诗、东坡文、升庵著，一代有一代之文，而成都历代不乏强人，以至于市井闾里，陋市民间，拽文之习繁盛，虽是读书不多的普通人家，但凭借口头传说，也能一番子曰诗云，以此表示不忘祖宗教化。加之市井之中，总有化腐朽为神奇的力量，孔孟李杜也好，三苏二王也罢，高雅的原句虽然只能理解一二，但并不妨碍他们改造七八，只为了更接地气。这种改造，即成都谚语，其中饱含了极为丰富的讽喻内涵，往往在幽默中潜藏深刻的人生哲理，既全面表达了成都的语言美学，又深刻体现了成都人创造至上的革新精神。

比如市井中常见的"人活二十几，全靠懂得起"，批评中饱含了劝谕，它告诫二十多岁的年轻人，该懂事了；比如"吃饭垒尖尖，干活梭边边"，"尖尖"和"边边"都是叠音字，批评那些只知道"胀干饭"，不知道做事的懒人和闲人；再比如，"拜拜就拜拜，下一个更乖"，是失恋一方的自我安慰，里头有一种洒脱，更有一种对美好未来的自信，这种洒脱和自信，也是成都人日常生活态度的一种；再如"电灯点火，其实不然（燃）"，是暗示一个人或一件事并不像看到的那样好；再像"矮子过河，你是淹（读 ān）了心的"，则能见出道地成都话中的音义转化。此类谚语，成都常见，但在四川话的大部分地区也常用，并非成都的专属。

还有一些谚语或者俗话，则和成都浓厚的三国文化相关，是别处不太容易听到的，如"张飞朽关公，你哥子莫脸红嘛"，意思是说我挖苦、鄙薄你，你别红脸生气哈，你要红脸生气就不好玩了。"朽"义同"讥讽"，但发音为"朽"却自有成都人能懂的况味。

菜市场也最能见到一个城市文明高度的地方。在菜市场一家调味品店，店主给往来选调味品的市民写了一个标语，这个标语几乎就是一首唯美绝伦又充满哲理的诗："如果人生很苦，那就自己加点酸辣甜！"另一处，卖葱的大妈也不甘人后，她写的标语是："哪怕白水煮面也要撒点葱，就像与平庸的生活正面交锋。"既押韵，又充满生活的乐趣。而一个卖肉摊点的大叔却知道正言若反的道理："肉太香，减肥的别来！"不知道吊起了多少人的胃口。

高手在民间。市井之中，的确有高人，尤其是掉文的成都人。杂文家何满子讲过一次他在成都的亲身经历，算是成都人爱掉文的天花板了，其背后的斯文力量真可以说得上"惊心动魄"：

初到成都不久，一次在青石桥街的菜场上，就听到两个老婆子在谈闲天，议论某一个人。其中一个贬薄她们所议论的人"穷斯滥矣"。这分明是《论语卫灵公》里"君子固穷，小人穷，斯滥矣"的巧妙引用，文绉绉的叫人惊叹。

成都人的掉文还体现在城市招贴或者公示栏的语言上。还是何满子的经历，他在东城根街的一条小街上见过"此墙上，禁招贴，飞飞儿，贴即扯"的字样。"飞飞儿"就是小纸条。何满子认为，写这样小告示的人虽然文化程度不是很高，但也习惯掉文，可见"掉文"在成都也成为一种市风。

2021年11月3日以来，成都市陆续有群众收到成都市公安局、成都市疾控中心联合发送的涉及新冠病毒疫情的提示短信，短信中出现了一个新鲜词汇：时空伴随者。这个词一经官方发布，立即引起了好掉文的成都网民的造句热："我吹过你吹过的风，这算不算相拥！我走过你走过的路，这算不算相逢！"很多网民表示，这样的掉文让人极度舒适，成都把浪漫发挥到了极致。这样的掉文再来一打都不嫌多啊。

第二节　成都人的审美

审美是人理解和认知世界的一种特殊形式，也是人对美丑给予的评价态度。

一个人的审美可能影响的是他个人及有限社会交往的认知，但一个城市主流群体的审美必将影响一个城市的整体生活美学。

成都人的审美能力从来就不弱，也因此，这个城市的整体生活美学一直处于高位状态。

从文化因素上来看，成都厚富雅致的人文历史是天赐，乐观闲雅的生活方式也是代代相沿，这几乎就是自然的加分项。成都对美的消费能力以及吸附能力都足够强劲，因此，凡属审美范畴的消费，必能在成都得到很好的孕育和发展。天生、自然、先验的部分，再加上后天文化教养的相互作用，成都人的审美让外在的城市形态和内在的生活方式达到了一种高度的和谐与统一，而这种城市形态又形成一种反作用力，帮助常年生活在其中的人不断丰富和完善他们觉得更美、更舒适的生活方式。

从成都人对音乐、戏剧等文艺生活的参与度，对博物馆的关注度，对书店、展览和各种讲座的热衷度三个维度来观察成都人的审美，当最具说服力。

文艺潮生活

成都人相信"腹有诗书气自华"。

先天优良的物种基因之外，后天的滋养同样重要。

有网友排出了十大文艺城市，成都当仁不让地进入前五。这个排位以琴棋书画四个传统文化的综合指数作为衡量因子，成都的古琴指数、围棋指数、书法指数和国画指数分别为 1.5、1.5、1.4 和 1.4，总分为 5.8，居全国第五。

琴棋书画代表了成都人传统的审美，而以音乐、戏剧为核心的文艺潮生活，则代表了成都人的当代审美趣味。

来自内蒙古的小赵自小酷爱原创音乐，在成都求学四年，他和朋友一起组乐队、写原创，在成都不断得到音乐创造的参与感、满足感和成就感。成都包容激励的音乐氛围，让他的文艺生活如鱼得水，他很快找到了原创音乐的动力。同时，政府各类鼓励和扶持原创音乐的政策，也频频通过各种渠道向音乐人汇聚而来。如此优良的城市环境和文化氛围，让他对成都油然而生一种归属感。

小赵因在成都求学而进入成都音乐圈，尚属无心插柳。对更多慕名而来的音乐人而言，成都更有一种神圣的号召力，那是"超级女声"李宇春、张靓颖等草根明星在成都创造的音乐奇迹，它证明在成都"想唱就唱"，并能"唱得响亮"，是一个城市音乐活力的最佳证明。如今，成都每年都会有很多甘肃、新疆、云南的音乐人驻扎，成都对这些蓉漂音乐人也并不见外，酒吧驻唱的传统还保留着，每年举行的"平凡人演唱会"就是给业余音乐人提供的一个交流展示的平台。一个从 50 岁开始学美声并在酒吧开了个人演唱会的阿姨，一个稚气未消、梦想走上音乐殿堂的高中毕业生，成都都能给他们提供舞台，连香港演艺协会主席陈淑芬都对成都的这种音乐演出环境表示由衷的赞赏："以前做演出选择北上广，现在必然选择成都。"

基于这种良好的创作、交流和演出消费环境，一些国际知名的音乐会，在考虑进入中国演出的时候，一定不会减少成都的演出场次，新落成的成都演艺中心，便一次次见证着成都强劲的音乐消费力：2021 年，成都音乐产业市场收入达 574.91 亿元。举办重点音乐演艺 1900 余场，平均每天有 5 场表演。不必去做这样的市调，每天为 5 场音乐表演买单的人，究竟有多少成都人？因为来成都的不是客，而是对城市音乐之美有超强感知和消费力的主人。

音乐之外，成都人对戏剧也迷之热爱。

以 2017 年落户成都的繁星剧场为观察入口，可以看到成都人的戏剧审美力和消费力。2017 年 7 月，繁星戏剧村落户成都，为成都人带来了定期的丰富的戏剧盛宴，让成都人的戏剧接受指数直线飙升。

不要忘了，成都是繁星剧场继北京之后，第二个落地的城市。在北京天艺同歌有限公司董事长樊星看来，他们选择成都，绝不是随意为之的冲动之举，而是对成都的文化消费氛围，成都人的艺术审美，尤其是成都市民对高质量戏剧演出的强烈需求，做过充分的市场调查之后的审慎决策。据说，在繁星剧场决定入驻成都之前，他们还收到了上海、杭州等城市的邀请，但他们最后还是选择了成都。

成都人对繁星剧场的选择回报以火热的市场反应。截至 2021 年，300 余万人次的观众，为超过 9000 场演出而狂热。不难看出，戏剧在成都的消费市场着实不小，数字证明，成都的戏剧消费力不比北上广差。

杨丽萍在蓉
演出《孔雀》

永远在排队的博物馆

在构成一个城市的诸多文化景观中，一定少不了博物馆文化。

努力构建宜居之城的成都，对博物馆文化的构建也是不遗余力。在注重经济水平、气候环境、社会安全等客观因素对城市文化的影响时，这个城市的管理者关注到了市民和其他世界一流城市的居民更为在意的心理健康程度，以及由此体现出的幸福指数。博物馆文化作为满足这种心理健康需求和幸福指数的载体，被提到了最重要的议程上来。

成都自然博物馆、成都大熊猫博物馆、成都川菜博物馆、成都历史名人虚拟博物馆……以位于天府广场核心地带的成都博物馆为"领队"，一些或大或小、或公或私、类型不一的博物馆隔三岔五地出现，成为这个城市最为常见的一道文化景观。

在成都，平均每 10 万人就拥有一座博物馆，博物馆总数量全国第二，非国有博物馆数量和国家等级馆总数在全国位居第一。节假日到博物馆看展，在博物馆熏染文化气息，成为成都人新的生活方式。而作为网红博物馆，成都博物馆在开放日，永远处于排队观展的状态，更是这座城市向往和沉浸于博物之美的一道动人的文化景观。

作为当之无愧的博物馆之城，成都的成功之处在于：它并没有因为拥有了一座座博物馆就坐等好事发生。在富有创造力的多元文化氛围中，成都人不仅建造了博物馆，也用专业、热情与想象力填满了博物馆。

开博物馆这件事包含着成都人"格物致知"的乐趣，也映照着成都人"乐于分享"的集体性格。成都人喜欢逛博物馆，也喜欢开

成都博物馆

博物馆。这其中有成都人对于"物"的迷恋，也有对于梦想的执着，这一切凝结成城市的"博物观"，也体现出一种热情、开朗、洒脱的城市性格。

　　开了多年饭馆的胡维忠，私下里还有一个身份：邛三彩主题博物馆馆长。这些年，他把开饭馆挣的钱，都投到了博物馆的建设事业上。2018年，他在邛窑考古遗址公园创办了"觐见邛三彩"主题博物馆。首批展陈了砚滴、瓷塑玩具、水盂等22件不同种类的邛三彩精品——这些都是胡维忠多年的珍藏。这个博物馆每三个月就会举行一次邛三彩主题展。

　　像胡维忠这样热衷于个人博物馆的人，在成都并不在少数。2011年6月1日，被誉为"亚洲最大昆虫博物馆"的成都华希昆虫博物馆在青城山建成并免费向公众开放。到今天，赵力和妹妹赵希开办的这家私人博物馆已经有十多年了。从国家三级博物馆升为二级博物馆，这里正吸引来越来越多的游客。2021 年第一季度，博物馆迎来的参观者超过 22 万人。这一数字比 2019 年同期高了不少。从喜欢昆虫到研究昆虫，再到办私人博物馆，赵力完整地体验了梦想成真的幸福感，也感受到了成都这座博物馆之城与日俱增的博物馆文化指数。

一个城市的博物之美，也在改造和影响着居于其间的人。在成都博物馆圈里，流传着一个保安成长为金牌讲解员的传奇故事。这个传奇里的主人翁，是成都武侯祠博物馆的金牌讲解员李志。在 2006 年到 2007 年，李志只是武侯祠的一名保安。初到武侯祠，他并不知道博物馆还有讲解员一职，更别提在心目中的三国圣地武侯祠当讲解员。用他自己的话说，在武侯祠当讲解员，就起源于一念之间。一次夜班保安换白班的经历，让李志有了在陈列馆一边值守一边看书的机会。保卫部的哥哥们也非常爱护李志，常常关照他去可以看书的点位值守，因为看的书越来越多，他慢慢有了给游客讲解的冲动。有一次在武侯祠惠陵值守时，他临时给一位游客讲解了三国文化，让游客惊讶不已："保安也能讲解三国文化？"

随后，武侯祠博物馆招聘讲解员，他决心抓住机会，上台一试，这一试，就试成了游客眼中的武侯祠博物馆"扫地僧"、成都"易中天"、三国文化代言人……如今，李志已然是成都文博界的宠儿，他常接受媒体关于人生经历的采访，常上电视节目参加相关知识比赛，常去其他机构平台向小朋友们普及三国文化知识。凭着对三国文化的积淀和足够丰富的临场应对，他常常可以因人施讲，从他的讲解里，游客除了能强烈感受到他对这份工作的热爱，还能感受到他对成都博物之盛、博物之美的自豪。

在网红博物馆讲解员钟璐璐的经历里，成都人不仅能对城市博物之美有深刻的自我感知，还在人与物的互动中传导着另一种形式的相互体谅和赞赏之美：她带着喜欢与热忱为观众讲解，观众给予她正面反馈。彼此互相促进激发，形成讲解与听众间的良性循环。这或许是讲解员们都希望能与观众达成的默契。天长日久，听过她讲解的人不仅记住了知识，也记住了她这个人。

钟璐璐清楚地记得，她曾给成都树德实验中学 2015 级 6 班的同学们讲解。带着一群孩子从博物馆的二楼讲到五楼，从先秦时期的九天开出一成都，讲到隋唐五代宋元时期的喧然名都；从丹楼生晚辉的明清时期成都，讲到 19 世纪中叶后的近世风云；从万象的皮影木偶讲到闲适从容的成都城市风情。她像往常一样结束讲解，与孩子们告别。对她来说，这是一次带领孩子们走近成都历史文化的难得机会，也是自己该做的本职工作，并没有什么值得骄傲或炫耀的。讲解后的第二天，钟璐璐却收到了一封感谢信和两包金嗓子喉宝。感谢信不长，百来字，信上签着班上每位同学的名字。字迹一笔一画写得特别工整，字字都透露出孩子们对这位小姐姐的感谢。"看到信我就哭了，特别感动。"每当讲到这段经历时，钟璐璐的眼里都会划过一丝感动。

在富有创造力的多元文化氛围中，成都人不仅建造了博物馆，也用专业、热情与想象力填满了博物馆。看过纪录片《我在故宫修文物》的观众，对故宫里那些文物美容师都敬佩有加。在成都，这样的文物美容师，也承担着文物医生、文物导演和 AI 魔术手等综合职能。他们的目的，就是让成都的文物"起舞"、发光和讲话，让本来就美的文物更美。无论怎样的材质：青铜、陶瓷、丝绸、棉布、纸张、螺钿、木或者石，无论怎样的形制：碑、鼎、簋、壶、杯或者盏，都尽可能地用选材、打磨、抛光、描画或者渲染，研究、修复以延缓它们的衰老，让它们在条件许可的情况下 360 度地彻底展示自己的独特之美。

正是有了这作为历史、更作为基础的文物之美，才托起了一个城市的博物之美，更承载了这城市"人人都爱博物馆""排队去逛博物馆"的生活美学。

打卡网红书店

美从来不是生活的装饰，而是发自内心的需求。

按照刘悦笛对东方生活美学的结构解读，中国人以书店、书房构建起来的生活美学观念，理应归到"文之美"序列，即文人雅趣的"文之美"；鉴于书店、书房之灵魂在书，因此，似也可归之于长物闲赏的"物之美"；但考虑到人及人的起心动念左右和影响着文及物的是否存在与存在形式，因此，归根结底，中国人以书店、书房构建起来的生活美学观念，列入鉴人貌态的"人之美"才更准确。

成都的书店之多、书店形态之丰富、书店对城市居民构成的"万有引力"之强劲，确乎是体现这种"人之美"生活美学观念的最佳载体。尤其是最近几年来，成都书店持续以多元丰富的泛文化体验参与融入千年锦官城的更新之中。

2018 年，成都在一项首次启动的"中国书店之都"的评选中，成为第一座"中国书店之都"。2020 年年初发布的《2019—2020 中国实体书店产业报告》显示，成都拥有 3522 家实体书店，数量比排名第二的城市多出了 700 余家，实体书店发展水平位居全国一流。作为第一座拥有"中国书店之都"美名的城市，成都一直未曾停下发展的脚步。2021 年年初，成都又在《成都市实施幸福美好生活十大工程 2021 年工作计划》中提出了书店发展新目标：新增各类型实体书店不少于 30 座，新增城市阅读美空间不少于 70 个。更重要的是，在这个城市中，传统书店向"书店＋"融合发展的趋势越来越明显，书店不仅成为天府文化和生活美学的综合性体验空间，更频频从既有书店空间中"走出去"，融入城市的肌理——进入街道、社区、

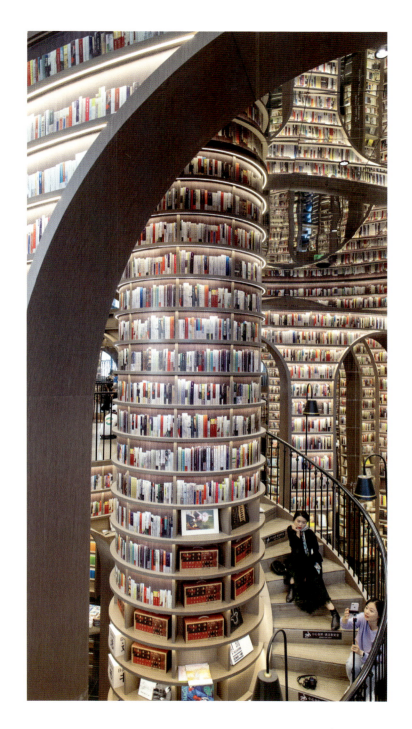

都江堰钟书阁

高校，进入绿道、绿地，融入市民的生活，阅读服务创新成效卓著，为书店的未来开创出无限多的可能性。

由散花书院主人廖芸团队主理的玉林街道蓓蕾社区书店便是成都书店进入社区实践中的一个网红书店。它先天便具有了成为"网红"的三大基因。一是主理人廖芸颇富传奇性：2016 年 4 月，国务院总理李克强考察成都时，夜访宽窄巷子并在一家书店掏钱买下了一本书和两套明信片。这家名为见山书局的书店的主人，就是廖芸。二是玉林街道蓓蕾社区离赵雷《成都》中所唱的那家"小酒馆"很近，步行数百米即可到达。三是这家蓓蕾书店院子中间有一棵巨大的老黄葛树，在这棵老黄葛树下看书，极有"网红气质"。

这家网红社区书店位于玉林街道芳草街蓓蕾中巷 5 号四合院，是玉林片区一座典型的成都院落。院子正中，一株高大的老黄葛树不知何人手植，历经几十年岁月，早已亭亭如盖，根植于这代老成都人的记忆之中。这个老院落原是一家茶楼，租约到 2018 年结束。为了优化社区服务功能，蓓蕾社区决定以创建文化创意主题社区为契机，将茶楼改造成为社区党群服务中心。

改造初期，蓓蕾社区请来了社区规划师，带着社区居民坐下来反复商量，集思广益。居民诉求明确：想要书店，想要儿童活动空间，再就是最重要的——"四合院里面的黄葛树在那儿几十年了，一定要保留！"

这三个功能需求来自在地居民最真切而实在的生活美学之需，而书店体现出来的"人之美"被列在了第一位，这当然不是一种偶然的巧合，而是两种必然的相遇：深得生活美学内涵的成都人必然看重精神层面的需求，书店作为生活美学的载体之一必然是社区改造的最大需要。廖芸就是在这个背景下被邀请过来参与书店的改造和建设的。来到这里，她第一眼就被这棵树吸引了，还有什么比老黄葛树下边看书、边喝盖碗茶更能代表老成都的生活之美呢？

这当然又是一次美与美的相遇。

就此，散花书院第十家分店落子社区，探索书店运营新路径和社区书店可持续发展模式，2020 年年初正式开业。散花书院蓓蕾社区店给社区居民办理了特别的文艺惠民卡，黄葛树下泡上一碗茶坐一天，只要 5 元钱。书店推出一月一会的"树下艺谈"品牌活动，整合作家、艺术家、非遗传承人、文创机构的作品和产品资源进社区，开展符合时代精神文明建设需要的、符合地方文化发展战略方向的文化服务。书店陆续邀请纪实摄影师、作家、出版社编辑、手工艺人、老绣片收藏家等进社区入书店，和社区居民互动交流，大大丰富了社区文化内涵。而对于这些社区居民，他们和书店的日常，从此便呈现了不一样的面貌：每天一早，还没到书店开门时间，附近的老大爷买完菜，必会熟门熟路地先拐到社区广场旁的蓓蕾中巷 5 号院，把书店店员头一晚收到廊檐下的木桌竹椅摆到树下，再拎着菜回家，吃完早饭，到院子里落座，花 5 元钱点上一碗茶，消磨一上午的时光。还有一些有创意和动手能力的居民，则拿出一些相当拿得出手的文创产品，在书店的支持下，开发了"文创手作蓓蕾造"系列产品。社区书店的存在，不仅大大激发了辖区居民对于文艺活动的热情，还挖掘出了辖区居民内在的文化潜力。"老成都蓓蕾记忆"在 2020 年成都市"爱成都·迎大运"社区微更新项目竞赛活动中荣获一等奖。

如今，类似蓓蕾书店这样的社区书店，在成都如雨后春笋一般，在城市各大城区的社区里生长出来。它们有着各自的面貌和各自的气性，却都有着非常典型的网红气质，这当然得归功于近 3 年来成都的实体书店转型升级实践。

这种转型升级，更准确一点说，就是成都人对生活美学观念的再一次自我提升：实体书店不能仅看重外表和造型的"网红气质"，而是要与文化创意、美学艺术、建筑设计、旅游休闲、博览会展等产业更加紧密融合，走多元发展、创新发展的路径。如今，方所、新山书屋、言几又、文轩 BOOKS、钟书阁、西西弗、散花书院等许多实体书店集文化活动、创意生活、美学空间于一身，成为城市不可忽视的重要文化活动场所。

锦江绿道的方所书店，从宋词中借得古雅的名字"锦书来"，整体美学风格恬淡而充满灵气，室内空间的区隔为社区共治和公众参与提供了充分的空间。2000 余册书籍分门别类，彰显出文化特色，其中还特别加入了城市规划、公园城市建设、天府文化等主题书籍陈列，旨在进一步引导市民了解自己居住的城市，并深入了解城市发展的多元化及可持续设计理念，提升文化品位，深化对城市建设的认识。

新山书屋有两间独特的"快闪店"。一间在原来的电子科技大学银杏苑共享书屋，小小的三间临街铺面，浓缩了新山书屋原有的空间气质、图书选品能力、书籍文创展览、美陈设计能力及精品咖啡服务，是一个相对年轻化、充满趣味的情绪悦纳空间。因为毗邻大学，考虑到服务师生，在书籍的选择与特选书单上，以读库、后浪、果麦等策划出版的人文历史类图书为主，定位于通识教育。另一间是位于寸土寸金的万象公园绿地内的彩色玻璃屋。因为万象公园是一个街区公园，新山书屋带去了一个寓意美好的展览"自然的家"。与其说是书店，位于公园绿地内的玻璃屋更像是一个即兴而多义的展陈空间。在这里，附近居民可以体验来自云南哈尼族的黑陶和草编民艺，还能参与诗意互动——"写下你心目中的远方之地"，尽享城市生活的绿色、健康和趣味。

成都的 3000+ 书店，便这样成为成都"人之美"生活美学理念的阐释者。

朵云书院——西
馆阅读区

第三节　成都人的创造力

创造性思维下的产物，很多时候便是美的化身。

在成都，一个名为"创意设计周"的会展活动已经举行到了第八届，而于 2021 年举行的第八届成都创意设计周的主题恰好是"创意成都，美好生活"。展览会还设计了"未来设计、产业创意、生活美学"三大板块，目的就是希望来宾在了解成都的城市发展动脉的同时，也用更立体的方式，发现成都日常美好生活的丰富性。

在这场展览上，观众最为欣赏的是天府新区城市森林公园"天府书舍"的项目模型：天府书舍的设计以"锦官书卷"破题，结合项目所在地错落有致的自然形态，形成独特的交织空间与感知场所。设计师们希望这个书店未来伫立在龙泉山林之间，成为人们精神引领与情感串联的纽带。

成都远郊的崇州市，则在这次展览上带来了由中央美术学院四川成都传统工艺工作站的老师和学生们进行原创设计，由非遗传承人、匠人进行手工制作的原创创意作品。作品类型覆盖城市家居、主题陈设、艺术装置等时尚领域，充分展示近年崇州践行的"艺术点亮乡村"理念，大力推动"文创 +"赋能农商文旅融合发展所取得的成果。

创意和生活之美的关系从来没有像今天这样如此之近，而一个城市细化到居民个体的创造力，也从来没有像今天这样如此紧密地关乎着一个城市的生活之美。

国际金融中心

进击的世界文创名城

2017 年 8 月，成都正式加入世界文化名城论坛，成为第 34 个加入此论坛的城市。

成都至此和包括伦敦、纽约、巴黎、悉尼、罗马、香港、上海、东京、米兰等在内的世界名城一起，站在了世界文创名城的第一方阵。从时间上来推算，这个成立于 2012 年、由伦敦市政府发起的世界顶级文创智库，只用了五年时间，就关注到了成都的影响和可能在世界性融合发展中的价值，这不能不说是成都的成功之处。

其实，成都和世界领先的时间、物理距离，在任何领域都表现得如此短暂和切近。比如时尚，也许昨天在伦敦发布的一款一线品牌手包，几天之后就可以在成都看见；再比如艺术，蓬皮杜中心的当代艺术风格，很快会在远隔重洋的成都找到相同的流派。

其实，这样流行的速度，哪里比得上观念先行的鲜度。成都和世界领先的时间和物理距离感，发挥着关键影响的，其实是开放、热烈和前卫的思想观念，以及和合四海的包容度。世界文化名城论坛乐意接纳成都，其实就是希望成都在城市文化发展、文化政策制定领域为世界提供成都的经验。

当然，作为这个世界智库组织的成员城市，成都也毫无保留地向世界交流天府文化的内涵、价值和观念体系，以期让世界其他城市在继香港、上海、深圳、台北之后，通过成都理解中国文化的无限魅力。2018 年 6 月，"世界文化名城论坛·天府论坛"在成都举行。论坛的主题，既对外交流成都的文化和观念，也对外交流国家层面的文化和观念："'一带一路'城市——文化在塑造全球经济

世界文化名城主
论坛上嘉宾云集

版图中的作用""新兴世界城市——文化创意促进城市发展""城市的创造性——建立创意资产，塑造品牌"等议题，便是大文化和主体观念与地域文化和区域观念的融合。成都人相信，文化无疆界，即便是世界文化名城论坛的发起城市伦敦，它们面临的文化课题和成都其实都是一样的。

在加入世界文化名城论坛之前，成都即加速推进了文创名城的建设。成都看到了自身在信息产业、传媒产业、会展产业、创意设计产业、音乐产业、艺术品原创及演艺产业、非物质文化遗产生产性保护、广告产业、文化设备用品及服务产业等领域的先天不足，便极力通过观念引导、政策扶持等持续发力，壮大其优势、潜力和特殊性。成都人相信，文化产业的本源还是文化，文化这一关乎思想、灵魂、美学、传承的民族根基，必须被大多数人看到、参与和创造。

这其实是一次创造美学的集体调动。

相信任何一个产业，都和庞大的民间美学相关，也和海量的美的创造相关，而这些美的创造者，所指向的不是一个虚的城市概念，而是实实在在的人：一座城市的文化气质取决于城市里的人，而不是城市。因为城市带给人的不仅仅是景观，还有一个人在城市的所有感情与记忆。而文化创意，即要通过信息、传媒、会展、创意设计、音乐、艺术品原创等多种方式，激发每个来过、向往、停留，以及永久居住在这座城市里的人的欲望，并使其以富有想象力的形式表达出来。它可以是城市建筑街道空间面貌的变化，是人们日常生活细节的审美化，是通过互联网、高科技等现代化手段对城市文化进行的点滴传播，是这座城市人们身上洋溢出的"创新创造、优雅时尚、乐观包容、友善公益"历史文脉精髓。

没有人能否认，美的创造和奇幻瑰丽的梦想不无关系。这其中，隐伏在城市各个街区里的文创个体，就是成都迈向世界文化名城论坛主舞台的一个个美的创造基石。

文创街区的颜值与内涵

从细节处审视，文创街区几乎就是城市美学空间的全部内容；从整体性上观察，城市美学空间的宏大布局，自然和有着经络一般重要的文创街区紧密相关。

这既在"地之美"的范畴，也是城市"人之美"的集大成处。

作为一个外地游客，无论他通过任何搜索引擎，一旦输入"文创街区"，都会很快得到海量的信息反馈：

位于玉林四巷的"爱转角主题文创街区"；

位于金牛区星河街益民苑的"黄忠文创生活街区"；

位于天府广场地铁站的"四分之三车站文创艺术街区"；

位于三圣乡的"婚嫁文创街区"；

……

每一个文创街区背后，都有一个城市生活美学的营造团队或者个体，他们构成了这个城市生活美学的宏大叙事。

2020年深秋的一个周末，一个来自南充的三国迷无之走进了"黄忠文创生活街区"，试图用历史时空对位方法更加深入地走进黄忠这个历史人物。

黄忠最后葬于此地，当和清晚期成都人发现的"黄刚侯讳汉升之墓"有相当大的关系。史书记载，黄忠卒于公元220年，但葬于何处，史书却没有记录。清代成都"鸡矢树"的农民耕地时发现一块书有"黄刚侯讳汉升之墓"的墓碑，几根人骨、一把剑和一块玉，双流籍学者刘沅根据墓碑上"讳汉升"判断，此碑肯定不是三国时期的旧物，大概是唐宋以后人们为黄忠修葺坟墓时所立。墓虽然不

是原墓，但地却极可能就是当年黄忠安葬之地。刘沅便邀集乡绅父老，共同捐资修复黄忠墓，墓旁新建黄忠祠。

　　为更好地传承三国文化，2019 年 8 月，金牛区启动了"黄忠文创生活街区"的打造工程。该工程以黄忠祠游园为核心，包括星河街、星河南街、黄忠街，以及黄忠横街区域。主要以环境打造为主，挖掘三国黄忠文化、古蜀金沙文化，突出黄忠"老当益壮、刚勇忠心"的文化元素。引进知名文创企业，植入文化创意等产业，营造具有文创文旅特色的消费新场景，形成更有文化特色的消费生活社区。

　　作为城市更新的一种方法，在打造主题街区的同时，留住历史记忆成为成都再现美学生活空间的主要抓手。那天下午，无之虽然并未从这个街区得到更多对黄忠和三国文化研究的有用信息，但却为街区突出的刚勇忠心的文化元素所感染。他感慨道：成都素以悠闲优游的闲适生活为美，但"刚勇"两个字中的生活美学却也是不能缺少的——"刚勇"或是成都生活美学中最为缺少的一种气质。至于忠心，如果狭义地理解为臣子对上的忠心，在今天固不一定可取，但忠心于伟大的事业，忠心于伟大的信仰，忠心于人民的利益，仍然有着它存在的价值。

如今，走进这个文创街区的访古或寻幽者，无论出于何种动机来到这个街区，大约对这样的"刚勇"和"忠心"都会有一种精神上的触动吧!

既看颜值，也重内涵。成都对城市文创街区的打造，两者缺一不可。

在玉林四巷，这个题为"爱转角主题文创街区"有着怎样的颜值，更有着怎样的内涵呢?

在这里，不仅可以打卡《前任3》《大话西游》《美女与野兽》等电影场景，还可以和吃蛋烘糕的小黄人、小猪佩奇合影，更能和文创空间的美学创造者一起互动，体验浓郁的天府文化和成都魅力。

作为土生土长的成都人，陈典是一个对玉林街道生活有着很强记忆和很深感情的"80后"青年艺术家。她有一个很老气的艺名："典婆婆"。给她取名的人，或许看重了她身上那种细致耐心的生活之美的创造力和感染力。她创作的成都市井生活水墨画以幽默的基调展现本土智慧，或是调侃，或是自嘲，充满了成都人的幽默可爱。在"爱转角文创街区"，她的文创产品店是最受社区居民喜爱的一家。她用绘画结合成都方言，既让游客感受成都人的语言，又可以将成都生活中的人、事、物，活化成文创产品，成为"学说成都话"文创IP。在她身上，集中体现了成都人在生活美学上的无穷创造力。

熊猫主题文创当然是这样的文创街区不能缺少的。在这里，专攻熊猫文创的王曼蓓老师和四川大学艺术学院教授许亮等经常围坐一堂，就熊猫与成都文化展开话题，对熊猫文创IP进行孵化，无论优劣，也无论游客接受认可与否，他们始终把无限的创造力放在了第一位。

在这个方圆一公里的文创街区，密布着数十家这样的文创小店，仅地道成都美食，就多达三十余家，很多都具有网红气质。"小而美""小而精"，既有颜值，又有内涵，"下班后直奔特色文创小店"成为相当一部分成都人的生活日常。

像"爱转角文创街区"这样的文创街区，在成都还有很多。未来，还会更多。2022 年 2 月 16 日，成都正式对外发布了"十四五"世界文创名城建设规划，新增 150 个以上文创特色街区、50 个以上文创示范镇（村）被重点提出。150 个文创特色街区将呈现怎样的生活美学——值得我们期待和想象。

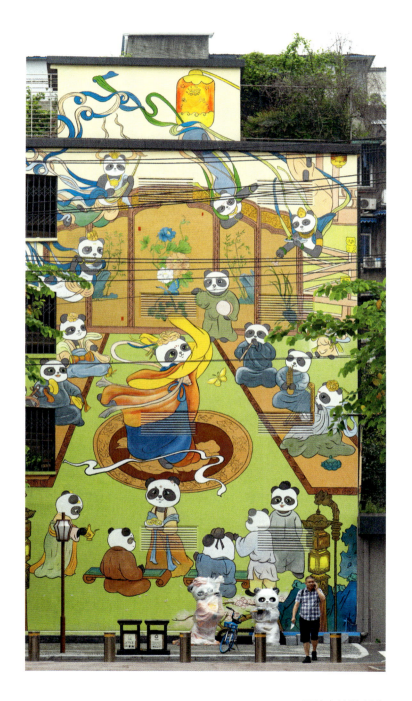

斌子街熊猫
文化墙

创意设计周的世界想象力

如果说世界文化名城论坛是成都向世界传播中国文化和天府文化的前锋，那么，创意设计周则是成都向内激活天府文化源泉的中军。

当然，和世界文化名城论坛一样，成都创意设计周也同样不缺乏它丰富而广泛的世界想象力。

作为成都自创并重点培育的大型文创设计展会，成都创意设计周自 2014 年起每年固定在成都举办，通过创意设计产业展览会、创意设计头脑风暴、全球彩绘大熊猫、创意成都奖、大师设计成都等八大活动，推动成都市文化创意和设计服务发展。

对于成都创意设计产业从业者而言，这是一个相当"内卷"的成都美学生活创造产业；但对一个迫切需要和世界进行对话的城市而言，这也是一个相当"外化"的生活美学创造产业。

从前三届的数据来看，这样的"内卷"和"外化"体现得非常明显：共计吸引 1060 万人次的观众及游客参与，30 多个国家的著名创意设计机构和专业设计人士参加，共征集创意设计奖项作品近 6000 件，展出展示作品 105500 余件，展览面积累计达 12.8 万平方米。

这 1060 万人次，相当大一部分比例应该来源于"内卷"的贡献。仅从主题来看，2016 年的第三届"创意设计周"的"创意成都，美好生活"，既与"内卷"相关，也和生活美学紧密相连。在 2019 年"创意成都奖"评选中，成都将金奖的大多数奖项，颁给了具有强烈地域特色的城市生活美学领创者，以激活更为强大的城市创意设计力和城市生活美学创造力。如其中的视觉设计奖、工业设计奖、建筑设计奖、室内设计奖、陈设与装置艺术设计奖、动漫设计奖、生活

美学创意奖等奖项，其名称设置具有更为全面的覆盖性，其获奖团体或个人，则充满了强烈的地方性。

在首届（2014年）成都创意设计周上获得生活美学创意奖的获得项目尤其引人关注。有一个名为"摩天轮农场"的创意设计项目，隐含着设计师罗轶大胆而细腻的生活美学构想：由于城市中寸土寸金的土地而产生了向天空要土地的想法。为此，罗轶提出了"摩天轮农场"的创意解决方案，"摩天轮农场"在城市里用工业化手段生产耕地，直接为城市社区提供食物、水和工作机会，目标是成为未来城市的基础设施。

在天上开农场种菜，收集社区生活废水和雨水灌溉，借助风力、太阳能发电，温室设施，城市生活物质废物多能互补提供能源，社区服务，物联网销售……罗轶心中的"摩天轮农场"是集都市农业和立体农业之大成的未来城市基础设施，为城市未来的绿色发展提供了一个思路。

但这样异想天开的设计，必然也会遭遇各种质疑，甚至否定，好在创意设计的本质就是鼓励人们异想天开。

目前，"摩天轮农场"除了获得创意设计周金奖之外，还获得GE 绿色挑战奖、北京发明大赛银奖，并被美国纽约一个创新组织COMMON Pitch 评为十个改变世界的想法。Common 的创始人、设计周的评委之一 Johe Bielenberg 更是这样评价：在摩天轮上修农场的想法太疯狂，但是他们鼓励人们用有趣的方法去想去做一些看起来不对劲的事情，这些事情有一天会产生正面的叠加效应。

成都的创意设计周将"摩天轮农场"归为现实可感的"生活美学奖"，而不是虚幻的想象类奖项，足见成都人对"生活美学"的重视和热爱程度。

更为重要的是，它必将激活更多人对生活美学的创造力和想象力。

罗轶，这个毕业于四川美术学院的年轻设计师，凭此异想天开，让成都生活美学站在了"开元未来"的国际前沿。

成都创意
设计周

第四节 "后浪"汹涌

2020 年五四青年节前夕，一个名为《后浪》的短视频在互联网走红。作为一个迅速热起来的网络用语，它出自"长江后浪推前浪"，本意是指那些出生于 20 世纪 90 年代和 21 世纪初的晚辈。

人生代代无穷已，江月年年望相似。这个世界就是如此，不变中孕育着无穷的变数，而无穷的变数里总有一些恒定的不变。在我看来，"后浪"既指年龄上特定的"90 后"和"00 后"，也指那些不断翻转变化的生活美学。比如关于赏花、关于服饰、关于游戏，循环往复之中，旧有的时尚卷土重来，占据生活美学的制高点，并成为这座城市人文、居游、物食之美的强劲"后浪"，裹挟着越来越多的人参与其中。

花重锦官城

成都，紫荆，茶样子。

这是 2021 年暮春里，一个让人懒意丛生的周末午后。

阳光透过树影，穿过玻璃，打在小茶桌的一盆碗花上，绸缎一般细腻柔滑的芍药花更见光泽和质地，让人一见，便心生喜悦。

过往闲坐的茶客，很少有人会注意到，这样貌似不经意营造的喜悦美好之境，其实是经了花艺大师的点化。这些草木花卉，从自然之野，被请到这样一个公共空间，立即脱胎换骨，神奇再造。

而更让常人难以想象的是：即便是这样一枝一叶、一花一草的剪裁布置，也融合了一个上千年的生活美学精华。

中华花艺大师林雪玉有着 50 年的中华花艺之所悟。那天下午，她刚刚布置下去一堂插花课，10 余个涵盖了成都"60""70""80""90"四个年龄层次的女学生，有幸成为她在成都直接指导的首批弟子，她们中的某些出挑者，将被赋予生活美学与艺术传承接力的使命。

在林雪玉看来，我们今天所推广的中华花艺，更注重中国传统文化里的道与气，即思想性和艺术性的多元融合。一件作品，它的形式可能并不一定是非常完美的，但一定有花艺师寄托的思想和情感在其中。这个思想，便来自中国优秀的传统文化，从汉到唐，在唐代成为一个高峰，此后代有起落，但进入 21 世纪的第二个 10 年，又再掀"后浪"。

目前，林雪玉和她的团队正在努力让这个看起来比较"贵气"的生活美学进入寻常百姓家，努力推动生活艺术化、艺术生活化，首要的一点，就是要解决一个认识问题——不舍得把抽烟喝酒打牌

的钱用来插花，所以便一直会觉得插花就是一个额外的开支，这其实就是一种生活美学态度问题。另外，插花的上下游行业很多，从兴趣出发，自己栽培很多木本，这样可以衍生出另外一个产业来，还可以卖钱。

2018 年，成都一家媒体发起了"寻找成都最美阳台"的活动，作为"最美成都范儿"城市生活美学公益大评选第一季的主体内容，迅速引起了成都市民的关注和广泛参与，共吸引市民报名和推荐报名的阳台 3597 户，平均每天近 180 户家庭报名。

这样群众基础扎实、参与度广泛的晒美活动，实质就是"生活艺术化、艺术生活化"的一种延伸。如今，成都很多人家的屋顶、阳台、门前都栽满了花花草草，生活必须要有花已经成为一种强大的日常力量。

作为林雪玉的第一批弟子，茶艺师米米在完成中华花艺的修学课程后，在外双楠一个小区的一楼门面开了一家"米米的茅草屋"，结合茶艺普及，向附近社区居民交流和传授中华花艺，店铺也迅速成为外双楠的网红店。

这家茅草屋听名字很简陋，但整体布局，尤其是花艺点缀却一点都不敷衍，处处体现出生活美学的匠心营造：茅草屋进门的一角放有一茶案两椅，似专为一男一女而设，两人相向而坐，端茶杯可齐眉两相望，手一扬缓缓饮下再望。若有意抬头可看玻璃橱窗外：相思竹现相思情！若无情低头便见茶案旁：盆中花落有情，石磨流水无意。几步之遥是四扇麻纱底的山水画屏风。米米深谙中式布局的散聚、藏隐之道，屏风之后在一块用山野小村几十年前的门板做成的茶案上已经摆上了熬制好的白茶。近观只见白色叶底如银针坠壶，汤色碧绿明亮，品之先感清爽醇厚，后现淡雅苦味即刻津生口中，燥气顿消。

成都向来藏龙卧虎，闹市嚣尘中多少高士红颜，操持上等艺文，不为逢迎俯仰，只为性灵交割，深深浅浅，久之也会交朋识友，延名散号。如此，"米米的茅草屋"便被网友热荐。网友会说，米米颜值高，茶艺花艺更高，市井红尘里低调往来，正是成都藏龙卧虎的最好诠释。

花艺和茶艺的结合，当然还需要喜欢赏花与品茶的雅人。杜甫"江畔独步寻花"，陆游"二十里中香不断，青羊宫到浣花溪"都是这种生活艺术化、艺术生活化的诗化表达。

到了今天，诗人不再用格律严谨的古体诗赞美这种生活美学日常，而是用和词异曲同工的新诗长短句表达他们对花的热爱，以及对赏花乐事的热衷。获鲁迅文学奖的诗人张新泉的"桃花才骨朵／人心已乱开"，写出了成都人的爱花心性，真可以说入骨入血。

大约这样的生活美学确实是因为自然的恩赐和历史的加持。不要小看一个短暂而短命的后蜀王朝，给成都带来蓉城简称的，就是后蜀成都遍种的芙蓉花。今天，生活在这座城市的人们是幸福的，他们一年四季都有花可赏。冬天，几乎家家户户都会买蜡梅和水仙。到了春天，每逢节假日，成都人几乎倾城而出，去郊外看桃花、梨花、杏花、李子花、油菜花……几乎每个成都人都对花期如数家珍，也有自己偏好的赏花地图。夏天，无论是上班族还是家庭主妇，都会在办公桌上或者家里的餐桌上放一把栀子花，看到那肥硕可爱的白色花朵，闻着那浓郁的花香，那是一个初夏最美好的记忆。

成都人嗜花如命，他们爱的不是花，而是美。热爱一切美好事物，这是成都人的本性。

汉服的日常

中国的服饰演进经过了数千年的不断优化和改良，并因应了时代风尚和生活习俗，中间虽间有少数民族服饰的短暂亮相，但汉民族传统服饰的中心地位却从未改变。

盛衰相因，起伏相替。有着几千年历史的汉服，在最近几年间又重新热了起来，并成为当代生活美学的组成部分，卷起一股异常强劲的"后浪"，而成都，只用了不到五年时间，就因为参与者众、消费强劲、活动丰富而成为当之无愧的"汉服第一城"。

传播成都城市生活美学的时尚人文杂志《天府文化》曾经刊发了一篇题为"扒一扒，成都为何是'汉服第一城'？"的文章，对新鲜事物的包容度和对美的事物的敏感度以及争先度，是回答这个问题的几个关键性要素。而在这些答案背后，就是成都对"服章之美"的强大消费力。

根据淘宝创业分享会 2020 年 8 月 15 日的数据，当前 4 万多成都年轻人在淘宝上开汉服店，相比上一年多出整整 1 万人，增速全国第一，成都继熊猫、火锅、麻将之后，又有了一张新名片：淘宝汉服之都。

在文殊坊，有一家线上线下都闻名的汉服实体店，店主就是深爱汉服文化的孙异。2018 年，他和妻子在文殊院附近开了全国首家汉服实体店。如今，他创立的汉服品牌入围天猫汉服 Top5 品牌榜，排名第二，会员人数超过 10 万。在孙异看来，成都的汉服热，经历了小范围"同袍"的交流式展示到一个群体的穿越式表演，最后演变为今天的日常式生活着装，时间之短，演进之快，的确出人意料。

春熙路上穿着
汉服的年轻人

他认为，正是越来越多的人感受到了汉服之美，才愿意从不肯也不敢示人的羞答答在家穿着，逐渐大大方方走进日常。

推广这种日常服饰之美在成都已经成为越来越多人的自觉行动。一个网名为"当小时"的网友是成都知名的古风摄影师，早在2014年，她就在成都、杭州、苏州等地开始古风巡拍，摄影模特穿着汉服在西湖等景点留影。她在微博上发起"带着汉服去旅行"的话题，阅读量过亿。这几年，当小时见证了汉服从小众到"出圈"的全过程。几年前，她每次在景点拍汉服照，总会引来一大群人围观，而现在大家都习以为常了。出于爱好与看好汉服产业的发展，她本人的工作重心也从摄影转向汉服设计，向年轻人推广适合日常穿着的汉服。

2022年11月4日晚，在成都青羊区文殊坊揭幕的"衣起锦官城"（成都）汉服周开幕式上，一场汉服演绎活动让唐代名画《簪花仕女图》唯美复活；由汉服主导的集市复原，则再现了蜀中宋、明时代商业的繁华。由唐宋而至明代，由仕女而至甲胄士兵，神韵再现和质地再现下的人物，已经看不出半点当代的影子和气息，直让人有时光穿梭于各朝各代的成都街市的强烈错觉。在现场微观了这场演绎活动的江燕虽早已过花季年龄，但还是忍不住去试穿了一件宋式服装，并请他的先生给她拍了一组汉服照片，体验了一番手执纨扇、款款而行的感觉。"一上身就难脱下来，这种庄重感和仪式感，以及设计繁复、饰样华丽给视觉和心理带来的冲击，是现代便装难以给予的。"她坦言，这一夜对她而言，仿佛施了魔法，汉服上身成了她日常装扮里潜滋暗长的某种期盼。

和略有些羞答答初体验汉服的江燕不同，同在文殊坊开汉服店的晓月身着汉服已是日常。在没有顾客光顾的时候，她就在短视频平台开汉服直播。在镜头前，她不断展示各款汉服的设计和用料，尤其是精美的纹饰，模特兼解说，不仅帮她赢得了很多粉丝，对汉服店铺的网上销售也实现了很大的带动。为了在直播平台呈现更好的效果，她和小伙伴们也每月策划一两次主题汉服秀活动，除了调动本店的工作人员外，还广泛邀请"同袍"们参与主题策划。汉服现在已经成为她的着装习惯，有时候换回现代便装，竟还有些不习惯了。

顶流视频机构对"衣起锦官城"（成都）汉服周的介入，显然对汉服之美的传播起到了非常巨大的推动作用。在一家有名的视频机构展馆内，综艺小游戏体验、明星同款汉服展陈、综艺名场面还原等玩法也适时加入汉服之美的传播矩阵中。借助各种趣味互动，汉服爱好者可与《念念无明》《虚颜》《乘风破浪的姐姐》等爆款影视、综艺 IP 亲密接触。而华裳馆内展出的《骊歌行》《皓镧传》《玉楼春》等多部影视机构旗下的头部古装剧 IP，通过锦绣华裳汉服文化展，结合现代"锦"艺与国风演艺，让汉服爱好者零距离接触汉服，真切感悟汉服的独特魅力。"穿上汉服，你就是剧中人"，在策划者看来，要体验汉服的"服章之美"，除了观赏汉服秀、试穿汉服照相等常规元素外，身份的代入感和目标"剧中人"的心理暗示，才是汉服日常化情景的潜在动力。

不仅如此，"衣起锦官城"（成都）汉服周还极大地拓展了成都古典生活之美的内涵和外延。在汉服周的八大主题活动中，除了展示华美古装的"锦绣华裳汉服文化展"外，传诵经典诗词的"国风雅诵咏月"，寓教于乐的"君子六艺"传统文化互动活动等，都是汉服"服章之美"的有机构成，它们和汉服一起，都在潜移默化地展现传统文化的魅力。

一场汉服周活动对一个街区的带动作用也非常明显。由于"衣起锦官城"（成都）汉服周的举行，每晚前来参与集市和观看各种演绎活动的市民和游客越来越多，其风头甚至盖过了成都几大网红商业街区，大有一枝独秀的气势。由于强大人流的带动，原来相对沉寂的文殊坊街区也似乎在一夜之间人潮汹涌，找到了错位竞争的方向。

和此前多个汉服秀活动一样，"衣起锦官城"（成都）汉服周的本意绝不止于带活一个街区和一个汉服销售业态，或者说只止步于通过汉服周这样的活动蹭个网络人气，成都的立意和着眼更在于固化成都作为"汉服第一城"的地位，以此带动和城市生活美学相关的产业发展，实现"让汉服经济赋能文旅产业"、助推成都实现建设世界文化名城的宏伟目标。

对那些已经被汉服种草了的普通人而言，这样的汉服周，更寄托着一个人对生活之美的最大想象和期盼，一个"衣起锦官城"的主题设计背后，也同时寄托着成都人对生活之美的最大理解和实践，对他们而言，穿上身的是汉服，而展示给人的，却是一种难得的自信。

一个城市的剧本杀

剧本杀（Live Action Role Playing games，缩写为 LARP games，真人角色扮演游戏），起源于西方宴会实况角色扮演"谋杀之谜"，是玩家到实景场馆体验的推理性质的项目。据说由于"杀"字带有强烈的暴力色彩，有关主管部门计划召开一次全国性的会议，将其改名为具有中国特色的"剧本秀"。

剧本杀在成都，和汉服在成都一样，火爆程度几乎也是全国第一，这和成都人爱耍、善于创新耍法有很大的关系。而爱耍、善于创新耍法，也自是生活美学的一种生动体现。

2021 年第一季度，成都剧本杀线下开店数量排名全国第一，线上剧本杀订单量排名全国第三。发端于海外的剧本杀，就这样在世界的另一端找到了一片新的生存乐土，从囿于小众的桌面游戏到成功"出圈"，它远渡重洋，在成都完成了一次从先锋到流行的美学漂移。

在由规则和剧情构建的剧本杀社交体系中，人人都可以是主角，只要付出努力，就能改变故事的结局。这种设定不仅暗含了年轻一代的价值主张，更在某种程度上与成都的市民文化不谋而合。无论来自哪里，无论身份、年龄、职业的差异，不同的人在游戏中围坐一席，就可以对各种事件发表自己的看法见解，真诚地交流。在 20世纪 30 年代，成都便有了茶馆这样发达的公共空间，各色人等聚集于此，没有阶层的区隔，人们在休闲放松的同时，热心公共事务，关心他人命运。在剧本杀所搭建的场域中，或许也拥有一种类似的公共精神，每个参与其中的人都会被那种平等、包容的氛围所感染。

爱耍的成都人丝毫不满足于在有限的室内空间进行沉浸式体验，

他们的目标是将城市变成一个巨大的游乐场。2018 年年底，两天一夜的沉浸式探案馆布局于青城后山，提供角色扮演式民宿体验。这对于国内文旅市场而言是一个巨大的启发：将剧本杀与城市场景营造相结合，从而解决地方文旅的"客量"和"客停留时间"这两个关键问题。

成都不少高流量景区就是天然的剧本杀线下场景，都江堰、大邑、崇州、邛崃等地依托自身的自然、文化资源禀赋，推出《夜游邛州园，探妙知天工》《卧龙秘宝》《今时今日安仁·乐境印象》等剧本杀精品，这些城市级剧本杀，逐渐成为在地文化输出的最佳载体。

随着需求的不断升级，剧本杀已经展现出更多的可能性，不少头部店家朝着更高、更精的方向进行尝试，剧本杀与文化空间跨界融合，大批优质的影视、网文编剧开始转型，DM、NPC 等新职业也如雨后春笋般涌现……

如今，剧本杀在成都已经呈现出分区域、组团式发展的布局。以成都中心城区的宽窄巷子、锦里、东郊记忆等集中区域为核心，辐射周边的大邑、邛崃、崇州等二三圈层著名的古镇或文化遗迹，沉浸式、实景江湖、两天一夜等关键词，是这些剧本杀场景的最大卖点。

如安仁古镇的《今时今日安仁·乐境印象》，其游戏背景就设定在抗战前夕。潜伏在安仁商会中代号为"梅花"的中共地下党被国民党特务盯上，名伶秋月称自己就是"梅花"，自刎于舞台之上，安仁商会会长刘仁水、刘府赵管家，及各堂口堂主均卷入该事件中。1937 年刘仁水遇刺，其为川军准备的抗战物资不翼而飞。查出凶手、找到物资、保证川军顺利出川的任务迫在眉睫……

剧本中设置的一砖一瓦、一草一木，在安仁的公馆建筑里都能触手可及。在这样的剧本杀场景里，安仁古镇 12000 平方米的民国古建筑群和博物馆聚落，以及浓厚的民国生活场景，为玩家真实进入剧本中的历史、自然环境和生活场景创造了最大的可能性。也难怪，每一个参与过安仁古镇这个剧本杀场景的玩家都会忍不住说：太过瘾了！

从先锋到流行的美学漂移，这段剧本杀在成都的接受和风靡史，可视为成都当代生活美学崭新演绎的典范。出于成都对剧本杀市场强劲的消费能力和发展实力，这段美学漂移的未来将呈现出怎样的面貌，实在让人期待。

第七章 门泊东吴万里船

两个黄鹂鸣翠柳，
一行白鹭上青天。
窗含西岭千秋雪，
门泊东吴万里船。

杜甫流寓成都时，从他位于西郊浣花溪边的草堂里，可以很容易就看到西岭千秋雪的壮丽奇景，这大约是成都"雪山下的公园城市"的最早概念提出文字。

但请不要忽略了"门泊东吴万里船"这一句对成都城市地位的最早定义：门前停泊着来自万里之外的东吴远行而来的船只。"东吴"和"万里"非实指，前者是一切远方的虚指，后者是远方之远的虚指。再对应上句，"西岭"也非实指西岭雪山，而是从窗子望出去可以看到的西边的一大片雪山，比如四姑娘山，比如贡嘎山。想象一下，作为有着"扬一益二"地位的成都，这个有名的水陆交通的起点，万里桥每天来往穿梭着无数的商贾船只和奇人异士，迎接和送别的人一拨又一拨，本地的特产和外地来的商品在这里交会，财富流动和观念交换也依赖于这里得以形成，它是历史上成都的开放之窗，也是当代成都的开放之源，是今日成都双流机场、天府机场和火车东站、火车北站、火车南站、火车西站等一切去向"远方"的窗口的总和。

万里桥指向一种城市的交际美学，更指向一种城市的开放态度，以及面向无限世界的接纳观念。它统合了当代观念下的人与人、人与社会、人与自然的交往、相处和融合之美。它证明自古以来，成都人就力求用文明而开放的眼光来接纳在他们想象中美丽的外部世界，让无论是长期安家于此，还是短暂居停于此的人，都能生活得舒适、安逸和满足。

若要飞翔，需展两翅。苏联著名美学家阿纳托里·费迪在他的名著《交际美学》里提醒人们不要忘记了，自己需要的美其实就掌握在自己的手里。从有记载的历史开始，万里桥代表成都，更代表一代又一代的成都人很早就开始了它接纳和创造美的历史。

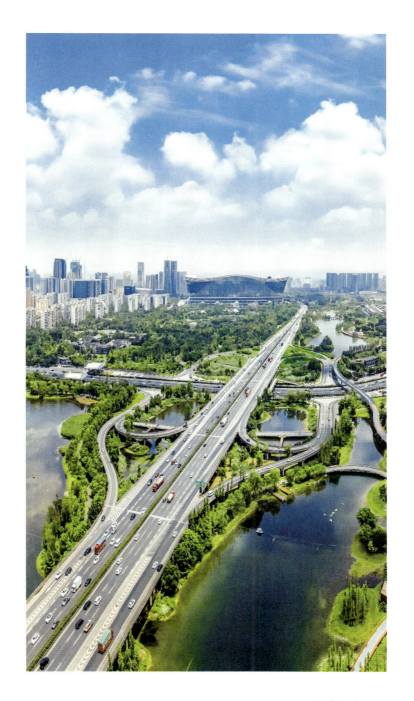

雪山下
的公园
城市

第一节　成都的交际美学

2017 年 6 月 19 日，成都发布了一个重要的文件：《建设西部对外交往中心行动计划（2017—2022）》。这个五年计划提出，到2022 年，形成"双枢纽＋补给港"航空枢纽运行格局，年旅客吞吐能力达到 1 亿人次，年货邮吞吐能力达到 250 万吨，国际（地区）航线总数突破 120 条；全市进出口总额年平均增速达 8% 以上；吸引 295 家以上世界 500 强企业落户成都；建成一批具有国家功能性和国际影响力的文创项目和平台；年入境游客超过 620 万人次；每年举办 180 次以上国际性会展活动；每年开展 100 项以上重要国际合作项目，建成 22 个对外交流中心……

如今，五年计划即将到期，除了部分指标因为新冠肺炎疫情原因难以实现外，这个行动计划里的大多数设想，都慢慢成为现实：2021 年 6 月 27 日，成都天府国际机场正式投运，和双流国际机场形成双枢纽运行格局，也使成都成为国内第三个拥有"双国际枢纽机场"的城市，两座机场都为最高标准 4F 级！

双枢纽的布局里，深藏着成都这座偏居西南内陆的城市渴望对外交际的热情，也深藏着成都融入全球、中国需要被世界看到的雄心，更深藏着一个庞大好客的人群好客重商的文化传统。

成都人懂得，在用以衡量宜居城市的实用美学准则里，离不了、也少不了交际美学的相关标准。要让短板变成强项，就必须比别人付出更多。

由于地理环境的影响，成都天生日照不足，所以便有"蜀犬吠日"的稀罕表现。近年来加大了"公园城市"建设的力度，空气质量明显提升。人口超过 2000 万，意味着它的宜居在不断形成强大的人口吸附力。然后当然是机场设施、集体运输发达程度，以及骑行、步行的友善程度等等软指标。软题硬做，成都硬是用了几年时间，将这些指标提升到了全国领先的地位。

向外的交际美学

2021 年 5 月 28 日，蜀道投资集团有限责任公司在成都正式揭牌成立。

这个重组整合了原四川省交通投资集团有限责任公司和四川省铁路产业投资集团有限责任公司，通过新设合并方式组建的省属国有企业，所属各级全资和控股企业 332 家，员工约 5 万人，综合实力位列全国省级交通企业"第一方阵"，是一个标准意义上的交通"托拉斯"。

这个涵盖了公路、铁路投资建设运营，以及交通工程建设、交通物流、交通服务、交通沿线新型城镇化建设等业务的集团取名为"蜀道"，既高度呼应了成都人无惧艰险、奋力向外的交际历史，又表达了开创新时期蜀地对外发展与交往崭新格局的雄心。

这是万里桥在新时期的最新演绎，也是三星堆纵目先人"千里眼"与"顺风耳"的时代变迁。

自古蜀人爱修路。

这条南起成都，过广汉、德阳、罗江、绵阳、梓潼，越大小剑山，经广元而出川，在陕西褒城附近向左拐，之后沿褒河过石门，穿越秦岭，出斜谷，直通八百里秦川，全长 1000 余公里的古蜀道，就是蜀人赤手空拳、一石一砖建起来的。

这条路，以成都为原点，包括成都以北，由陕入蜀的，有翻越秦岭到汉中的陈仓道、褒斜道、傥骆道、子午道，有从汉中翻越大巴山入蜀的金牛道、米仓道、荔枝道（又称"洋巴道"），有由甘肃入蜀的阴平道；成都以西，则有连接西藏通西域的茶马古道；成都以南，有由云南入蜀的五尺道，和在此基础上拓展可通向南亚的南方丝绸之路；成都以东，有自三峡溯长江而上的水道。

水陆并行之下，财富和人才在成都交会。进与出、往与来之间，成都人借由这条蜀道，不断提高和丰富自己的交际视野，以及交际美学。

如今，古蜀道正在申请世界自然与文化双遗产。在高铁与飞机的当代交通变异之下，古蜀道成为一种蜀地人的精神和文化象征，仍然以其厚富迷离的历史地理气质和瑰玮绚烂的文学气质，吸引着一批又一批自然的仰望者和文化的朝圣者。

自2016年3月起，作家熊芙蓉就沿着金牛道遗迹，前后进出秦岭、大巴山5次，穿越秦蜀古道，行程2万公里，途经村庄无数。现场寻访、采访专家、阅读古籍构成她寻访古蜀道的三要素，现场踏勘和采访专家只是其中必不可少的体力活，最难在于写作，阅读方志、古籍，思考，并将三者糅合成有自己独到见解的文学作品。她身临其境验证典籍诗词、纵观古今感受蜀道变迁，发出了"一条古蜀道，半部中国史"的感叹。在她看来，蜀道天下，一条古路，代表着蜀人开放的世界观和拥抱世界的交际美学，从来没有改变。

如今，向北，成都在去西安的故道旁，开通了西成高铁，作为成都北上出川高铁大通道，成都人如今只需要三小时，就可以完成古蜀人数月才能完成的旅程。上午在成都逛太古里，晚上在西安逛大唐芙蓉园变得稀松平常。秦蜀之间，成都人与西安人之间，因地域和文化的阻隔而显得不那么亲密的交往历史被打破。你很难说，这里面究竟是成都人的交际冲动多一些，还是西安人的交际渴求多一些，但不能否认的是，在双向快速对流的时空关系里，成都一定都是交际美学的最大赢家。

而这条铁路，还只是成都融入国家"八纵八横"高铁网，打造国家高铁枢纽城市布局中的一条线。

在外向型的交通融入与接纳冲动上，成都一定是最迫切和最强劲的国内城市之一。

从 2013 年 4 月第一列蓉欧快铁从成都青白江发出开始，成都就从来没有停止过让"蓉欧"加速的冲动。

这个冲动背后，也深藏着成都对外交际美学的现实需要：作为丝绸之路经济带、长江经济带建设交汇点和国家向西向南开发开放的重要枢纽，无论从哪个角度来讲，成都都不能让这条铁路"慢下来"。

向内的生活美学

如果说向外的交际冲动是成都交际美学的一翼,那么,向内的生活美学营造,则是成都交际美学的另一翼。

从 2017 年开始,成都加速推进地铁建设,当年在建的地铁项目为 2010 年启动地铁建设以来最多的一年,达到了 15 个之多。

这 15 个项目不仅满足中心城区日常通勤之需,还提前着眼于中心城区与二圈层城区的行旅需要。在外围地铁建设竞争的诸多城市看来,成都简直就是一个地铁建设的"拼命三郎":敢报、敢批、敢建的"三敢"力度背后,是成都市政府对宜居城市实用美学的最好体悟。

一个在互联网疯传的短视频,用排行榜的方式,展现了一个多世纪以来不断变化的全球城市地铁建设数据。1890 年,英国伦敦领先地铁建设。从 1982 年开始,我国有了第一条地铁线。1999 年,上海地铁里程跻身全球第十,并于 2008 年在全球领先,达到 470.53 公里,北京和广州紧随其后,分别达到 295.47 公里和 235.99 公里。到了 2020 年,成都便成为一匹黑马,以 518.9 公里的总里程,超过俄罗斯的莫斯科、英国的伦敦、美国的纽约、中国的深圳和南京、武汉,跻身全球第四,中国第三。

除了数据越来越好看之外,成都地铁建设还有一个显著的特点,就是特别注重线网规划的超前性,这也是近十年来成都人口激增倒逼的结果。根据全国第七次人口普查数据,成都市目前实际管理人口已超 2000 万。如何让这样庞大的人口在日常通勤和行旅需求上得到最大程度的满足,是最大化承担了公众出行的地铁首要考虑的问题。对此，成都的地铁线网规划可能对表对标了上海，即完全按照一线城市、中心扩散城市的规模来规划地铁线网。一绕内两层的环线网络，即 7 号线和 9 号线，辅以 20 多条线的辐射网络，再将地铁与双机场连通，使日常通勤和行旅需求高度融合。

新一线城市按照一线城市的标准来进行地铁线网规划，这就是成都地铁建设的超前性，这何尝又不是成都对实用美学准则理解的超前性！

从城市的外在美到内在美，没有哪一个城市可以完全内外兼修。补其不足，奋起直追，内在美反过来可以为外在美加分，这和成都人的日常生活美学标准倒是相对接近：面子和里子一样重要，但真要做选择，里子的舒适性和安逸感，始终会排在第一。

成都城区之间路网的完善和便利的通达性，也高度遵循了这种实用美学准则。

作为成都城南出入成都主城区的一条重要交通线路，剑南大道从规划建设开始，就按照最新的全立体、互通模式进行设计。

这条城市交通骨干路网呈南北走向，北起三环路石羊立交，横跨成都绕城高速，南穿成都第二绕城高速外沿，直抵黄龙溪古镇风景区，贯穿了武侯区、高新区、天府新区成都直管区和双流区等几个重要的城区和产业功能区。但自 2014 年建成通车以后，不满足于现状的成都人，又发现剑南大道的诸多问题，即缺乏美感。因此，除了满足通行功能之外，爱美、注重实用的成都人，又决定在这条长路上做一些"添美"工程：按规划设计者的想法，他们管这叫"骨干路网森林公园化"。

具体做法，则体现了成都人"螺蛳壳里做道场"的绣花精神，和"小天地自有乾坤"的享受态度，"微公园"的理念由此呼之而出。

结合剑南大道沿线地块性质及周边景点特色，规划者计划将剑南大道打造成"三大文化"长廊：在天府五街到协和下街路段，打造书香文化长廊，以红叶碧桃、蜡梅、红梅等植物为主，整段道路

成都地铁
火车南站

以红橙色系体现书香文化。从协和下街到南湖西路，以老成都茶馆、铁像寺等休闲文化为主题，打造"休闲文化"长廊。以黄花风铃木、银杏、香樟等植物为主，整段道路以黄绿色系体现休闲文化。从南湖西路到沈阳路一段，以大运会为文化背景，以临近五项赛事中心的有利区位为契机，融入体育文化元素。以蓝花楹、紫薇、二乔玉兰等植物为主，整段道路以蓝紫色系体现运动文化。

　　这样完成加法后的剑南大道沿线，将结合地铁周边环境及交通转换空间关系，布设合适的行人聚集、休息区域；规划合理的非机动车停车点，利用植被点缀处理。针对不同地段，呼应"三大文化"长廊主题。

这种街道扮美，真是将实用美学准则玩到了极致。开车在这条路上快速通过，你一定也会被这条路四时变幻的景色所惊艳。

像剑南大道这样不仅注重通行功能，更注重实用美学的路网建设在成都还有很多。为方便成都大运会主场馆与中心城区、机场高速互联互通，成都东西城市轴线东段工程对原来的成渝高速公路进行了市政化改造，消除了既有高速公路对地块的分割，不仅激活了片区交通组织能力，还极大地改善了城市风貌。

另一条历史悠久又时代新生的大道，便是被誉为最长城市中轴线的天府大道。历史悠久的那部分，是起于天府广场、终于人民南路四段的人民南路；而随着城市有机更新的那部分，则是北接人民南路、最长延伸到仁寿视高的天府大道。从延伸这条城市中轴线的每一个时间节点算起，成都就从来没有停止过对这条大道的美化，细到使用什么形状的照明灯具、栽种何种行道树，都要广泛征求市民的意见。这种开放建城、开明美城的传统，在成都体现为一种对实用美学的高度参与性。

这种实用美学在成都从来就不可能只对城市而言而忽略了乡村。城乡并重、城乡融合才是成都对这种实用美学的最好理解。

开车行驶在成都的乡村，常常会有一种误入桃源的感觉。那些并不宽敞的乡村道路，极好地体现了成都乡村静、净、锦的特色。

起于重庆对成都灾后援建的崇州市重庆路，如今已成为"中国最美乡村公路"。在这条路上，可以欣赏成都平原的精髓，即由山、水、林盘组合而成的川西坝子的魅力。如果有机会通过航拍俯瞰重庆路，你会发现这条路就像镶嵌在川西平原上的一条锦绣玉带，因天光、气候、云层的变化呈现出时而缥缈、时而朦胧的面貌。

和最美道路依傍而生的，则是一个又一个最美的村落。重庆路沿线散落着无数个这样的村落，其中又最以道明镇的竹艺村为最美。这是一座睡卧在竹林中的建筑，远远望去，竹艺村的代表作竹里像是一个卧倒的数字"8"，被竹林包裹着，圆形小青瓦房与周围竹林、

剑南
大道

树木，与远山、田野相得益彰。其建筑内部更是曲径通幽，水景与山景之于两个中庭天井，营造出传统元素与设计美学的诗情画意。更不可思议的是，竹里从动工到建成仅用 52 天，800 余平方米的建筑美到让人惊叹。这当然是当地取之不尽用之不竭的建材——竹子——发挥作用，另外，也和设计师巧妙的设计相关。

如今，竹里已成为成都村落之美的代言。自她诞生之日起，就不断受到各种关注和青睐。在受邀参加北美最大建筑盛会芝加哥建筑双年展时，竹里还作为中国"未来乡村建设"的展品入围威尼斯建筑双年展，《A+U》《时代建筑》等顶级建筑报刊更是争相报道，很多人为这个建筑所惊艳，不远千里万里而来打卡。

比崇州离中心城区更远的邛崃市，也有一条最美乡村路，即起于中国历史文化名镇平乐古镇，止于黑茶之源夹关古镇，穿行在绵绵茶山之间、被称为"邛茶走廊"的邛崃市平临夹路。这条路凸显了邛崃作为茶乡的惊艳之美，行走其间，能充分感受到"人在车中坐，车在画中行"的美好意境。

像这样的最美乡村路，成都近郊和远郊的每一个城市，几乎都有几条，它们在以"比、赶、超"的速度，在成都广袤的大地上无限伸长。

每一条路，都会附着具有当地特色的生态产业和地缘品牌，如大邑大坪村的李子、蒲江樱桃山的樱桃、龙泉驿桃乡的香桃、新津梨花沟的梨花。

看花意未尽，待到果熟时。忽然秋风起，叶落好题诗。这些最美乡村路，任何季节前往，都会让你领略到不同的美。

重庆路

作为一种交际美学的民宿

大阁是无锡人。2020 年之前，他每年都会安排至少 4 次 15 天左右的旅行来成都闲逛，寻找并探访那些隐于市井中的茶舍，以此结识那些或曼妙可人或深沉内敛的茶人。在他看来，成都那些装饰各异的茶舍背后，有一群有故事、有意思、有想法的茶人值得结识，他们给予他关于生活和职场的启发，是他在其他人那里得不到的。

由于那些茶人大多是年轻貌美或即便韶华已逝但风韵尚存的女士，所以，有人怀疑他所谓的交际动机，其实就是惑于她们的美色，而不是空洞的思想。

"那也没有错啊！"一个茶舍主理人正好也是个美女，她敛容正色道："一定标准的姿色，是茶艺圈公认的基本条件，再加上经过严格培训的茶艺内秀，如此才构成了茶空间的综合美学。在你，应该也很难认同一个相貌平平的女生和你对坐一个下午吧？"

——对应成都那些女性茶艺师，发现她们确乎都可以用"好看"来进行简单总结。在茶舍这样相对私密的空间里，美创造的生产力并由此带给一个城市的活力，真可以说是润物无声。大阁的成都访美，实在也可以说得上无可厚非。

新冠肺炎疫情以来，大阁来成都少了频次，但见缝插针之下，还是不曾断流。除了继续访茶问友，他又热衷于寻访那些唯美、充满各种情调的民宿。对于成都这样的新一线城市而言，各种五星级品牌酒店构成的"酒店力"和"酒店美学"，当然有着不可否认的优势，但要说到个性化的美，民宿已经拥有了可以和五星级品牌酒店相媲美的条件。

半山归墅打卡点
远眺龙泉前山

对一家有个性的民宿而言，它的作用不仅仅是给行旅的客人提供一个临时的居处，它更多要承载阐释这个城市厚重的历史文化底蕴、丰富而有烟火气的日常生活美学、标新立异的美食和阅读或者饮茶体验、热情好客的交际之道，以及一定的价值观念输出等功能。总之，它要局部或整体改变五星级品牌酒店刻板、严谨、规范、程式化的待客标准，用随意、自然、人性化、个性化的空间和服务，代言一种崭新的交际美学，它们有着那种让年轻而时尚的行旅者跳开老品牌五星级酒店而直奔它们而来的独特的吸引力。

毫无疑问，新的个性化、唯美的民宿代表着一种更年轻、时尚、充满交际美学的城市风尚，它们有着相当稳定的回头客，甚至忠实的拥趸，新的城市交际场景在一个个民宿里诞生，区别于人们对传统品牌酒店城市美学的认知。

对于那些矢志于民宿投资和管理的人而言，民宿投资和设计营造本身就是一个理想主义者在成都这个城市里的美学实践。这种美学，一部分被看到，一部分则用来感受。借助民宿这一方天地，成都人乐此不疲地探索生活方式的美学再造，创造出美好的日常。一宿一品，深植于成都得天独厚的资源禀赋，彰显天府文化美学价值，让人们找到专属于自己的生活意义。

有古镇加持的成都远郊，这样的美学实践真可以用轰轰烈烈来形容。在大邑县安仁古镇，10 个房间以上的精品民宿就至少上十家。这些民宿，或有文气，或有诗韵，或充满酒香，或弥漫琴音，每一个都透着蓬勃昂扬的生气。它们都有一个共同点，即远离都市的喧嚣。房前栽花植树，田中培稻养鱼，菜畦搭架种豆，茅屋泥墙，青砖黛瓦，纯真简单，却又在方寸之间凝聚了成都人的生活美学。

在大邑云上国际旅游度假区内的几家民宿，则以体验中式古典院落的深宅大院文化吸引了不少体验者。山湖辉映，白墙黛瓦，鸟语花香的中式院落里，穿上汉服，品茶闻香，或者唱一段雅致的昆曲，环境和人文的相得益彰，是民宿的中式格调立了首功。

在地食材的新鲜度和膳食料理的独特个性，也是民宿美学不可或缺的一部分。

蒲江县的明月村，一度也是民宿寻美者的心头之好，成都人喜欢到蒲江明月村过周末。作家唐博的记忆里，还保留着明月村民宿的各种好。他说，印象最深的是一天下午，女主人背回刚从林子里挖的新鲜竹笋，在厨房里忙活两个多小时，给我们做了一桌她精心研发的川味竹笋宴。晚饭后，熟识的村民带着小朋友，还有几位艺术家和诗人——他们也是村上的新村民，一起举办了乡村诗会。伴着月色微风，孩子们在小院里跑来跑去，读诗声与钢琴声缠绵交错，大家天南海北地聊着。那一刻，他感到自己真正地融入了这一方水土，无比亲切。

成都邛崃花楸山上有一家民宿，建于一片历史悠久的皇家茶园之畔，山下是森森蔽日的翠竹，邻近还有几个明清时期的大院建筑，有着极好的高山视野、野奢环境和人文积淀。尽管由于到达性略差——山间近十公里蜿蜒曲折的山道极窄极陡，会车时稍不注意，便容易掉入沟渠，但它还是在开业不久后"意外"大红。皇家茶园、千年古茶树、明清老建筑这些人文古迹或许还不是让它爆红的主要元素，山中极佳的自然景观和民宿建筑精妙的融合才是它一开业就爆红的原因。甚至那条十公里左右极不好走但龙吟细细的翠竹路，也足够让它抛开城市的喧嚣而顿生野奢之感。于是，开业不到半年，周末节假日一房难求的民宿爆红场景在这个远郊山区神奇地再现，很多外地的游客更将其作为打卡的景点。

从原来只是逛景区，打卡地标景点，到现在体验当地独特的人文、历史、自然景观，有深度地参与当地人的日常生活，民宿显然更贴近寻美者的诉求。它所承载的早已不是简单的休憩、住宿功能，而是一个能够提升幸福感的综合性场所，让人们宿于美好的屋宇之内，享受地道风物，邂逅审美的默契。

作为享誉全国的休闲之都，在民宿之前，成都经历了农家乐、休闲山庄、家庭旅馆、度假村等几个发展阶段，但它们似乎都不如民宿那般与美学体验相得益彰。这种民宿美学不拘泥于形而上的学理范畴，更在形而下的生活范畴中。"生活即美"，以民宿主人的"生活理念"为主导，以民宿提供的"生活方式"为内容，成都人借助民宿这一方天地，积极探索生活方式的美学再造，寻找那些被遮蔽与迷失的美好日常。

回到市区，寻常巷陌、烟火人家处，某一天会突然被一家民宿的外观惊艳到。老破小或者闲置许久的院落，经过改造后，凤凰涅槃一般，成为一条街道、一个社区最大的亮点。

或者也可以说，那是成都市井民宿之美的窗口，你只需要透过巨大的落地玻璃，便可以看见民宿主人外溢的交际冲动和美学热情。不管新冠肺炎疫情影响之下经营如何艰难，依然阻止不了他们营造这城市交际美学的步伐，像奔向一场没有正果的恋爱，前赴后继，乐此不疲。

要说成都人的民宿交际美学，或许追求的就是一个匹配度。唐博计划编一本成都最美民宿地图，他说，和成都这城市的人文气质、民宿主人的修养气质的匹配度一定会是两个重要的指标。

第二节　开放，是一种态度

世界那么大，我想去看看。

河南省实验中学女教师顾少强辞职信上的这十个字，在互联网社会上引起了很大的震动和共鸣。这种率真、向往自由的生活态度，击中了那些长期被禁锢在一个地方和一个工位上的人的软肋。"面朝大海，春暖花开"的诗意栖居成为大多数人的梦想，而承载梦想和现实的结合地带看起来确实具有相当的稀缺性。

终究是成都承载了顾少强的诗和远方。

在成都街子古镇，她和丈夫开了一个客栈，过起了"日出而作，日落而息，看书喝茶弹琴"的诗意生活。中途虽然经历了网友质疑、短暂迁居绵阳的波折，但最后还是坚定地在成都定居下来。

尽管顾少强很少在公开采访中赞美成都对她梦想和现实生活的接纳与包容，但是她却用关键时候的选择对成都城市生活的包容性、弹性和自适性做出了高度的礼赞。是成都既承载了她的诗歌和远方，又安顿了她现实而琐碎的日常。

继北漂、沪漂和深漂之后，蓉漂成为一种新的城市生活向往的时尚。"网友向往之城""常住人口第四城""中国最佳引才城市"，这些桂冠的加持，使成都对外的城市吸附力越来越强。一种新现象也随之兴起——年轻人开始西行，往成都去。全国第七次人口普查数据显示，成都过去 10 年里新增近 600 万人。其中，大学学历人口535 万人，占总人口的 25.6%，比全国第六次人口普查时提高了近十个百分点，这证明成都对大学生的吸引力正在持续增强。

成都的吸附力究竟来源于哪里？对成都而言，顾少强个案背后体现出来的城市对个体梦想和现实生活的接纳与包容度便是一个强大的磁场：城市巨大的开放度或者说一种开放美学，使成都具有了强大的人才吸附力。

其实，成都这种开放美学自古有之。

金融城

历史深处的成都开放美学

金沙遗址考古发现，证明成都的开放美学在古蜀时期就很发达。

玉琮作为祭祀的重要礼器，出现在许多经典古籍之中。金沙出土的十节玉琮可作为古蜀时期成都开放美学的代言。其材质是青玉，全器分节分槽一共十节，整个器物表面还刻画有 40 个简化的人面符号。从玉制上看，这件玉琮的玉料与金沙遗址出土的其他玉器玉质有显著的差别，可以认定并不是本地制作的产品。从它的形制、纹饰以及琢刻工艺看，是典型的良渚文化晚期玉琮的风格，距今约四千年左右。

良渚文化比金沙的历史要早一千多年，这件玉琮在金沙时期算是古董了，三千年前的古蜀人拿着这件玉琮就好比我们现代人拿着唐代的器物。成都和杭州相距一千五百多公里，它是如何来到这儿的呢？考古学家研究认为，当时的良渚文化可能遭遇了重大的变故或自然灾害，其族群向不同的地方迁徙，其中一个族群就来到了成都。所以，这件器物也体现了三千年前成都平原与良渚文化的交流和往来史。

"君住长江头，我住长江尾"，成都和杭州的千古奇缘，其实早就写定。

这当然也是古蜀时期成都文明已经非常开放的最好证明。

再从成都出土的多尊东汉俳优俑身上，我们能继续发现这种城市的开放美学。自 20 世纪 50 年代开始，成都陆续出土这些粗犷稚拙的人俑，他们有着热情奔放、泼辣诙谐的形象。

俳优俑最早出现在中原地区，受中原文化的影响，西汉中期俳优俑在成都及其周边开始流行。到了东汉，成都的俳优俑也衍生出

金沙遗址出土
的青玉长琮

了许多新的特点，不仅形体变大，表情更夸张传神，做工也变得更为精细。艺术史家们就此认为，中国古代雕塑的写意之风，在汉代达到了鼎盛。成都出土的东汉俳优俑无疑是其杰出的代表。从汉代俳优俑身上，我们可以看到汉代成都面向中原的一种开放态度。

唐宋两朝是成都城市开放之美展示的鼎盛时期。此一时期，成都凭借南丝绸之路、北丝绸之路、长江经济带、海上丝绸之路四大经济带的交会点城市的特殊身份，与东西方国家发生密切的经济文化交流，成为最有影响力的国际化大都市之一。数百年间，东西方物资和文化在成都交会，各种经济要素、社会要素和文化资源在成都聚集，由此促进了成都的大发展和国际化大都会的形成。成都所生产的丝绸织品、茶叶、漆器等行销海内外，其中蜀锦等丝绸产品一直是千余年间通过南、北丝绸之路和海上丝绸之路输往亚欧各国的主要产品。

2021 年 12 月 19 日，中国文物交流中心发布了《2020 年度中国古都城市国际影响力评估报告》，成都作为中国古都城市强势上榜，在古都城市国际影响力综合排名中，以国际影响力指数 77.88 的分数位居第三，仅次于北京和西安。

这个榜单由于来自专业的文物交流机构对古都城市国际影响力的独特评价，在城市的开放之美指标的认定上，具有非常重要的价值。

从先秦到当代，如果要给成都梳理一下有关开放之美的具体内容，我想一定不能缺少了这些元素：

古代中国内陆地区对内对外开放枢纽；

南方丝绸之路起点上与东南亚各国交往最密切的城市；

通过海上丝绸之路与东北亚、东南亚各国发生经济、文化交往的枢纽城市；

汉代丝绸织品生产中心；

北方丝绸之路上，产品远销西域、中亚、欧洲，产生了重要的国际影响……

俳优俑

来了就是成都人

样板戏《沙家浜》里有一段阿庆嫂的经典唱段是这样的：来的都是客，全凭嘴一张。相逢开口笑，过后不思量。

这段唱词的关键在"来的都是客"，说明好客之道是中国人际关系里最传统的美德。但作为一个开放城市，仅仅把来的人都当成客人，不免还是有主客之分的生分感，因此，这句歌词要是成都人来唱，一定会改编成：来的都是主人。

事实上，无论是外地来的蓉漂，还是外国来的国际蓉漂，对成都而言，来了就是成都人。因此，当代成都的开放之美被赋予了新的内涵：来了就是成都人。

国际"美食博主"扶霞·邓洛普，在 20 世纪 90 年代初到成都，就一头扎进了川菜的海洋，她把自己和川菜的相遇称为"一生中最棒的际遇"。2001 年，扶霞的第一本川菜食谱在英国出版，书名是简单明了的 *Sichuan Cookery*（《四川烹饪》），一举拿下英国"美食界的奥斯卡"詹姆斯·比尔德烹饪写作大奖，被评为"史上最佳十大烹饪书籍"。

早在 2000 年，美国人詹姆斯的首次成都之旅就十分令人满意——从机场的跑道开始，这座城市的吃住行都让他心生好感。15 年后，退休的詹姆斯选择来成都定居，住在郫都区双柏社区龙湖小区。詹姆斯说，他一直喜欢成都慢节奏的生活，社区的邻居们都热情而可爱，常常也会给他带来惊喜。比如，他来成都之后不久，就在社区和国际友邻中心的帮助下成功考取了中国驾照。

已经在中国待了 16 年之久的加拿大温哥华籍的查德·辛克莱尔，

冇二心设计工作室设计制作的手机壳、明信片等小物件，投放市场后深受年轻人的喜爱

不久前把自己的工作室从成都市中心搬到了位于崇州的严家湾，潜心研究川派盆景。在成都，他很快就找到了爱情，找到了家。

　　而在国际蓉漂欧阳凯（Kyle Obermann）看来，成都不是他的旅途，而是生活的归途。美国人欧阳凯是一名"90后"摄影师，他的作品曾登上《中国国家地理》杂志和美国《国家地理》官网。欧阳凯曾去过近30个国家，在美国、瑞士、新西兰和英国居住过。来到中国后，他先后在北京、上海、珠海等地生活，最后他决定留在成都并停下他的脚步，长期生活在成都，用镜头向世界展现成都和四川的美。

　　如果说这些国际友人的成都定居之选有很多偶然因素的话，那么，台湾歌手千百惠最终在成都定居，则是她经过深思熟虑后选择的结果。她在成都的定居，是成都具有开放之美的又一次最佳证明。

　　2021年11月27日，58岁的中国台湾歌手千百惠在网上发布了一则短视频，晒出自己的大陆居民身份证。很快，"千百惠高调晒出大陆身份证"的话题登上热搜，阅读量达到1.8亿。

　　这张大陆身份证显示的城市，正是成都。

　　在接受媒体采访时，千百惠说，其实从2021年的3月开始，她就已经开始了定居成都的生活。谈到对成都的初体验，她回忆起20纪90年代第一次到成都的情境。飞机落地后，她在街边闻到了"家乡的味道"，她说，在台湾故乡，家附近也有一家川菜馆。此后来成都，她看到一排排平房变成了高楼大厦，惊叹之余，"有些认不出来了"。但成都的悠闲，她认得出。"一到成都，人马上就会悠闲起来。"她说。

　　之所以选择成都定居，是因为成都和她的台湾故乡的空气很像，带点湿润。当然，还有她从事的音乐产业，成都的发展也很好，很多歌唱家都是成都人。如今，千百惠已经适应了成都的生活，像一个普通市民那样，喜欢打麻将，喜欢吃红糖糍粑……

　　在她写给成都的新歌《留在成都》里，有一段歌词唱出了几乎所有蓉漂的心声：

渐渐熟悉每一条街地铁几号线，一起装扮温暖的家宽敞房间。

来的都是主人，给每一个有梦想的人一个家。城市开放之美，不正是这样的吗？

新蓉漂的多元生活

和千百惠不同的是，成都人对 35 岁的男歌星萧敬腾定居成都的消息，大多表现出了一种调侃和幽默。2022 年盛夏来临时，成都下了几场大雨，成都人便不自觉地将大雨和有"雨神"人设的萧敬腾定居成都这件事进行了并联想象。

其实，无论是千百惠还是萧敬腾，他们都是这些年选择成都定居的个体，还有很多其他领域的明星选择定居成都，因为在成都太过平常便不太容易成为话题。从城市的开放美这个维度来考察，我们显然需要将关注的视角，对准那些更大众化的年轻一代：那些奋斗在写字楼格子间、软件园实验室等各种不同形式的工位上的蓉漂，他们才是成都开放之美的最佳代言，有了他们，才意味着成都能够满足更为多元化的城市生活梦想。

李宏纪大学学的是历史学专业，毕业前，他在天府软件园 D 区的"咕咚"实习。此前他并没有互联网实习或工作经历，与体育运营相关的经历是在知乎上写过篮球评论。2021 年"咕咚"正在探索线上赛事实时直播，李宏纪加入了负责这个业务的赛事小组。

从大学校园到互联网公司，李宏纪面临的困难是将学生思维转换为互联网运营思维。在同事们的帮助下，他很快上手，收集资料，活跃社群，打开了新世界的大门，认识了来自全国各地的跑友，从他们的跑步故事中学会坚持，也对社会、对生活有了了解。

和李宏纪同在一个小组的田田是来自东北的"90 后"女孩，2017 年从西南民族大学毕业之后，在律师事务所工作了两年，转行来到咕咚做运营。相比律所严肃的工作氛围，互联网企业平等又活

青春朝气的菁蓉学院学生高举着"innovation"，昭示着这条青创之路将一如既往

泼的工作氛围更适合她的性格。

田田刚毕业就落户高新区，是成都第一批享受学历落户政策的大学生。大学四年，她深深爱上了成都，从没有想过会离开这座城市，而父母也全力支持她的决定。2021 年，田田搬进了自己的公寓，决心在这个城市扎根。自从住进自己的小窝，田田内心的幸福感一下子提升了不少。每次下班回家，她都会看看地铁口售卖的鲜花，看到喜欢的花就买回去装点家居环境。

和李宏纪、田田相比，咕咚设计部负责人吴成林的工作经历要丰富得多。吴成林是武汉人，在武汉上大学，毕业后当过"深漂""北漂""沪漂"，最后成为一名"蓉漂"。来成都之前，吴成林先后在北京、上海的知名广告业外企工作。

三年前，吴成林来到成都，工作和生活一段时间之后，他发现成都并不全是"慢生活"，至少他所从事的互联网行业正快速发展，充满活力。吴成林保持了一线城市快节奏的工作方式，同时也有时间发展自己的兴趣爱好。周末或假期，他喜欢和朋友到成都周边自驾游，或到川西徒步，参加越野挑战赛。成都的这种地理区位优势带来的生活方式，是他以前在其他城市无法拥有的。

在成都，吴成林内心感受到了前所未有的安宁。吴成林是艺术专业出身，而成都提供了他喜欢的展览、演艺等文艺气息，同时又提供了包容、公平的工作平台和机会，满足了他的多重期待。他决定不再到处"漂"，就在这里定居下来。

除了天府软件园，成都还有各种各样的创新平台和创业空间，从"科大智创谷"等校院企地合作平台和孵化器，到聚集可可豆动画、腾讯新文创总部等数字文创企业的天府长岛，再到未来可期的独角兽岛、中国西部（成都）科学城，等等。

各种各样的孵化器、众创空间和创新平台，为"蓉漂"的梦想助跑，创新创业的梦想在这里起飞。

浴室柜设计团
队的同学正在
认真交流与探
讨设计方案

第三节 在成都，遇见全世界

成都是一个榜单热点城市。

各种机构、各种类型的榜单总会有成都的名字，而且排位大多还很靠前。这些机构要么在国际国内有一定的影响力，要么有很强的话语权，也因此，即便民间有一些"成都热衷于各种打榜"的评论，但当榜单出来后，成都的实力和排位还是不得不让人信服。

2022 年 4 月 13 日，《参考消息》首次发布《中国城市对外交往影响力分析报告（2022）》，该报告选取 9 个国家中心城市和 5 个计划单列市共计 14 个城市作为研究对象，对其对外交往影响力进行评估，旨在助力国家对外交往中心建设，推动城市外交成为大国外交重要一极。毫不意外，成都在这 14 个城市中以仅次于北京、上海的排位，和广州一起成为第二梯队城市。

在评价第二梯队的两个城市时，《参考消息》认为：两座城市均为国家中心城市，各有特色，广州在城市外交活力度和城市经济开放度上处于一流；成都在城市外交活力度和城市对外展示度方面表现突出。成都正稳步成为内陆开放型经济高地和西部国际门户枢纽。

好看的榜单背后，是一组组来之不易的数据。2022 年 3 月，西班牙驻成都总领事馆正式开馆，这是截至目前外国获批在川设立的第 21 家领事机构，领事馆数量位列全国第三，中西部第一。看一下这些国家，几乎就是一个小联合国的概念：德国、韩国、泰国、法国、新加坡、巴基斯坦、菲律宾、斯里兰卡、澳大利亚、新西兰、以色列、波兰、捷克、印度、瑞士、奥地利、希腊、尼泊尔、西班牙、智利、土耳其。

而渴望友谊的成都，也不断将自己的热情友爱之手伸向五大洲四大洋，和越来越多的城市结为友好城市。截至 2021 年年底，成都与 58 个国家的 104 个城市结成友好关系。

城市开放美学的要义，在于一切以城市发展需要为前提，扎扎实实做好内修，而不搞任何形式的花架子。《中国城市对外交往影响力分析报告（2022）》认为，城市是国家整体发展水平的重要组成部分，城市外交亦是大国外交的重要一极。成都根据自身特色，在对外交往方面另辟蹊径，在中国城市外交中扮演了难以替代的角色。

这或许可以成为定义城市开放美学的一个"成都标准"。

这个分析报告所评价的成都城市交往影响力指标，正是深得城市开放美学精髓的成都多年努力经营的结果。

这个城市交往影响力榜单，只是成都开放美学经营成果的一个面，但通过这个面，不难发现成都的城市雄心：那就是，在成都，你完全可以和全世界相遇。

天府机场翱翔展翅

一个城市的开放美学，一大部分来源于它具有的对外开放实力。

机场是城市的空中门户和面向世界的窗口，也是城市综合实力的象征，直接影响着所在城市的国际影响力和竞争力。

2021 年 6 月 27 日正式投用的成都天府国际机场，将成都的对外开放实力提升了一个能级：这让成都成为第三个拥有双机场的城市，仅次于北京和上海。但是考虑到上海的虹桥机场是 4E 级，因此，拥有双 4F 级机场的城市，实际上也只有北京和成都两个。这意味着，仅这一项指标，成都就成为全国第二。

3C、4C、4D、4E、4F，这是中国机场的五个等级，字母越靠后，意味着等级越高。成都从来不做后来居上，而是一起步就与世界同步。

这个从公布设计方案就备受关注和青睐的国际机场，为成都的开放之美狠狠地拉了一回票：其航站楼造型取意具有成都特色的太阳神鸟，航站区内四座单元式航站楼犹如四只驮日飞翔的神鸟，寓意着古蜀文明在成都这片神奇土地上历经三千余年的延续、传承和生长，寓意着成都新机场以独有自信高昂的姿态面向世界腾飞。航站楼采用两个独立的候机楼以手拉手方式予以连接，较好地结合了单元式航站楼和集中式航站楼的优点。

手拉手，心连心，这正是成都开放美学的生动演绎。

预计到 2025 年，成都国际航空枢纽年旅客吞吐量达到 1 亿人次以上。

在目前已知年旅客吞吐量超过 1 亿人次的城市中，伦敦、纽约、东京、上海、巴黎、北京、曼谷都是典型的世界级城市。而成都的

年旅客吞吐量在 2018 年才跻身 5000 万＋俱乐部，这意味着成都只需要用 7 年时间，就可以和上述世界级城市并驾齐驱，跻身年旅客吞吐量亿级俱乐部。

这当然是天府国际机场对城市的加持，但何尝又不是成都向世界级城市进阶、渴望向世界更开放的一种现实努力。

世界竞争战略之父迈克尔·波特将机场比喻为"国家和地区经济增长的引擎"。 而根据国际民航组织的统计数据，每 100 万旅客可以为区域创造 1.3 亿美元的收益，每新增一个航班将增加 750 个工作岗位。以纽约地区为例，当地 50％ 的地区生产总值和 25％ 的就业都与航空运输有关。随着全球化的进一步推进，航空枢纽的竞争，正成为城市竞争的"主战场"。为此，全球空港经济之父约翰·卡萨达如此表达机场对城市的重要性："过去是城市的机场，如今是机场的城市。"

一座机场的城市，必然会以开放世界为目标，引进人流、物流、信息流，还有意识流。以开放、拥抱、接纳为主题的一个个国际性活动近年在成都频频举办，就是这些物质和思想流动的最好证明。仅 2021 年，成都就举办了"成都国际友城市长视频交流会""2021 成都·欧洲文化季""2021 成都国际友城青年音乐周"等活动，充分利用线上论坛、艺术展、音乐会、云游博物馆等方式，加强与海外的文化联系和人际交流。

国际化社区：拥抱全球观念视野下的新成都人

一座拥有双机场的城市，更是国际友人不断涌入和生根生活的城市。

二十多年前，来成都的外籍人士还不是很多。那个时候，他们走在街上，回头率相当之高。

二十多年后，成都的街头，分分钟都可以偶遇外籍人士，他们已融入成都生活，住进成都的国际化社区。他们来到成都，爱上成都，最后住在了成都……

根据成都市公安局出入境管理局所提供的截至 2018 年的数据，全市外国人居留许可签发量及境外人员住宿登记量居中西部城市第 2 位。目前，成都共有常住外国人 17411 人，位居前五的分别是美国人、韩国人、英国人、印度人和加拿大人。

另一个数据也常常提及：截至 2018 年，来蓉境外人员住宿登记 66.9 万人次。

一家主流媒体的报道解答了这么多"老外"喜欢成都的原因：安全的氛围、活跃的经济、怡人的环境、厚重的文化、高质量的生活——这是全世界人们对于宜居城市的美好向往。

来自美国俄克拉荷马州的马特在成都春熙路经营一家漫画店。2008 年，对中国文化很感兴趣的他来到中国学习，辗转多个城市后，被成都的美食和友好的城市氛围所吸引，选择在此成家立业。

马特的漫画店楼下就是一家火锅店，他说自己吃辣的能力"非同寻常"。在采访中，他数次提到成都街头巷尾的各种小食肆，甚至与自己的中国店员争论起正宗"夫妻肺片"的用料。他说，对美

环城绿道上的
骑行者

食的热爱充分体现了这座城市的人们对生活的热爱。下班后，马特常和本地朋友相约去寻觅好吃的"苍蝇馆子"，一起打麻将、斗地主。马特说："成都人非常热情好客，我在这里已经交到了很多本地朋友。"

为给这些涌入成都生活的国际友人创造更加良好的生活环境，让他们在成都无论是旅游、投资，还是就业、留学，以及生活都更便捷，从 2016 年开始，成都就启动了"家在成都"工程。截至 2021 年年底，成都市已建成 33 个"外籍人士社区服务中心"，全市 23 个区（市）县均有分布；建成 45 个国际化社区，为外企和外籍人士提供便利化的产业服务、文化教育服务、商旅服务和生活服务。

作为全成都最具代表性的国际社区，桐梓林社区的党群服务中心在外观设计、软件提升上都增加了不少国际元素。社区党群服务中心作为重要平台，不仅赋予外籍人士自主提事、按需议事、民主评事、跟踪监事的议事权利，还聘请外籍人士担任社区主任助理，建立信息互通机制，满足了外籍人士参与社区公共事务的需求。

桐梓林社区的邻里中心则主要用于为社区居民和外籍人士打造精神家园，为区域经济注入新的动力，为社区居民和外籍人士提供更多高品质的文化产品，精准回应社区居民和境外人士服务需求。

除了为外籍人士提供政务服务，解决签证、住宿登记、停（居）留证件办理、驾照申领等政务服务外，面积 600 余平方米的邻里中心还是一个中外文化交流服务聚集地。针对外国朋友喜欢开敞空间、室外活动等特点，邻里中心还因地制宜设置了室外活动区。在展示成都独特韵味的同时，主动与外籍人士的生活习惯、交流需求进行对接，精心设置了多处遮阳篷和配套桌椅，在外国友人前来办证、咨询时，提供茶点、交流、看书、读报等休闲服务，为外籍人士营造"家"一样的感觉，使其徜徉其中，能深切地体味和感受到成都和谐、包容的文化底蕴和城市特色。

热情好客的成都人，还为这些国际友人提供了更为周到细致的精神食粮。一本名为《Hello chengdu》的英文刊物在国际友人中传阅，它旨在帮助居留成都的外国友人了解成都及中国的文化、时事、商业现状及生活旅游资讯。这本杂志从 2008 年诞生以来，每一期都特别策划不同的封面故事，并融合成都城市资讯、文化、生活、旅游及商务等领域，形成以"新闻""封面聚焦""生活""文化"为四大板块的内容格局，将独具城市人文特色的精彩原创内容呈现给读者。同时，杂志还结合优质的内容呈现与视觉表达，立足于全球视野，为生活在成都的外籍人士和中高收入白领英语使用者展现成都现代化、国际化的城市风采。如今，这本杂志已经成为生活在成都的国际友人不可稍离的城市生活读本，他们评价《Hello chengdu》为"在成都唯一一本可以阅读的英文杂志"。

这样的评价客观中不乏溢美之词。事实上，在杂志主编 Febe 看来，他们编辑这本杂志的所有出发点就是："在成都，联结美与生活。"让留在成都的外国友人最大可能地理解和参与成都的生活美学，这是他们这个团队的目标。

从国际化社区的规划到在地生活的便捷性构建，以及精神文化生活的满足，全方位联结美与生活，不仅体现了成都极致完美的待客之道，也体现了成都极致完美的生活美学自信。未来，成都还将敞开怀抱，接纳和拥抱更多全球观念视野下的新成都人。

世界大学生运动会：拥抱世界的成都

尽管成都第 31 届世界大学生夏季运动会一再因为新冠肺炎疫情而推迟，但成都还是以这个世界级运动会的主人向外表示：举办大运会，成都准备好了！

是的，成都准备好了！

这不仅是成都对举办大运会的自信宣言，也是成都拥抱世界的自信宣言。

巴蜀味 + 中国风 + 国际范，这是一个不断递进的生活美学展示场景，也是一个持续跃迁的运动美学演绎场景。将于 2023 年 7 月 28 日举行的大运会，将集中展示成都的开放之美。

为赢得这次举办机会，成都早就做好了各种准备，尤其是拥抱世界的各种细节准备。

世界大学生运动会举办至今已有 60 年时间，分为夏季大运会和冬季大运会，中国之前只有北京、深圳、哈尔滨和台北成功申办过。成都拥有两个国际机场，为大运会的人员流动提供交通保障。成都还是首批实施 144 小时过境免签政策的城市之一；成都还被评为国家中心城市。成都连续 13 年位居中国最具幸福感城市榜首。

得力于此，又不止于此。深得好客之道，却也知待客之难，尤其是要满足这些来自全球各地、有着不同文化背景和饮食偏好的运动员的味觉需要，成都下足了功夫：按照成都大运会官方公布的信息，成都大运会运动员菜单包含 704 道菜品。这份菜单里，就包含了欧陆、地中海、亚洲、清真和四川五大风味美食。据悉，704 道菜品原材料涉及 11 类 480 种食材，每一种食材都经过精挑细选，或是定向养殖、种植的农产品。这其中，61.29% 的原材料是就地取材，其他的则是跋山涉水远道而来。

正赛期间，480 种食材将经一支 600 人左右的国际"厨神"团队之手，烹饪成"地道风味"，征服来自世界各地运动员的味蕾。这支"厨神"团队将保障餐厅内每天 20 小时不间断供餐，单餐次约 220 道菜，主菜 7 天一轮换，满足运动员多时段的餐饮需求。

这样丰富、道地的菜品极像一个面向世界的隐喻：热情好客的成都，通过大运会，端出了一道道拥抱世界的大餐，等待着一次世界级的检验。国际范从来不是做样子做出来的，而是从内心里生长、经过长期的修炼慢慢养成的。

一个城市的开放美学，以举办这个世界级运动会为契机，即将迎来它的高光时刻。

此刻，成都正站在期待检阅和迎接挑战的大门边。经过多年的修养，成都已然信心满满。源自内心的美和自信，让她想象着一声世界级的惊叹，也期待着一场世界级的礼赞。基于对生活美学的无国界认同，她相信：门推开处，一定皆是惊喜！

后记

　　准确而全面地认识和梳理成都城市生活美学是一个比较难的课题。

　　学术理念和逻辑思维上的成都生活美学归纳固然会严谨一些，但似乎会让大多数人产生一种亲近不起来的距离感，总觉得这样的生活美学只存在于美化后的影视剧里，和真实的烟火人间全不相关。甚至，就是文件、制度或者规范科条里的，冷冰冰、端端然、高高在上，一副拒人千里之外的样子。

　　有鉴于此，我们寻找成都城市生活美学，势必要进入到真实的市井烟火气里，进入到大多数人普通和自然的日常里，进入到文化传统影响的细节里。首先，我们必须承认它是"东方美学"的一部分，并注意到自古以来，成都对文艺生活美学的贡献。因此，本书的上篇即以"美学寻古"开启，其中第一章"织机上的锦官城"和第二章"一滴水的运动逻辑"皆由作家章夫先生执笔完成。在这两章里，除了织锦，我们还要注意的是春联的诞生（和春节诞生于阆中相呼应），文字对句以祈生活美好富足的吉祥心态背后，是强大的民俗支撑。门庭装饰、色彩崇拜，都是生活美学细化到纤毫之处的必然。然后再说到孟昶的芙蓉花癖，这个起因于爱情的城市生活美学创造，不仅使成都得享"蓉城"这个诗意的别名，而且极大地提升了成都人的生活美学层次。

　　对生活美学溯源寻脉的价值在于，人们不必单纯追求物质生活的富足，而是在尽可能的条件下获得精神层面的满足：房子不必多大，但可以和亲人朋友度过一个愉快的下午；没有管弦丝竹伴奏，不影响我们可以一起吟诵华章，或者，就是一次纯属助兴的即席表演；即便没有丰富的辅料加持，我们依然可以以河湾里抓来的一条河鲤，享受一餐难忘的美食。这样的生活美学经过不断的更新迭代，逐渐从燕游之乐丰富为服饰之美、清谈之欢、饮酒之乐、美食之快，以及文艺之养等更为系统、丰富和全面的层次，这几乎就是今天的城市生活美学的历史形态。

毫无疑问，这种典型的东方生活美学形态，一定有成都人的贡献。政治家、文艺精英因为他们特殊的地位和引领价值，使这种东方生活美学形态得以快速传布，并在一个特定的历史时期走出国门，国家形象和时代风尚就此鲜明树立。法国人 R. 格鲁塞1948 年在《从希腊到中国》中便率先提出了"东方美学"的概念，很显然，这个高度浓缩的概念，相当一部分应该来源于生活层面，而具体的贡献里，当然也少不了成都人或者成都人的设计与参与。

这就是中篇"美学感会"要着力展示的重点。作家刘锦孜用女性的细腻感知和温柔的文笔，用"美酒成都堪送老"和"锦城丝管日纷纷"两章铺陈她对成都生活美学的细腻感会，调子虽然是当代的，但章节之间的气韵相连，仍然和上篇相呼应。

最后，我们必然要注意到当代成都城市生活美学对古典传统生活美学在传承基础上的创新创造，这是成都生活美学活力之源。从先秦起源，经历魏晋南北朝和唐宋的美学高峰，至明清再经演化和无数次的重组，一段 3000 多年开源、创新和重组的城市生活美学历史便形成了。美学传统基础上的美学创造还在不断试验、冲撞和生成，但基于城市生活衣食住行的"美"的标准，却从没有改变。

今天的成都人，和历史上的成都人一样，也并不太看重实用至上，而是看重无用之用，颇有些道家者流的气质，这和成都乃道教发祥地的城市身份倒是异常匹配。事实上，也正是这种无用之用，才激发了成都人对美的创造力。在成都老城日益缩小、新城不断扩大，且倾向于千城一面的时代背景下，基于市井的、基于衣食住行的、基于烟火人间的美的设计和创造，以及无条件参与，显得何其重要。

这就是作家庞惊涛在下篇"美学创造"里完成的课题。"文翁石室有仪形"和"门泊东吴万里船"关注的是当代成都人凭借良好的教养，在生活中不断创造各种美的故事，以及面向世界的开放美学态度：接纳、改变、创造、革新，这样的词不仅是对当下成都城市生活美学的高度概括，也是对未来城市生活美学发展和形成的一种期许。

这当然是一个开放式的期许：大气包容的成都，需要更多的普通人来完成新的城市生活美学。作为其中的一个个具体的个体，我们越来越感到幸运和自豪的是，无论城市怎样变化，成都人对美的感知力从未削减，每一个人都在这城市的日常里，不断被一个群体的感知力感染和感动着。一定程度上，是一个个具体的人，催化了成都城市生活美学的创造力。我们没有理由不对这样的感知力予以标举和礼赞。对于普通人，我们虽然不太可能成为这种生活美学的规划者，但完全可以以个体的名义成为设计者和参与者。

所谓设计，其实并非特指居于顶层的引领者，而是处于平等概念下的美学创造和生活启发。细到一种生活方式、一种服装搭配、一种饮食制作、一种长物风尚、一种居处情调、一种出行创新、一种文艺创作，皆可视为生活美学的设计。生活美学在这里没有界限、没有等级、没有高低贵贱，更没有阶层之间不可跨越的鸿沟。甚至可以说，这样的生活美学的使命，天生就是来打破阶层鸿沟的。

"有一种生活美学叫成都"创作策划课题从 2020 年夏天启动，到 2022 年冬完成出版，整整跨越了两个寒暑。中国社会科学院，以及成都相关科研院所的专家教授对课题策划给予了非常专业和深入的指导；著名作家阿来全程参与策划，并对章节结构以及细部的故事逻辑、文学表达多次进行"手把手式"

的指导；《天府文化》杂志社内容团队作为长期进行"成都生活美学"的报道者，也对具体的写作点位、人物故事，尤其是精美配图做了大量前期和后期工作，使得本书最终的呈现更臻于完美。在此，我们仅以课题策划组的名义，对他们的支持、帮助和指导表示感谢。

需要特别说明的是，三位作家尽管在成都生活多年，对成都生活以及城市美学形态有一定的了解和认知，但其体认与系统化、严谨性和标准化意义上的学术逻辑尚有差距。他们个体的感知和认知也一定有许多并不能成为共识的地方，他们的努力，仅是带领更多人走进"成都生活美学"世界的一种引领和示范，更准确地说，是一次试卷的开题、一幅美术作品的启笔。更多更完美的创造，需要生活在这城里的每一个人来完成。

我们热切期待大家对这一命题开题和启笔的批评，以及对完整作品精彩呈现的全面参与！

"有一种生活美学叫成都"课题策划组

2022 年 10 月 21 日

图书在版编目（CIP）数据

有一种生活美学叫成都 / 章夫，庞惊涛，刘锦孜著；阿来主编 . -- 成都：成都时代出版社，2023.1

ISBN 978-7-5464-3178-9

Ⅰ . ①有… Ⅱ . ①章… ②庞… ③刘… ④阿… Ⅲ . ①散文集－中国－当代 Ⅳ . ① I267

中国版本图书馆 CIP 数据核字（2022）第 216148 号

有一种生活美学叫成都
YOU YIZHONG SHENGHUO MEIXUE JIAO CHENGDU

阿　来　主编

章　夫　庞惊涛　刘锦孜　著

出 品 人　达　海
责任编辑　李卫平
责任校对　陈　胤
责任印制　车　夫
书籍设计　寻森文化
供　　图　韩　杰　章　夫

出版发行　成都时代出版社
电　　话　（028）86742352（编辑部）
　　　　　（028）86763285（市场营销部）
印　　刷　四川华龙印务有限公司
规　　格　170mm×230mm
印　　张　24.75
字　　数　330 千
版　　次　2023 年 1 月第 1 版
印　　次　2023 年 1 月第 1 次印刷
书　　号　ISBN 978-7-5464-3178-9
定　　价　98.00 元